文春文庫

海を抱いて月に眠る

深沢 潮

文藝春秋

目次

海を抱いて月に眠る

I

1

父が死んだ。

弔問客に頭を下げていても、梨愛（りえ）は現実を受け止めることができなかった。

死化粧を施された遺体はまるで父に似た人形のようで、どこかで父は元気にしているような気さえする。

九十にしては若く見えた。ここ一、二年は足腰が弱っていたものの、頭はしっかりとしていた。

今年の正月だって、相変わらずひとりでまくし立てていたではないか。

あのときは、兄である鐘明（かねあき）の息子、大学生の浩太（こうた）が、正月料理にほとんど手を出さなかったことが父の怒りに火をつけた。浩太は韓国式の料理があまり好きではないのだ。

「お前はしっかり飯を食べてるのか？」父が浩太に尋ねた。

「え？　ま、テキトー」

浩太が答えると、父は目を剥いた。

「適当じゃないだろう。飯はどんなときにもちゃんと食え」

大声で怒鳴り、その場にいたみんなは静まりかえった。

浩太は、はあ、と顎を出して、ふてくされている。

「浩太、ちゃんとおじいちゃんの顔を見て、はい、って言わないと」兄嫁の純子（じゅんこ）さんがとりなす。

「うるさいなあ、もう」

浩太は純子さんに向かって面倒くさそうに言った。

「母親に対してその態度はなんだ！」父はますます激昂した。

「お前の育て方がなってないんだ」

兄にまでとばっちりが飛んだのだった。

父が救急車で運ばれたと、梨愛が家政婦から電話を受けたのは、三日前のことだ。よりによってソンビョンが原因で死ぬとは、故郷の風習を大事にしていた父らしい最期だと思う。

半月状のソンビョンは、旧暦の八月十五日に行う法事、秋夕（チュソク）の茶礼（チャレ）に出てくる一口大の餅菓子だ。それを喉に詰まらせてしまった。父は食べ物をあまり噛まずに、急いで飲み込む癖があった。そんな食べ方だからここ数年はよくむせていた。ソンビョンは誰かにもらったのだろうか。それとも、買ってきたのだろうか。実家で秋夕の茶礼をやった覚えはないが、父はまさか一人で執り行っていたのだろうか。

母が五年前に亡くなったとき、父は誰にも世話にならないと言って聞かず、梨愛と兄のすすめる老人ホームにも入ろうとしなかった。目黒のマンションに一人暮らしとなった父のところには、家政婦が二日おきに来て、食事を作りおき、掃除をし、梨愛も月に一度か二度は様子を見に行っていた。昔は父と折り合いが悪かったが、離婚してから、ことに母が亡くなってからは、ほとんど父を放っている兄と違って、なにかと父のことを気にかけていた。

父は一人暮らしをそれほど苦にしていないように見えた。家政婦の作る料理に飽き足らず、近くの食堂やコンビニ、スーパーに出向き、気ままに好きなものを食べてもいた。酒は飲まず、甘いものが好きで、団子や餅菓子を好んでいた。

食べることを、異常なくらい大事にしており、「飯はしっかり食べたか?」というのが口癖だった。

大人になったいまはこの言葉が韓国人にとっては挨拶がわりだと知っているが、幼い頃は「うるさいな」と思った。痩せたくてダイエットをしていた思春期の頃は、言われるたびに辟易した。韓国の食べ物をちゃんと食べたかチェックされたようで嫌だった。

梨愛が深夜、中学受験の勉強をしていると、帰ってきた父がドアを開けてのぞき、「飯はしっかり食べたか？」と訊いてきたことが何度もあった。受験前によくテイルスープを飲んだが、父自ら牛のテイルを買ってきていた。

父は韓国の食べ物にこだわっており、そのこだわりを家族にも強いた。なかでもキムチには特別な思いいれがあった。食卓に欠かさなかっただけでなく、手作りを好んだ。加齢のためキムチを漬けるのがしんどくなった母がスーパーで買ってきたキムチを出したことで、夫婦喧嘩になったこともあったくらいだ。

梨愛は、小学校に上がったばかりの頃、キムチを吐き出したところをたまたま父に見られて、ひどく叱責されたことがある。母が味噌汁でキムチを洗ってくれて、ようやく口に入れることができたが、嚙みくだいていると、しょっぱくて涙が滲んできた。いまは辛いものがむしろ好物なぐらいだが、その頃は唐辛子たっぷりの赤い食べ物が苦手だったのだ。十歳上の兄にいたっては、まったく受け付けなかった。だが、咎められてはいなかった。

梨愛と兄のために、母は魚を煮るにも、父向けの辛い味付け以外に甘い味付けのものを用意してくれた。しかしそれが父の怒りを買い、食卓をひっくり返されたこともあった。

「鐘明はともかく、梨愛は辛いのを食べられるようにしろ」

父の剣幕（けんまく）は、尋常ではなかった。日本に暮らしているのに、なぜあそこまで韓国の食にこだわったのか、梨愛は不思議で仕方なかった。

父は旅先にも必ずキムチを持っていかせた。梨愛が私立中学校に合格した祝いと称して、春休みに家族で初めての海外旅行をした。あのときシドニーのホテルに到着してスーツケースを開けると、キムチの匂いが衣服にうつっていた。臭くてたまらなかったうえ、恥ずかしくて本当に嫌だった。

父の人間関係について梨愛はまったく把握しておらず、通夜に来ている人たちをほとんど知らない。顔がわかるのは、梨愛の会社の同僚何人かだけだ。兄は自分の会社には密葬だからと伝え、弔問を遠慮してもらったという。

兄は結婚を機に日本国籍を取得しており、在日韓国人だったことをいまさら知られるのが非常に困るようで、その事実を徹底的に隠している。また、純子さんも浩太も、兄が韓国人とみられることを嫌がっている。そのため、普段から兄一家は本名の「文(ぶん)梨愛(りえ)」として暮らし働いている梨愛とも接点を持ちたくないようだった。母が生前に「あなたが本名だと困るみたい。お兄ちゃんの気持ちも汲(く)んであげなさい」と言ってきたこともある。

兄だけではない。父自身も文山徳允(ふみやまとくのぶ)の通称名で生きていた。

韓国の食やしきたりにはうるさい父だったが、外に対しては、日本人として振舞っていた。隠していた方が生きていくのに不都合が少ないというのは理解できるが、梨愛にはその矛盾が許せなかった。

だから大学から社会人、いまにいたるまで文梨愛を名乗っている。高校を出て大学に入るとき、兄が日本国籍を取ったのに反発するかのように、文山から文に変えた。あのとき母は反対したが、父は何も言わなかった。とはいえ、「ムン・イエ」ではなく日本語読みの「ぶん・りえ」なので中途半端ではある。

梨愛が本名を明らかにしたのは、ここそこしているように見える親への反発もあった。兄は強いられなかったのに、自分はキムチを無理やり食べさせられた。七五三で振袖を着させてもらえず、いやいやチマチョゴリで写真を撮った。そうした恨みも積もっていた。韓国人だったことを知られまいとびくびくしている兄への嫌味でもある。

梨愛は、同胞の韓国人と結婚した。それだって心の底には家族への複雑な思いが影響している。母や兄を驚かせ、戸惑わせたい気持ちと、父は喜んでくれるのではないかという気持ちが絡み合っていた。自分が何者か、結婚すれば迷わないのではないか、そう思った。だが、うまくいかなかった。

彼はニューカマーで、日本の大学院で研究していた。二十八歳のときに、韓国人との交流会で出会った。その頃の梨愛は韓国語を熱心に学び、韓国人との出会いを積極的に求めて、さまざまな会に参加していたのだ。十年前、三十のときに結婚し、三年で離婚した。八歳の娘、はながおり、フルタイムで働いている。

梨愛は、離婚の際に、はなの親権を得た。そして、はなを夫の籍から抜き、「呉(オ)はな」から自分の姓「文はな」に変えた。通称名の文山ではなく、文で保育園にも小学校にも通わせている。「はな」とは韓国語で数字の一やひとつという意味で、韓国でも珍しくない名前だ。だから「はな」は日本でも韓国でも同じ呼び方になるようにひらがなにした。

しかし、はなが小学校に入ったばかりの頃、学校で文という名字を「変な名前」とか、「外国人」、「韓国人」とからかわれ、泣いて帰ってきたことがあった。それ以来、やはり通称名を使ったほうがいいのかと迷いが生じてきている。自分は耐えられるが、娘が辛い思いをするのは忍びない。

韓国生まれの韓国人と結婚してみると、韓国にいる夫の家族は梨愛を韓国人としてなかなか認めてくれなかった。言葉ができないことをいつも責められた。だから梨愛は必死になってさらに韓国語を勉強した。訪韓の度に言葉は上達し、ある程度会話ができるようになっても、その努力を汲んではくれなかった。舅は梨愛に関心がないという態度でほとんど話しかけてこず、姑は梨愛が話すのをわざと遮ったり、意味がわからないと言って何度も繰り返させたり、発音をいちいち指摘してきたり、意地が悪かった。まだまだ韓国人じゃないわね、というのがお決まりのセリフだった。はなが生まれたときも、孫が日本人になったら困るから韓国で育てろと言ってきた。

結局韓国では、在日コリアンは韓国人として認めてもらえないのに、日本で辛い思いまでして韓国人と主張しても意味がないのかもしれない。離婚したいまは特に本名でいる必要もないのではないか。

梨愛は不動産会社で営業の仕事に就いているが、家主や内見の顧客から「韓国人の担当者は嫌だ」と上司を通じて言われることがある。家主の意向で外国人や在日コリアンには部屋を貸さないということもしょっちゅうで、板挟みで苦しむことも多い。前の会社の上司からは、通称名を使うように半ば脅しのように言われ会社を変わったという経緯もあった。

「シングルマザーで生きていくのはただでさえ大変なんだから、苦労を減らしたほうがいい。無理しないで通称名を使え。なんなら鐘明みたいに日本国籍をとったっていいからな」

離婚後、梨愛に向かって言った父の言葉が思い出される。

「大丈夫だよ、それぐらい立ち向かわないと。差別する人たちに屈しないよ」

こともなげに答えたが、父は「闘わなくたっていいんだぞ」と言ったのだった。

あのときは、両親や兄と違って、こそこそとせず、堂々と韓国人として生きている、頑張ろうとしている自分をなぜもっと褒めてくれないのかと思った。昔はあんなに努力を強いてきたのに。

母の方は二世だが、幼少期にひどく差別されたトラウマからか、これまた韓国人であることをひた隠しにしていた。学生時代に「チョーセンジン」とからかわれ、校舎の二階から植木鉢を落とされ危うく怪我をしかけたというエピソードは、何度も聞いた。

父もほとんど本名を使うことはなかった。だから通夜も葬式も、通称名の文山徳允で出そうという兄の提案があったとき、問題はなかろう、父もそれでかまわないはずだと梨愛も納得したのだ。また、会ったことのない韓国にいる父の親族には、納骨してから父の死を伝えれば良いだろうと言われ、そのことも承諾した。納骨は兄の意向で告別式の一週間後の予定だ。

父の親戚は日本にひとりもいないし、母の親戚と父はながらく疎遠である。したがって弔問客の少ない寂しい通夜だった。

伯父の家で行った祭祀（チェサ）で起きた事件のことを兄からも母からも聞いたことがある。その出来事のことを考えると、梨愛は胃をしめつけられるような感覚になる。それは、母方の祖父の命日であり、梨愛の生まれた日でもあった。

「料理の種類も並べ方も、頭の下げ方も、全然違うじゃないか！」

父は興奮して声を荒げたらしい。紅潮した顔で怒鳴り続ける父に誰も言い返さず、しんとなった。みな、深くうなだれているだけだったという。実家の面子は父によって潰されてしまったと、母は憎々しげにたびたび語った。

兄はそのときまだ小学校の低学年だったが、いたたまれない気持ちになったのをはっきりと憶えているそうだ。

そのことがきっかけになったかどうかは定かでないが、母の親戚は父を疎んじ、まったく交流がなくなっていったという。

兄は、純子さんと結婚するときに父に反対された。結婚したい人がいると言っても、父は純子さんと会おうともしなかった。

「日本人とは絶対にだめだ」その一点張りだった。

「日本で暮らして、日本人の中で生きているのに、日本人と結婚するなって、おかしいよ。それにお父さんだって、日本人の仮面をかぶって生きているのにさ」

兄は反論したが、父は聞く耳を持たなかった。

「これだけは譲れない。どうしても結婚するなら、縁を切れ」兄の目を見ることなく、くぐもった声で言った。

仕方なく教会で身内だけの結婚式を挙げて入籍したが、父は式に参加しなかった。そして、しばらく父と兄は絶縁状態となった。初孫の浩太、しかも韓国の家庭にとっては重大な意味を持つ男の孫が生まれたことをきっかけに和解をし、関係は修復した。父は浩太の名づけをしたが、二人の仲が良くなったとは言えず、車で三十分程度の距離に住んでいるにもかかわらず、兄の足は実家から遠のいてしまっていた。当然、純子さんの実家の家族も誰ひとり通夜に来ていない。

九十という年齢を鑑みれば大往生といえるからか、弔問客のなかで悲嘆にくれる者はいなかった。はなも初めは泣いていたが、人の出入りに緊張し、いまは黙りこくっている。

梨愛は父が死んだというのに、動揺ばかりで、深い悲しみも喪失感も抱くことができなかった。涙が一滴も湧いてこないのは、あまりにも突然の死が受け止められないからだけではなく、父に対して愛情が薄いからなのかもしれない。だが、自分でも実のところよくわからない。はなが生まれてからは、はなを通して梨愛も少しは父と心が通うようになったと思っていたのに、いくら父が偏屈だったとしても、自分はなんて薄情な人間なのだろうか。

ふと兄を見ると、青白い顔ながらも落ち着き払っていた。

兄が幼い頃、父はほとんど家にいなかったらしい。たまに帰ってくると、「飯はしっかり食べたか？」と訊き、それから「勉強してるか？」と続いたのだそうだ。

梨愛の記憶では、父は兄に勉強のことをとやかく言っていなかった。とにかく病弱でやたらと病院に行き、すぐに風邪をひいただの、お腹をこわしただの、疲れただので寝込んでしまう兄には、両親ともに甘かった。だから、「お兄ちゃん、ずるい」と梨愛はずっと不満に思ってきた。父も、そしてもちろん母も、梨愛により厳しく接していた。特に母は、目に余るほど兄を溺愛していた。

梨愛が早朝に起きて中学受験の勉強をしていたとき、父が頼んでもいないのに一緒に起きて横で見張られたことがある。梨愛があくびをすると、「たるんでいる！」と怒り出し、頭を叩かれた。

人より頑張れ、負けるな、闘え、諦めるなと、父から言われつづけてうんざりした。何度もやめたいといったのに、中学受験をさせられた。しかも、将来は医者か弁護士になれと強要する。在日韓国人は生きていくのが不利だから専門職につけということだった。

父は、兄が幼い頃家にいなかった分、梨愛のときになって埋め合わせるかのようにしょっちゅう家にいて、兄にできなかったことを押し付けてきたのではないか。

また、体の弱い兄の代わりに、自分が父の期待を負わされているようにも思った。

「私は、医者にも弁護士にもならない」

反抗すると、「勉強できるのは、恵まれていることなんだ」と拳が飛んできた。

梨愛が大学で文学部に進んだことが気に入らないことに加えて、飲み会などで遅く帰る日が続くと、「遊ぶために大学にやったんじゃない」とまた激しく怒った。梨愛は、常に干渉してくる父に耐え兼ねて、就職と同時に家を出た。

父の会話は一方的で、穏やかな家族だんらんはあまり記憶にない。八十を過ぎ事業を整理し、家で過ごす時間が長くなっても、母をいたわることはまったくなく、いつも威張り散らし、夫婦仲だって良好とは言えなかった。

父はテレビを独占して韓流ドラマの王朝ものを見ながら食事をした。

「一生懸命料理を作ったって、お父さん、美味しい、の一言もなければ、ありがとうさえないの」

母はよく愚痴っていた。だから梨愛が、母の作ったものを「すごく美味しいよ」と大げさなぐらい褒め、感謝していたのは父へのあてつけの意味もあった。

「二人でいても、ひとりだけで、さっさと食べちゃうんだから。私がまだ食べてるのに、果物くれ、って命令するし」

「テレビ見ながら？」

「そう、韓流ドラマをずっと見てるの。言葉を忘れたくないんですって。日本に来て長いんだし、いまさら帰るわけじゃないんだから、韓国語はもういいじゃないね」

母は頭を振って嘆いていた。


梨愛は、兄と同世代であろう五十前後の女性が焼香の順番を待っているのに気づいた。喪服姿にもかかわらず、美しい顔立ちと柔らかな物腰が、上品な雰囲気を醸し出している。

「お兄ちゃん、あの人が金美栄（キムミヨン）さんじゃないかな。ほら」

耳打ちすると、兄は梨愛の視線の先に目を向け、かすかに頬を動かして狼狽した様子を見せた。父が電話で最後に会話した相手を実際に目にすると、梨愛も心穏やかではいられなかった。

美栄が肩を震わせて泣き始めたので、さらに驚く。

父は周りの人間から好かれるような人物ではなかった。友達だってそう多くはなかっただろう。

父の死をここまで悼んでくれる人がいるなんて。

いったい何者なのか?

父とはどういう関係だったのだろう。

梨愛が父の死後に携帯の履歴を見ると、見知らぬ「金美栄」という名前があり、通話の回数がとびぬけて多かったのだ。その人に父の死を知らせずにいたら失礼にあたると思い連絡をとった。その際、美栄に父との関係を尋ねたが、世話になった古くからの知り合いとしか答えず、梨愛はそれ以上つっこんだことを訊けなかった。

ただの知り合い程度でこんなに泣くはずはない。

美栄に直接訊いてみようと、読経が終わってから式場を探したが、すでに帰ってしまっていた。

しばらくして弔問客は減り、柩が置かれた葬儀所のホールには家族を含め何人かが残っているだけだった。

はなは疲れきってぐったりしている。梨愛ははなを連れて家に戻る許可を兄からももらい、ホールから出ようとした。そんな折、ひとりの老人が柩の傍に寄っていった。

「アイゴー」

老人は、父の亡骸に覆いかぶさるようにして、声をあげて泣き出した。がっしりとした身体全体で慟哭している。思わず周囲を見回すと、険しい顔の兄と、眉根を寄せる純子さんの姿が目に入った。そのほかの人たちも、当惑気味に老人へ目を向けている。

「アイゴー、アイゴー」

「日本人にさせられちゃって」韓国語で喚き散らしている。

髪が真っ白で皺も深く、八十は過ぎているようなので、父の友人だろうか。どうやって父の死を知ったのだろう。

梨愛は、面倒に巻き込まれるのも億劫で、驚いて固まったまま老人を見つめるはなを促すと、そのまま葬儀所をあとにした。

翌日、告別式を終えると、梨愛は兄とともに骨壺と遺影を抱えて父がひとりで住んでいたマンションに戻ってきた。父が死んでからすぐにマンションに入ったが、じっくりと部屋を眺めることもなかった。あらためて見ると、リビングダイニングには父の気配が色濃く残っている。

ソファーには、父がついさっきまで寝っ転がっていたかのような窪みまであり、梨愛は胸が苦しくなった。父はもういないのだ。焼き場で遺骨を集めているときはどこか他人事で平気だったのに、父が食事をしていたテーブルに骨壺が置かれているのを見ると、抑え切れない感情の波が押し寄せてくる。

すぐさまテーブルから目をそらす。レンタルＤＶＤがテレビの前に積まれ、飲みかけのお茶が入った湯呑があった。ＤＶＤは王朝ものの韓流ドラマだ。父は死ぬ直前まで祖国を、韓国語を、忘れたくなかったということか。

「日本人にさせられちゃって」と通夜で騒いでいた老人の言葉が蘇った。

梨愛は、ねえお兄ちゃん、と話しかけた。

「お義姉さんから聞いたけど、あのおじいさん、お父さんとの関係も言わないで、ひとしきり泣きわめいて帰ったんでしょ。だから、簡単に片付けでもしながらお父さんの身の回りのもの、見てみようよ。金美栄さんのこともあるし、あの二人が何者かわかるかもしれないじゃない」

「そうだな、見てみるか」

やはり寝室は同性の兄が見た方がいいだろうということになり、梨愛はリビングダイニングとキッチンを担当した。

そこかしこに父の体臭がまだしっかりと残っている。息が詰まりそうになり、窓を開け、しばらく手がかりを探した。しかし、これといったものは見当たらない。冷蔵庫のなかに市販のキムチがあるのを見て、切なくなった。

「お兄ちゃん、なんかあった？」

廊下から声をかけてドアを開けると、兄は机の前で、引き出しを引いたままの状態でノートのようなものをぱらぱらとめくっていた。

「ざっと見たところ、特別なものはなかったけど、お兄ちゃんの方は、どう？　なにそれ？」

「あ、別にないよ」

兄はノートらしきものを閉じて、引き出しのなかに突っ込んだ。父の会社の帳簿か何かだろうか。

「そっか。ここに長くいるのも辛いし、くたくただから、あたしは帰るね。お兄ちゃんはどうする？」

「俺はもう少ししたら帰るよ」

「じゃあ、あたしは、お父さんの借りてたＤＶＤ、ＴＳＵＴＡＹＡに返しておくね。返却期限、明日の朝までだから」

梨愛はＤＶＤ数本を持って玄関を出ていった。

2

日が落ち、暗くなるのを待って、身を隠していた草むらから出た。ぐるりと周囲を見回す。私はいちばん身体が小さかったので、偵察役となっていた。

静寂が辺りを包み、人の気配はまったくない。

「大丈夫だ」

振り返って声をかけると、姜鎮河（カンジンハ）と韓東仁（ハンドンイン）も足音を忍ばせて出てきた。

ここまで見つからずに来られてよかったが、いつ警察や右翼の連中がやってくるかわからなかった。

今日の夜出る密航船に乗るため、急がなければならない。

私たちは無言で歩を進めた。私は恐怖と不安でいまにも泣き出してしまいそうだった。いきがっていても、まだ十六歳なのだ。

水の音が聞こえてきて、川が近いことを察した。誰からともなく安堵の溜息が漏れる。

「もうすぐだ」

鎮河が歩調を速めた。私と東仁もあとに続く。

やがて川べりに出た。二メートル程度の川幅で、流れが速い。喉が渇いていた私は手を伸ばし、川の水をすくった。

「やめろ」

普段は穏やかな東仁が珍しく声を荒げた。

「この川には、昨年の秋に蜂起した連中の死体がいくつも流されたんだ。俺たちの友達も……」

東仁は低く沈痛な声で言った。

八ヶ月前の十月、ここからだいぶ内陸に入った慶尚北道（キョムサンポクド）の大邱（テグ）で、労働者のゼネストが大規模なデモに発展し、警察と激しく衝突して死者が出たらしく、この村にも逃げてきた人たちがいた。彼らによると、労働者だけでなく、米軍の米穀徴収や日帝植民地時代の名残（なごり）である小作制維持政策に反対する農民も立ち上がったそうだ。やがて慶尚南道（キョムサンナムド）の村々にも騒ぎは及び、デモやストライキが頻発し、幾度か暴動が起きた。

私と旧制中学の同級生だった鎭河、東仁もデモと暴動に加わった。私には大正デモクラシーの時代に日本の中央大学に留学していた伯父がおり、彼は日本で独立運動を行っていた。私はその伯父に強く影響をうけていたのだ。

けれども、すぐさま戒厳令が出て、警察が暴動の鎮圧にあたった。逮捕される者もいれば、山に逃げる者もいたが、アカ狩りと称して報復に及ぶ警察と右翼になぶり殺しにされた人びとも少なくなかった。

幸い私たちは難を逃れたが、いつ捕まるかわからない状況だった。

六月の半ば、私は鎭河、東仁とともにここから逃げ出すことに決めた。

岩場に着くと、空には薄い三日月が浮かんでいた。

人の姿は見当たらないが、念のため岸にはすぐに近づかず、手前に建つ無人の掘っ立て小屋の陰に隠れた。

「間に合ったな」

鎮河はそう言うと、「あれだ」と、指をさした。

目を凝らしてみると、たしかに船が一艘、接岸している。

「あれか？　小さすぎないか？」

十人も乗ればいっぱいになってしまいそうな大きさのポンポン漁船だった。あんな船ではとても外海に出られないのではないか。

「贅沢を言ってはいられない」

鎮河は自分自身を奮い立たせるように、よし、と気合いを入れてから、行くぞ、と荷物を両手で抱えて船の方に急ぎ足で向かっていった。筋肉のよくついた背中が緊張でこわばり、さらに盛り上がっている。

私はついていくのを迷い、頭一つ背の高い東仁を仰ぎ見た。

「相周（サンジュ）、俺たちも行こう。ここにいたら殺されてしまう」

東仁が落ち着き払った声で言い、先だって走り出た。

私は後ろを振り返った。見慣れた山が、かすかに稜線を見せている。その西側に視線を移す。黒々とした塊が、私の家のある集落だ。

アボジに怒鳴りつけられる自分をいつも心配そうに見ていたオモニの顔が浮かぶ。

オモニは後妻で、私はオモニの最初の子供だったが、我が家には先妻の子で腹違いの兄、泰周（テジュ）がいた。テジュ兄さんは母親を亡くした不憫さに加え、一家の長男だということでアボジから甘やかされていた。本人もずる賢く、傲慢な性格だった。

「サンジュが盗んだ」

アボジの金をくすねたテジュ兄さんは、私に罪をなすりつけた。

「サンジュが壊した」

テジュ兄さんはキムチを保存する甕を割ったときも、私のせいにした。

何度も罪をかぶせられたが、いくら弁明しても、アボジはテジュ兄さんの方を信じた。その度に私はアボジに厳しく叱責され、折檻もうけた。

オモニは後妻という立場と、血の繋がっている母親ではないという遠慮から、テジュ兄さんを叱ることもできなければ、私をかばうこともできなかったのだろう。私が殴られるのを、目を真っ赤にして見ていた。オモニが悲しんでいるのを見るのは心苦しかった。

私は家で我慢している反動か、外では思い切った行動を取ることがあった。

あるとき、師範学校に推薦された日本人の級友がいて、そのことが許せなかった。教師にも憤った。その級友より私の方が成績は上だったのに私は朝鮮人だということで師範学校に推薦してもらえなかったのだ。おまけに級友は教師に賄賂まで渡していた。

怒りが抑えられず、私は棍棒で学校中のガラスを割った。

当然教師が家に来て、アボジは土下座して謝った。そののち、私はアボジにこっぴどく叱られ、殴られた。痛みを我慢することはできた。だが、オモニが物陰からこちらを窺い、涙を流しているのを見るのは耐え難かった。

　私がいなくなれば、オモニが悲しんだり耐えたりすることも減るだろう。アボジにとって自分は厄介者の次男だから、いなくなってもなんとも思わないかもしれない。子供は八人もいるから、一人ぐらい欠けてもどうってことないだろう。

　いまごろオモニはどうしているのか。ご飯を作っている頃だろうか。シレギ（乾燥した菜）のテンジャンクをもう一度だけ飲みたい。

　叱られた翌日、オモニは「しっかり食べなさい」とだけ言って、私の好きなシレギのテンジャンクを出してくれた。具沢山のあたたかい葉っぱの味噌汁は、身体に染み渡る優しい味だった。私はオモニのテンジャンクに何度勇気付けられたことだろう。

　ポケットの中を探り、そこにポクチュモニがあるのを確かめる。

　ポクチュモニは、縁起がいいとされる巾着袋だ。オモニの手製で、トサカの立派な雄鶏の刺繍が施されている。私は雄鶏、妹は牡丹、というように、オモニは子供たちそれぞれに刺繍を入れてくれた。

「雄鶏は、利口だけど、忍耐強い。だから、サンジュ、お前にぴったりだよ。雄鶏はいつも必ず夜明けの同じ時間に鳴くから、信頼を表している。そしてその鋭い爪で戦いを勝ち抜き、勇気と強さも見せる。雄鶏のように、賢く、耐え、信頼される強い男になるんだよ」

オモニは私に言い、ポクチュモニに刺繍の針をさした。

ポケットのポクチュモニには紙幣が入っている。

私は不在の隙を見計らってアボジの金庫を針金でこじ開け、そこから紙幣の束を取り出した。百円札一枚に十円札や一円札、五十銭札が数枚混じっている。

盗みをするのは初めてだった。しかし、兄にぬれぎぬを着せられたから、アボジに、またやったかと呆れられるに違いない。それはとても悔しい。だがその反面、アボジに疎まれるくらいの方が、かえって未練なく家を出られるとも思う。

ごめん、オモニ。本当に盗みをしてしまった。

私は自分の家の方角を見つめながら、ポクチュモニを掌でぎゅっと握り締める。

オモニにきちんと別れを告げてから船に乗りたかったが、いまさらもう遅い。

さようならオモニ。そして、故郷。

胸の内で別れを告げると、海に向かって走っていった。

波は穏やかで、順調な船出だった。

出発する頃にはかすかな月明かりも消え闇夜となったが、そのほうが密航には都合がよい。

密航船に乗ったのは、私、鎮河、東仁のほかに四人の全部で七人だ。

うちひとりは船を操る四十がらみの漁師パク・ジンチョルで、彼に百円を払い、日本の内地まで運んでもらうことになっていた。あとの三人は、私たちよりちょっと歳上の男たちだ。

六人の密航者は持参した荷物とともに船底に入れられ、蓋をされた。漁では魚を入れて運ぶ場所だ。

強烈に生臭い匂いと閉塞感で、息をするのも辛かった。真っ暗なうえ、床が濡れていて滑りやすく、動くのも危険だ。かといってみんなが横になれるほどの隙間もなかった。

狭くて窮屈な場所に肩を寄せて隣り合っていても、はじめのうちは誰も会話を交わさなかった。私は湧き上がる不安に苛まれて、じっとカバンを抱えていた。

ポケットの外からオモニのポクチュモニを確かめ、不安を鎮める。

日本はどんなところだろうか。

日本人のなかでやっていけるだろうか。

中学校に上がった頃、私の家が持っていた建物に日本人学校の校長が住んでいた。鈴木平太（すずきへいた）という人だ。彼が便宜を図ってくれて、私は朝鮮人にもかかわらず、解放前の一年だけ日本人の学校に通った。クラスに私以外にもひとり朝鮮人がいたが、二人ともとくにいじめられることはなかった。ただ、日本語でしか話してはいけなかったし、日本式の名前「国本直男（くにもとただお）」を名乗らせられたことは屈辱でしかなかった。だから私は日本人に負けまいと、人一倍勉強を頑張ろうと思った。だが、その頃は毎日が軍事教練だった。

　師範学校への推薦にまつわる事件のとき、鈴木先生は私の言い分を聞いてくれて、私は退学を免れた。先生はアボジに説明までして、かばってくれた。鈴木先生のような人に出会えたことは幸運だった。

　解放後、日本に帰ることになった鈴木先生は私を呼んで別れを告げると、これからは、と私の目を見据えて言った。

「君たちが新しい朝鮮を作っていくんだ。立派な人間となり、良い国を築いていきなさい」

　鈴木先生の言葉は私の胸に強く響いた。私は、はい、と深く頷いた。

「そのために、これまで以上にしっかり勉強するんだよ」私の手を取って、両手で力強く握った。

　鈴木先生の大きくて乾いた掌の感触が蘇る。

　こうして日本に行くことになったのだから、勉強もしたい、大学に進学して祖国に尽くす力を蓄えたいと思っている。

　しばらくして、息詰まるような空気を和らげようとしてか、ひとりの男がロウソクを取り出して火をつけ、「自己紹介をしよう」と言った。

「俺は、アン・チョルス。二十三歳だ。戦時中に出稼ぎに行ったアボジを追って家族で日本に渡ったが、俺以外は空襲で死んだ。解放後は、何度も日本と半島を行き来している。まあ、運び屋というわけだな。結構儲かるんだ」

密輸入、密輸出ってことだろうか。やさぐれた印象は、やはりそういう商売をしているからなのか。

「故郷の三千浦（サムチョンポ）に帰ったのは久しぶりだ。伯父さんが死んじまって、爺さん、婆さんの生活が苦しくなっちまってな。だから、金を渡してきた」

「僕は、キム・チュサンです。コ・グヨンと僕は二十歳です」

細面で繊細な印象の男が口を開いた。水筒を斜めがけにしている。

「日本に行ったら、大学に通いたいです」

キム・チュサンは、私と志が似ていて、親しみを感じる。

「僕もせっかく日本に行くなら、一旗揚げたい。金をいっぱい稼いで、いい暮らしをしたい」コ・グヨンは明るい声で言った。

大海に漕ぎ出した小さな漁船という運命共同体のなかで身を寄せ合い、小さな灯りのもと、互いに心を開いてみると、不安な心持ちはわずかばかりだが軽くなる。とはいえ、どんな素姓の人たちかわからないから、追われて逃げるとは言えない。

年長者から話し始めて、我々の番になる。

「僕たちも、チュサンさんや、グヨンさんと同じように、日本で何かしたいと思って……」

鎮河が三人を代表して説明していると、船がぐらり、ぐらりと揺れ始める。ロウソクが倒れて火が消えると、会話も途切れた。

六月は海上が穏やかだと聞いていたが、波が高くなってきている。なにかにつかまりたいが、船底は真っ暗なうえ、手探りで探してもつかまるものなどなかった。不安定なため、荷物と一緒に身体が動いて、壁や荷物、仲間にぶつかってしまう。

頭がくらくらとしてきて、胃が絞られるように苦しくなった。

みんなの口から声にならないうめきが漏れていた。もう誰も言葉を発する余裕などない。

うっ、と吐き気がこみ上げてきたと気づいた瞬間には吐いていた。私だけでなく、そこかしこでえずき、嘔吐している。

海はさらに荒れてうねり、船は上下左右に揺れた。このままでは転覆してしまうのではないかと思うほどだった。

あちこちにぶつかりながら、吐物にまみれた。もう、なにがなんだかわからず、ただ気持ちが悪い。私はさらに何度も吐いたが、そのうち胃の中が空っぽでなにも出てこなくなる。

波が鎮まってほしい。

祈るような気持ちでいたが、エンジン音までもが止まってしまった。

このままでは、流されて、捕まってしまうのではないか。

不安な気持ちのまま、揺れに身をゆだねていた。せめて打撲を最小限にしようと身体を小さく丸める。

「こんなのは序の口だ。この程度で死ぬことはないから心配するな」

アン・チョルスの言葉に励まされた。しかし、しだいに朦朧としてきて、意識が遠のいていく。

身体を揺さぶられて目を開けると、鎮河の顔が間近にあった。気を失っていたようだった。

「相周、大丈夫か」鎮河がほっとしたように言った。

光がまぶしかった。天井の蓋が開いていて、日差しがさし込んでおり、夜が明けたことがわかった。

「揺れが収まったんだな」

「ああ、なんとかな。エンジンも動いている」

そう言われてみると、エンジン音がはっきりと聞こえてくる。

船底には、座っている人もいれば、寝っ転がったままのものもいる。東仁は目を開けていたが、身体を床に投げ出してぐったりしていた。すえた匂いがみちており、荷物も人も汚れていた。

それからも船は揺れたり落ち着いた状態に戻ったりを繰り返した。

私はポケットにあるポクチュモニを服の上から確かめ、オモニの顔を瞼の奥に描きながら船酔いに耐えた。

身体がものすごく小さかったオモニは、いつも泣いているような表情をしていた。寝つきの悪い私の背中を優しくさすってくれたときの、オモニの手のあたたかさが恋しくて、涙がこみ上げそうになったが、どうにかこらえた。男はそうやすやすと泣くものではないと小さい頃から言われてきたのだ。

「そろそろ対馬の近くを通るはずだ。対馬を越えれば、内地まであと三分の二ほどだ」

夕方になってパク・ジンチョルが甲板から告げ、私たちは色めきたった。

きっと見つからずに上陸して逃げられる。ひとりじゃない、仲間がいる。心の内で唱え、自分を励ました。

しかし対馬沖に入ると、波が出てきて激しい揺れが起こった。

大丈夫、大丈夫と繰り返し呟いていると、突然の激しい衝撃とともに身体が叩きつけられた。

耳をつんざくようなバキバキッという轟音に、頭が真っ白になる。

次の瞬間、海中に投げ出されていた。

私は海に沈んでいき、かなり深いところまで潜っていった。

息ができず、苦しくてたまらない。

浮かび上がろうとするが、海の水は冷たくて、重かった。両手と両足で必死にもがくと、左足に激痛が走る。

なんとか両手と右足を動かしているうちに浮かんでいくが、衣服がまとわりついて、なかなか海面まで届かない。

息を止めているのも限界に達した頃、どうにか海上に顔を出して、海の水を吐き出した。

しかしすぐに波に襲われ、溺れそうになる。左足がいうことをきかないせいで、うまく泳ぐことができなかった。

ふたたび海水を大量に飲んだ。

息苦しいのを通り越して、鼻が、喉が、肺が、すべてが痛かった。左足の痛みとあいまって、体中が痛みの塊になってしまったようだ。

ばたばたとさらにもがくが、身体が沈んでいくのを止められない。

ここで死ぬのか。

もう終わりなのか。

死にたくない。

いやだ、ぜったいに生きなければ。

顔が波間から出た瞬間に、渾身の力を振り絞って叫ぼうとしたが、声にはならなかった。恐怖が全身を襲い、身体が硬直して海の底へと引っ張られていく。

オモニ。オモニ。死にたくないよ。

意識が薄らいでいきそうになったとき、左腕を摑まれて、引っぱり上げられた。

「サンジュっ、しっかりしろっ」

救ってくれたのは、東仁だった。切迫した形相になっていて、別人のように見える。

「これにつかまれ」

目の前にある約一メートル四方の板切れは、おそらく船体の一部だろう。

海水をげほげほと吐きながら、板切れにしがみつく。

私が落ち着くのを待って、東仁は私の摑む板切れを引っ張って泳いでくれた。対馬らしき島は沖からしっかりと見えていて、思いのほか近かった。

岸にたどり着き、岩場にしがみついた。ただ生きていたことに感謝する。東仁がいなければ命がなかった。漁船は対馬沖の岩礁に乗り上げ、大破したのだった。

「東仁、ありがとう。一生恩にきる」

「お互いさまだ。俺が困ったときには、きっと助けてくれよ」

東仁は整った顔で微笑み、ひとりで岩肌を歩くのが困難な私に肩を貸してくれた。

私はずぶ濡れのズボンのポケットに手を入れた。荷物も水も食糧もすべて海に流れてしまったが、ポクチュモニは無事だった。取り出し、胸にあてると、オモニの嘆き悲しむ顔が鮮明に脳裏に蘇る。

アン・チョルス、コ・グヨン、そして鎭河も自力で泳いで対馬に上陸していた。しかし、パク・ジンチョルとキム・チュサンの姿はなかった。

私たち五人はとりあえず目立たないよう林に隠れて、朝になるのを待つことにした。

濡れた衣服を脱ぎ、しぼって木にかけて干し、乾かす。

夜風は冷たく、裸でいると、歯がガチガチいうのが止まらない。

「お互いに身体を寄せるんだ」

アン・チョルスに言われ、鎭河、東仁と三人で寄り添ってさすり合い、身体を温めた。アン・チョルスとコ・グヨンは背中をくっつけて各々自分の身体をこすっている。だが、日が昇るまで、私たちはずっと震えっぱなしだった。

明るくなってみると、キム・チュサンの遺体が海岸に打ち上げられていた。ぶよぶよに膨らんだ水死体は見るも無残なほど変わり果て、かろうじて衣服と斜めがけにしていた水筒でキム・チュサンだと判別できた。

コ・グヨンはキム・チュサンの遺体に駆け寄って抱きつくと、すすり泣いた。

日本で大学に行きたいと言っていたのに。キム・チュサンの夢はかなわず、海の藻屑となって消えた。

私も鎭河も東仁も言葉を失い、ただ黙っていた。一歩間違えれば、自分が彼のようになっていたかもしれない。

私はキム・チュサンの亡骸を見つめながら、彼の遺志を継いで、自分は必ず大学に行こうと誓った。

アン・チョルスが遺体を隠したほうがいいと言い、折った木の枝と素手で穴を掘って、足を怪我した私以外の四人で林の中に埋めた。コ・グヨンはずっと泣いており、埋葬が終わってようやく涙が収まった。パク・ジンチョルの行方については誰も触れなかったし、探そうという話も出なかった。

キム・チュサンの遺した水筒の蓋をアン・チョルスが開け、全員で回し飲んだ。あまりにも喉が渇いていて飲みこむときにごくりと大きな音が出てしまう。私は彼が命をつないでくれたことに感謝した。ほかの四人も黙って、貴重な水の味を嚙みしめているように見えた。

「今後どうするべきかを話し合おう」

アン・チョルスが言い、五人は裸のまま、木陰に円座を組んだ。日差しが強く、裸でいて気持ちがいいくらいの天気だった。

「警察に船が難破したと出頭するのがいい」

アン・チョルスは、驚くようなことを提案した。

「とんでもない！　捕まって収容所に入れられ、強制送還されますよ」

コ・グヨンが言うと、みんなも、そうです、と同意した。

「もちろん、本当のことは言わない」

「どういう意味ですか？」コ・グヨンが訊き返した。

「日本にいた朝鮮人がたくさん半島に引きあげている。だから、俺たちも、そういうふうに見せかけるんだよ。朝鮮から来たのではなく、日本から朝鮮に帰ろうとして対馬沖で難破したって言うんだ」

「つまり引揚者に化けるってことですか？」

鎮河が訊くと、アン・チョルスは、そういうことだ、と答えた。

「遭難者を装うんだよ。帰ろうとした朝鮮人を、厳密には調べないと思う。すぐに自由にしてくれるはずだ」

「でも、そんなにうまくいくでしょうか」鎮河が首を傾げた。

「そうですよ。このままなんとか見つからずに内地に行くことができれば、逃げおおせるのではないですか」私も口をはさんだ。

「船もないから内地に行く手立てがない。泳ぐのだって無理だ。だいいち、お前は怪我をしているじゃないか。無茶をして命を落としたら、ここまで生き延びてきた意味がない。それに、逃げるっていったって、ここは島だから、人目につきやすい。逃げ場もほとんどない。連絡船に乗ろうにも、港には警察もいて、結局捕まる」

アン・チョルスの言うとおりだった。鎮河と東仁を交互に見やると、彼らも、それしかない、とでも言うように、私に視線を合わせて小さく頷いた。

「いちかばちか、チョルスさんの案に賭けてみるしかないですね。捕まるよりは出頭したほうが印象もいいでしょうから」

東仁が冷静に言うと、うんうんと、コ・グヨンがしきりに首を縦にふった。

「俺に任せておけば、うまくやる。どうしても出頭するのが嫌なやつはここで別れよう」

アン・チョルスは言ったが、誰ひとり立ち上がらなかった。

私は警察に行くことにおそれがあったが、いまはそれが最良の方法のような気がした。これまでも危ない場面を切り抜けてきたと思われるアン・チョルスの言葉には説得力があったし、彼は頼りになりそうに思えた。

「服を着て、警察に行こう」

アン・チョルスが腰をあげ、コ・グヨンが倣った。鎮河と東仁が私を両側から腕を支えて立ち上がらせてくれた。

遭難者として出頭すると、アン・チョルスの見立て通りそれほど厳しく取り調べられることもなかった。でたらめな名前を名乗ったが、いちいち照会もせず、私は肩すかしをくらったような気持ちさえした。私たちは博多に移送され、翌日には釈放された。

日本に逃げてくることができた、命の危険はこれでなくなったと、ひとまず胸をなでおろす。

しかし、自由の身になったものの、日本に知人のひとりもいない私、鎮河、東仁の三人はこれからどうしたものかと途方にくれた。荷物も流されてしまい、懐(ふところ)に入れていたわずかな金と身ひとつだった。それに、逃げてくることだけで、その後のことまでは深く考えていなかった。

これまで行動をともにしてきたコ・グヨンは親戚のいる京都に向かうといい、彼とはそこで別れた。

まだ十六歳の私たちは、生きるために働かなくてはならないが、どこでなにをすればいいのか見当もつかなかった。私は足を怪我しているから職を求めて歩き回ることもできない。それどころか、その日の宿のあてすらなかった。

戦後たった二年の博多港は、外地から引き揚げてくる者、内地から引き揚げていく者、復員兵などが入り混じり、ごった返していた。

私は復員兵の姿を見て、ケヒャンのことを思い出した。

まだ学校に上がる前、私の家に女中奉公していた十六歳のケヒャンが、トラックの荷台に乗せられて連れて行かれた。私はケヒャンが大好きだった。眠りになかなかつけない私をおぶって、唄を歌ってくれた。子供が次々に生まれて私だけに構っているわけにはいかなかったオモニに代わって、なにかと面倒を見てくれた。お腹をすぐに壊す私に腹巻を作ってくれた。テジュ兄さんにいじめられると、膝で泣かせてくれた。飴をくれて、慰めてくれた。

「ケヒャン、行かないで」

私はトラックを後ろから追いかけた。

「サンジュー」

ケヒャンは声をあげて泣き、荷台から身を乗り出したが、そばにいた男に引き戻された。遠ざかっていくトラックの助手席に、日本の軍人がいたのを私は忘れることができない。

半島にいた彼らは清潔な軍服に身を包み、背筋を伸ばして靴音を響かせていた。日本の軍人は、私たちから大切なものを奪っていく存在だった。

しかし、博多の街で見る復員兵はよれよれの汚れた軍服を着ていた。虚ろな目をして座り込んでいる者もいれば、いまの私同様に足を引きずっていたり、片腕がなかったりする人もいる。薄汚れた眼帯姿でウロウロして人にぶつかり、どやされている復員兵も見かけた。

戦争が終わって傷ついたのは、私たちの祖国だけではない。

日本も深く傷ついている。

朝鮮を上から押さえつけ、痛めつけていた日本軍の姿はなかった。戦争に負けるとは、すべてがひっくり返ることなのだ。

博多の街は、空襲の傷跡がまだまだ生々しい。

建物の多くが焼けてしまっていて、街全体が黒かった。景色は開け、海からかなり遠くまで見渡せた。かろうじて残っている大きな建物が、周りのだだっ広さをより際立たせている。焼け焦げて炭になったところに、テントやトタンで即席の住処が出来て、そこに暮らす人の焚く火が、煙をくゆらせているのが見えた。

その横をアメリカ兵のジープが我が物顔で走り回り、あとを子供たちが追いかけている。ぼろぼろの服で裸足の子もいた。大人の身なりも概してよくなかった。日本人学校の同級生やその家族たちが小奇麗だったことを思い出し、あまりの違いに愕然とする。

故郷では、見えない姿でひたひたと迫ってくるのを感じたアメリカ軍が、ここでは生身の兵士として目の前にいる。日本はアメリカの占領地なのだということを肌身で感じた。そして、そのアメリカ兵から、大人は煙草を恵んでもらい、子供はチューインガムやチョコレートを放り投げられ、それに群がっている。

私は不思議とアメリカ兵が怖くはなかった。笑顔をふりまく明るいその姿は、朝鮮半島を血なまぐさい抗争に追いやった犯人とはとうてい結びつかなかった。

戦災の地を初めて見た私は、こんなにも破壊されてしまったことに打ちのめされると同時に、日本人がアメリカ兵を恨むことなく従順でいることがにわかには理解できなかった。街を焼け野原にした張本人たちと腕を組んで歩く、化粧の濃い日本人女性までいる。彼女たちは嬌声をあげながら私たちの前を通り過ぎていく。

あの人たちは、屈辱を感じないのだろうか。

私の戸惑いをよそに、博多のひとびとは忙しく行き交っていた。

新しい建物が次々に建てられ、そこかしこで、カナヅチやノコギリの音が響いている。路面電車にはあふれるほど人が乗り込み、ひとびとの熱気に圧倒された。

生まれてこのかた慶尚南道の海辺の町から出たことのなかった私にとって、博多の街は、あまりにも混沌としていた。自分がここで生きていけるのかという不安が湧いてくる。

鎭河も東仁も心もとないようで、言葉が少なかった。

なにより、ほとんど食べ物を口にしていないため、腹が減ってどうしようもなく、気力も出てこない。

「まずは飯を食おう。ついてこい」

いまにも倒れそうな私たちを見かねて、アン・チョルスが闇市に連れて行ってくれた。焼け跡にバラックや屋台が立ち並び、闇市もさかんだった。

狭い路地に店がひしめいている。米軍の放出品を売る露店には、物が豊富だった。缶詰や食料品、衣料品を客が押し合いへし合いし、買い求めている。喧嘩や小競り合いもあって、かなり騒々しい。そのほかに、米を売る店もあれば、小麦粉を扱っているところもあった。飲食店も多く、うどんを出す店やまんじゅうを並べている店を目にして、空腹をさらに刺激された。ごぼうの天ぷらを揚げている店の前を通ると、香ばしい匂いでつい腹が鳴ってしまう。

アン・チョルスは闇市で顔が利くようで、在日同胞の小さな屋台に案内し、おごってくれた。オモニと年頃の変わらない、もんぺ姿のおばさんがひとりで切り盛りしている。

「アイゴー、よく来たね」おばさんは囁き声で言った。

「ここでは朝鮮語を大きな声でしゃべらない方がいいからね。それにしてもあんたたち、うちの息子よりも若そうなのに、船であっちから来たんだって？」

おばさんの朝鮮語を聞くと、それまで張り詰めていた気持ちが緩んだ。訛りも故郷のものに近い。

「足を怪我しているのに、えらいことだ。かわいそうに」

私の腕をさすって、「でも、無事でよかった」と続ける。

「さ、たくさん食べなさい」

おばさんは、さつまいもの入ったテンジャンクを出してくれた。

あたたかいテンジャンクを口にすると、生き返った心地がした。煮干のだしで、オモニの味に似ていた。

私は汁をすすりながら、不覚にも泣いてしまい、慌てて袖で涙を拭った。みんな食べるのに夢中で私の涙に気づいておらず、ほっとする。

私たち三人は、一言もしゃべることなく貪るように食べ、汁を全部飲み干した。

「アイゴー、かわいそうに、よっぽどお腹がすいていたんだね。もっと食べなさい。おかわりは、ただでいいから」

おばさんが、もう一杯テンジャンクを出してくれる。

アン・チョルスはテンジャンクをおかわりせずに、がっつく私たちを見守りながら、口元を緩めていた。煮干をつまみに、どぶろくをうまそうに飲んでいる。

汁をすすっていると、ここで生きていくしかないと、強く心を持ち直せた。オモニの「しっかり食べなさい」という言葉が蘇り、私は二杯目のテンジャンクを掻き込むように口に流し込んだ。

「よし、腹は満たされたな。お前たちは、ちょっとここで待ってろ。すぐ戻るから」

そう言ってアン・チョルスはどこかに行ってしまった。

「あんたたち、どこから来たの？」おばさんが訊いてきた。

「慶尚南道の三千浦というところです」

鎮河が答えると、おばさんは、アイゴーとまた言った。

「大変だったね。あたしも慶尚南道出身でね。晋州(チンジュ)の方だよ」

「晋州ですか？　僕たちの故郷と近いです」

私が答えると、おばさんは、そうか、とさみしそうな顔になった。

「解放後、あっちに帰ったけど、故郷では食い扶持がなくて暮らしていけなくてね。去年またこっちに戻ってきたよ」

おばさんは、「あっちはどうなっているんだい？」と訊いてきた。

「大変です。いたるところで、暴動があって、めちゃくちゃです」鎮河が答えた。

「アイゴー、私たち朝鮮人は、本当に不幸だね」

おばさんは頭を大きく振って、アイゴーと呟く。

「あんたたちの親はどうしているんだ？」

「向こうにいます」

私はオモニの顔を思い浮かべながら答えた。

「あたしの息子はね、特攻で死んじゃったんだ。もう二度と会えない。事情はあるだろうけど、あんたたちは、親が生きているうちに、いつか必ず帰るんだよ」

果たして帰ることができるのだろうか。私は、ポケットに手を入れ、ポクチュモニの刺繡部分をそっとなぞった。

おばさんは胸元から取り出した息子の写真を見せてくれた。十八歳だったという軍服姿の青年は、背広と着物姿の両親と並んで写っている。細い目がおばさんによく似ていた。

それからおばさんは、息子の思い出を語り始めた。志願して軍隊に入ったという。

私は、どう見ても日本人にしか見えない家族の写真を眺めながら、日本にいた朝鮮人には自分たちとはまた違った苦しみがあったのだなと思った。

優しい性格だったというおばさんの息子の話を聞いていると、いつの間にかアン・チョルスが戻ってきた。

「ほら、これ、お前たちのだ。これがあれば安心だ。こっちで暮らせる」

アン・チョルスは、私、鎭河、東仁に、冊子をひとつずつ渡した。

「これは、なんですか？」鎭河が冊子をめくりながら尋ねた。

「米穀通帳という米の配給手帳だ。これが、身分証明書になる」

「でも、名前が違いますが」

東仁が訊くと、それはな、とアン・チョルスが顔を寄せてきた。

「幽霊手帳だ。闇で買ってきた。ここでは、金さえあれば、身分が買えるんだ。密航なんだから、本名ってわけにもいかないだろう」低い声で言った。

「そうなんですか。でも、あの、これ、代金を払わないと」

ポケットに手を持っていこうとしたら、アン・チョルスが私の腕をつかんで、いいんだ、と制した。

「お前たち、たいして金も持ってきてないんだろう。気にするな。俺らは同じ故郷なんだ。しかも、九死に一生を得た仲間だ。助けるのが当たり前だ」

「本当にありがとうございます。助かります」手帳を持つ手に力が入る。

「感謝してもしきれません」鎮河は涙ぐんでいた。

「お金は必ず返します」

私たち三人は、ありがとうございます、と何度も礼を言った。

「金のことはいいから」

そう言うとアン・チョルスは、おばさんにまたどぶろくを頼んだ。

もらった手帳には、それぞれ見知らぬ名前と生年月日が記されている。

鎮河は、朴永玉(パクヨンオク)、昭和三年二月三日生。

東仁は、金太竜(キムテロン)、昭和二年五月二十七日生。

私、李(イー)相周の米穀通帳には、文徳允(ムンドクユン)、大正十五年九月十日生と書かれていた。

今日から自分は、文徳允として生きていくのだ。齢(とし)も五歳さばを読むことになる。

私は手帳をじっと見つめて、新しい名前と生年月日を頭に刻み込んだ。

Ⅱ

1

父の死にまったく動じなかった兄がマンションに残ったのは、父を惜しんでのことだと思いたかった。

マンションを出た梨愛は、父の借りていたＤＶＤを返すためにＴＳＵＴＡＹＡへ向かった。けれども、いざ返そうとして立ちすくんでしまう。

いまこのＤＶＤを手放してしまったら、父の日常が消えてしまうような気がする。

母が亡くなったときには父が母の持ち物をすぐに処分してしまった。四十九日を迎える前に、夫婦茶碗をはじめとした食器が捨てられた。母の部屋は、ベッドなどの家具がなくなり、クローゼットの衣類も残っていなかった。がらんとして、母の気配がすっかりなくなっているのを見て、梨愛は愕然とした。

「お父さん、形見分けもしていないのに、ひどいよ」

梨愛が責めると、父は、つらいんだ、お母さんのものがあると……とやっと聞き取れるほどの声で言い、うなだれたのだった。

ＤＶＤの返却期限は明日の朝までだったが、梨愛はそのまま持ち帰ることにした。

自宅は父のマンションからふた駅だ。まだうす明るい空を見上げると、くっきりとした月が梨愛を見下ろしていた。

「月っていうのは、太陽になりたかったのかもしれないな」

母の納骨を終えたとき、日暮れ前の空に浮かぶ月を見やり、父がぼそっと言った。

「月は私みたいだな。お母さんには、太陽を見せてあげたかった」

あの言葉はどういう意味だったのだろうか。

梨愛は月を追いかけるように家路に向かった。

ただいま、と玄関ドアを開けると、一人娘のはなが走ってきて、梨愛の腰に抱きついた。はなは、告別式で着ていた紺のワンピースのままだった。はなは焼き場に連れていかず、一足先に帰したのだ。

シッターの上田（うえだ）さんが申し訳なさそうに顔を出す。

「はなちゃん、疲れたのかずっと寝ていて、いまさっき起きたばかりなんです。だからまだ着替えてなくて……」

大好きだった祖父の死をうまく受け止められないのか、ここ何日かのはなは、泣きじゃくったかと思えば黙り込むのを繰り返していた。寝つけなくて梨愛のベッドに入ってきて、胸に顔を押し付けてきた。

「ごめんね、はなを置いていっちゃって」

「ママ、今日はもうどこも行かないよね？」

「うん」

返事を聞いてほっとしたのか、はながしがみつく腕を緩めた。梨愛は、はなと同じ目線の高さになるように、跪（ひざまず）いた。

「今日はずっとはなと一緒にいるよ」

「ほんと？」はなの機嫌が直る。

上田さんを帰し、はなを着替えさせ、自分も寝室で喪服を脱ぐと、思わず、ふうっと、声が漏れた。

「ママ、これ、おじいちゃんの。なんでうちにあるの？」

はながDVDを手に寝室に入ってきた。はなを連れて父のマンションを訪ねたし、父にはなを預かってもらうこともあったので、はなはDVDが、父の借りていたものだとわかったようだ。

「あ、うん。TSUTAYAに返そうと思っておじいちゃんのところから持ってきたんだけど……」

「返しちゃだめっ」

はなはえらい剣幕で言い、DVDを腕にぎゅっと抱えた。

「すぐには返さないよ」

微笑みかけると、はなは安心したのか、うん、と頷いた。

「このドラマは、おじいちゃんの、せんぞ、のお話なんだって」

「先祖？　はな、おじいちゃんがそう言ってたの？」

「うん、おじいちゃんのおうちのずっとずっと昔のお話だって言ってた」

「ああそうなのね」

「ママ、これ、観ようよ」

はなと並んでテレビの前に座る。聞き覚えのあるテーマ曲が流れると、気持ちが乱れてくる。先週まで父はソファーのいつもの場所に座ってこのドラマを観ていたのだ。ドラマを観ながら大粒の涙をこぼしていた父の姿が目に浮かぶ。

韓国ドラマを観ていたときを除き、梨愛が父の涙を見たことはなかった。

テレビ画面に映し出されたドラマを眺めていると、生前の父のことが次々に思い出される。ふと、父がすぐそばにいるような気がした。

五年前に亡くなった母は晩年、ことあるごとに父の愚痴を言い、それは年々ひどくなっていった。

「もっと優しい人と結婚すればよかった」

「お父さんは不器用なだけじゃない？　いつも美味しい果物とか、高いお肉とか買ってきてくれるじゃない」

「それは、自分が食べたいからでしょ」

「そうかなあ。お母さんの好きなものが多かったと思うけど」

梨愛だって父を疎ましく思う部分は大いにあったが、母の言い方がきつすぎて、つい擁護したのだった。

「私を大事にしているならば、いたわりの言葉ひとつくらいくれてもいいじゃない。威張ってばっかりで。お父さんは一世で、私のような二世とは、いろいろと違うから仕方ないとは思うけど、仲のいい夫婦を見ると、寂しくなるわ。わかるでしょ、あなただってあっちから来た人と離婚したんだから」

「うん、まあ」

梨愛の傷をえぐっていることに母は気づいていないようだった。母には離婚の本当の原因は話しておらず、ニューカマーと在日の感性の違い、と説明していたのだ。

父と母は同じ趣味があるわけでもなく、一緒に出かけることもほとんどなかった。母は習い事やボランティアなどの仲間、同級生など、友人がたくさんいたが、父は人付き合いが悪かった。

梨愛は、母が父について愚痴るのも致し方ないとは思っていた。それでもやはり悪口を聞くのは心地いいものではない。

母が亡くなる半年ほど前に、たまらなくなって尋ねた。

「お母さん、そんなに合わないのに、どうして結婚したの？　恋愛結婚でしょ？」

「あのときはわからなかったのよ。ただ、お金に清潔で、正義感が強い人だったから。

私の周りにいた在日の男はろくでもないのが多かったし……お父さんがよく見えたのよ」

　母は、人手が足りないからと頼まれて事務を手伝っていた韓青（在日韓国青年同盟）の事務所で父と知り合ったのだという。

「私、お花を習っていたから、事務所に花をよく持っていって飾ってたのね。それが女らしくて良かったから私を見初めたって、あとになってお父さんがぽつりと漏らしたことがあったけど」

「へー、ロマンチックじゃない！」

「私も見る目がなかったのね。結婚してから、十円ハゲができたんだから」

　母は、あの頃は本当に辛かった、と、顔を曇らせた。

　結婚当初、父の収入がわずかで結婚指輪まで質に入れたことや、兄が生まれても父がほとんど家に帰ってこなかったことを、恨みに思っていたようだ。母の話では、兄は乳児の頃は身体がさらに弱く、育てるのに相当苦労したらしい。

「それなのに、よ」そこで、母は息をついた。

「あなたにだけ言うけど、お父さんには、女までいたんだから。ひどいでしょ」

「まさかぁ。お父さんに女がいたとは思えないよ」

　梨愛は笑ったが、母は硬い表情を崩さなかった。

「本当なの？」

梨愛があらためて質問すると、母はええ、と低い声で答えた。

「いつから？」

「わからないけど、気づいたのは、あなたが生まれて少し経った頃よ。いまも会っているはず。ときどき行き先を告げずに出かけていくことがあるの。最近なんて、オーデコロンなんかふりかけちゃって、ばかみたい。加齢臭を気にしているのよ。まったくいい年してみっともないったらないわ。堅そうに見えるけど、お父さんだって、やっぱり男なのよ。お金もだいぶ貢いでいたみたい。ほんとに腹が立つったらないわ」

母は、やだやだ、と吐き出すように言った。

父がまだ二歳のはなに、「おじいちゃん臭くないか？」と訊いて、「くっさーい」と返されて落ち込んでいたことを思い出した。

「お母さん、いままでお父さんを問い詰めたりしなかったの？」

「怖くて言えなかったわよ。その人が好きだとか言われて離婚にでもなったら、私ひとりで子供をかかえて暮らしていけないでしょう。子供を取られる可能性だって。私は、あなたみたいに仕事してたわけじゃない。お父さんに養ってもらってたんだもの。それに、いまとなっては、もう、ね。呆れるし腹も立つけど、どうでもいい。私も好きなように女友達と楽しくしてるから」

梨愛は、いくらなんでも八十過ぎていまだ愛人と続いているなんてありえないだろうと思った。そんなに長く付き合うことが可能なはずもない。それとも次々と女を変えたのか？　いや、それもないと思う。そもそも父は女性にもてるような見た目ではないし、無愛想なうえに物言いがきつくデリカシーもない。

梨愛は結婚後もよく母と買い物に行ったり、お茶を飲んだり、食事をともにしたりした。離婚した直後、幼いはなを働きながら育てるのに、ずいぶん母の世話にもなった。それだけに、父と母の仲が悪いことにずっと心を痛めていた。

胃がんが見つかったときにはステージが進んでおり、あっという間に亡くなった母は、病床で最期まで父と目を合わせようとしなかった。父が母の手を握ろうとしたらそれを振り払った。あの光景を思い返すと、いまでも胸が締め付けられる。

もし父に女がいたというなら、相手は誰なのだろうか。

通夜に来た美栄のうるんだ瞳が頭をよぎる。

いつの間にか、梨愛の膝に頭を預けて、はなは眠っていた。

はなは昨晩夜明けに突然起き上がり、自分の部屋に戻ると、ポクチュモニを握りしめて戻ってきた。

とさかのある鶏が黒い糸で刺繡されたポクチュモニは、父がはなの五歳の誕生日にくれたもので父の母親、つまり梨愛の祖母の形見だそうだ。

父は、「韓国の家族とは離れてるし、お前たちは付き合わなくていい」と言い、兄と梨愛、母さえも、自分の親族と会わせなかった。けれども、ポクチュモニを見ると、確かに韓国に祖母がいたことを感じられた。

白い布でできたポクチュモニはかなりくたびれて汚れており、刺繍の糸も切れていたので、梨愛は、ポクチュモニを手洗いし、刺繍を繕った。赤い糸で目をふちどったら、鶏は可愛らしい顔になり、巾着の紐をピンクのリボンに替えると、華やかになった。はなは修繕したポクチュモニを気に入り、ことあるごとに持ち歩いていて、父のところにも持っていった。

「おっ、見違えたな。大事にしてくれているんだな。はな、ありがとう」

父はそこに五百円玉を入れてはなにくれた。そのうち、はなは父のところに行くたびにせがむようにポクチュモニを差し出すようになった。

「お父さん、はなにむやみにお金をやらないで」

しかし、父はお構いなしだった。

「はなのために、おじいちゃん、五百円玉を貯めているんだ。またあげるからな」

そう言って愛おしそうにはなの頭を撫でた。

はなを見て目を細める父の姿は好々爺にしか見えなかった。気難しい父だが、はなのことは溺愛し、かわいがっていたのだ。一歳になる前に両親が離婚して、自分の父親の顔を覚えていないはなにとって、父が男親の役割を担ってくれていることをありがたいと思っていた。

はなの頭をそっと撫でながら、梨愛は美栄に会おうと心に決めていた。

ＪＲ横須賀線の逗子駅に降りるのは初めてだった。

九月も終盤で逗子海岸への海水浴客などは見かけないものの、日曜日とあって駅前は案外賑わっていた。低い建物が続くこぢんまりとした印象の商店街は、新しくて洒落た店のとなりに老舗や古い店も残っており、どこか懐かしい印象を受けた。

狭い歩道を通り、グーグルマップを頼りに美栄の家を目指す。

梨愛は、告別式の夜に、美栄に電話をかけた。梨愛から連絡がきたことに、美栄はべつだん驚く様子もなかった。

「お会いしてゆっくりお話を伺いたいのですが」

梨愛が切り出すと、いいですよ、と美栄は即答した。

「私も、お父様のことでお話ししたいことがあります。もしよかったらうちにいらしてください。お見せしたいものもあるんです」

梨愛は美栄と約束し、兄に黙って逗子にやってきた。兄には、父の愛人疑惑についても話していない。そもそも、梨愛と兄はあまり親しく付き合っていないのだ。というより、兄が梨愛を避けている。韓国人として生きる梨愛の存在を恥じているかのような態度は頭に来る。

ひとりで訪ねることにしたものの、いざ逗子に来てみると、怖気づいてしまっていた。

美栄の家は、駅から徒歩十分ほどだという。商店街から住宅街に入り、目印になる逗子開成学園を見つけた。美栄の家はこのすぐそばにある。

梨愛はこのまま引き返したくなってきた。心を落ち着かせるために海岸を歩いてみることにする。約束の時刻よりもかなり早目に来たため、時間の余裕もあった。

134号線の高架をくぐると、一気に視界が開けた。海、が目の前にある。

緊張していた梨愛は、思わず息を吐き出した。潮の香りを胸いっぱいに吸い込むと、心が鎮まっていく。

三浦半島の海岸線が遠くまで続き、江ノ島が見渡せる。太陽の光を反射してきらきらと輝く波間にウィンドサーフィンの帆が並び、沖にはヨットが出ていた。東京から一時間とちょっとでこんなに美しい場所があることが信じられない。ボードに乗ったり、砂浜で遊んだりする人々がたくさんいるが、喧騒はなく、海は静かで落ち着いた佇まいを見せていた。

穏やかな波が打ち寄せる音に耳をすますと、父が亡くなって以来張り詰めどおしだった神経が和らいでいく。

砂浜にヒールが埋まっていくのもかまわず、波打ちぎわまで歩くと、はなと同じ歳ぐらいの男の子が近づいてきた。貝殻をいくつか手に持っている。

「そこ、踏まないでください。おっきいのがあるんです」

慌てて足元に目をやると、貝殻が落ちていた。生後まもない赤ちゃんの掌ほどの大きさだ。梨愛はかがんで貝殻を拾い、男の子に渡す。

ありがとうございます、と礼儀正しく頭を下げて駆けていく男の子の姿を見送っていると、とつぜん思い出した。

自分はここに来たことがある、と。

すっかり忘れていたが、はなと同じ歳頃、小学校二年生のときだ。父が運転する車で、二人だけで来た。なぜ二人だったかはまったく思い出せないが、あのとき海岸でだいぶ年上のお姉さんと一緒に貝殻を拾ったことは間違いない。そして集めた貝殻で作った標本を夏休みの自由研究にしたはずだ。

あのお姉さんは、美栄だったのだろうか。

そうだったとすれば、なぜ、父は自分を美栄に会わせたりしたのだろう。

重苦しいものが胸に広がって、別れた夫の顔を久しぶりに思い出した。浮気を認めたときの苦しそうな顔だ。

「梨愛には申し訳ないと思っている。だけど、やっぱり気持ちに嘘はつけなかったんだ。俺が好きなのは、彼女なんだ」

土下座され、相手の韓国人留学生が妊娠していることを告げられたのだった。感情のやり場がなく、泣きわめいて家を飛び出したことを覚えている。

梨愛はしばらく寄せては返す波を眺め、気持ちをなだめてから、美栄の家に向かった。

美栄の家は、古い木造モルタルの一軒家だったが、塗装は塗り直されたばかりのようで、建物にも傷みはなかった。家の周りは綺麗に掃き掃除され、玄関アプローチの植え込みは手入れが行き届き、可憐な白いマーガレットの花が咲いていた。ローズマリーやラベンダーなどのハーブもあって、住人が地に足のついた生活をしていることがうかがわれる。

「金」とある表札の下のインターフォンを押すと、美栄がドアを開けてくれた。

「どうぞおあがりください。遠いのによく来てくださって……」

あまりに屈託のない態度に戸惑いつつも、梨愛は軽く会釈をして家に上がった。敷地は三十坪ぐらいで、一階に居間と台所がある。

通された十五畳ほどの居間はダイニングも兼ねていた。整理整頓されて、すっきりとしている。ソファーに座ると、対面のサイドボードの上の小さな十字架と、こぶりの花瓶に活けられたりんどうの花が目に入る。

花の横に白髪の女性の写真を見つけ、目が釘づけになった。じゃっかん距離があるので、白髪の女性がどんな顔をしているかはよく見えない。

お茶を持ってきた美栄が、斜向かいになる形で床に正座し、梨愛の視線を追って「母です。今年の五月に亡くなりました」と言った。

「お母様ですか……」

父と美栄の母親はどういう関係だったかと訊きたいが、言葉が続かない。

美栄は大きな瞳に涙を溜めて、ごめんなさい、と頭を下げた。

「私、本当に申し訳ないと思っています。直接サンチョンのご家族に謝りたかったんです」

梨愛は唐突な展開に、どうしていいかわからず、黙ってしまった。

サンチョン、というのは、父方の兄弟に対する親しい呼び方だから、文字通り受け取ると、美栄は親戚で、梨愛のいとこということになる。だが、親しい間柄の「おじさん」に対しても使う。いずれにせよ父と美栄はかなり親密な関係に違いない。

「どうして、謝るんですか？」

どうにか質問したが、梨愛の声は裏返ってしまっていた。

「今年の秋夕は、母が亡くなって最初の法事、つまり初盆だったんです。それまでも祭祀にはいつもサンチョンが来てくれていたんですが……」

そこで美栄は、頬にこぼれた涙を拭った。

梨愛は、父と美栄の母親こそがただならぬ関係だったのだろうと確信した。すると涙にくれる目の前の美栄がそらぞらしく見えてくる。

「母の初盆だし、サンチョンも来てくれるし、私、ひとりで張り切って祭祀の料理を作ったんです……ソンビョンも見よう見まねで手作りして……サンチョンは、ソンピョンを美味しい美味しいって気に入ってくれたから、お土産に持って帰ってもらったんです……そうしたら……」

美栄は声を詰まらせながら言い、ふたたび、ごめんなさい、と言うと、うなだれて、嗚咽した。

つまり、父は、美栄の作ったソンビョンのせいで死んだということか。

「そんな……」

急に泣きだされて動揺したが、同時に怒りもこみ上げてくる。

「父とはいったいどういう関係なんですか」詰問するかのような物言いになった。

顔をあげた美栄は、ちょっと待っていてください、と立ち上がり、部屋の隅にある棚の引き出しを開けて、写真を数枚持ってきた。

そのうちの一枚を渡される。

「この写真、父が、そしてあとから母も持ち歩いていたので、ぼろぼろなんです」

三人の男が、肩を組んでいる白黒の写真だ。角がちぎれ、いまにも破れそうなほどくたびれていた。だいぶ年月が経っているのか、ところどころ白い斑点が浮き上がっている。背景はうすぼんやりとしていて、どこで撮ったかは見当もつかない。

男たちは背広を着ているが、まだ二十代はじめぐらいだろう。目を凝らしてみると、真ん中の一番背の低い男は若い頃の父に間違いない。

「これがうちのアボジです」

美栄が指差したのは、父の右隣に立つ、痩せて背の高い男性だった。顔立ちが整っており、美栄とよく似ていた。

「こっちの、もうひとりは？」

その人だけ、白い斑点が顔のところにあって、面立ちがわかりにくかった。

「姜さんです。サンチョンのお通夜に行ったと思いますけど、いまは、韓国に住んでいます。三人は同級生で、一緒に日本に来たそうです」

あ、と梨愛は声が漏れた。柩に向かって韓国語をわめいていた老人に違いない。

同級生と聞いて、美栄が父を親しげにサンチョンと呼んでいることも一応は納得したが、そこまで親密な間柄なのに、父が家族に美栄一家と付き合っている素振りを見せなかったことが、どうにも解せない。後ろめたくなければ、隠す必要はないはずだ。

「美栄さんのお父さんとうちの父は、最近まで会っていたんですね？」

「いいえ、アボジは私が小学生のときに亡くなりました。亡くなるまで、アボジはほとんど家にいなかったので、アボジの記憶はぼんやりとしかないんです。だけど、サンチョンはうちをよく訪ねてきてくれて、生前のアボジのことを話してくれました」

父が美栄の家を訪ねていたことと、母が「お父さんには、女までいた」「いまも会っているはず。ときどき行き先を告げずに出かけていくことがあるの」と言っていたことが結びついた。

「よっぽど親しかったんですね、うちの父と美栄さんのお父さん」

「はい、サンチョンとアボジは日本に来てからずっと行動をともにしていて、運動でも、一緒に命懸けで闘ったって」

「運動？　父が若い頃スポーツをしていたとは知りませんでした。ゴルフくらいしかしなかったので。なんの競技ですか？」

美栄は和らいだ表情になり、もう一枚、違う写真を見せてくれた。こちらも白黒だが、状態はだいぶよかった。はっきりと被写体の顔も見える。

そこには見覚えのある顔の男性と、父たち三人が並んで写っていた。最初の写真の頃よりも三人は年齢を重ねているようで、四十前後に見える。男性も同じくらいだろうか。テーブルのようなものの前に立っているから、どこかの店だろうか。

この男性は誰だろうとじっと写真を見つめていると、美栄が、「この人は」とその男性を指した。

「金大中（キムデジュン）元大統領です。大統領になるずっと前の写真ですね」

「えっ、大統領？」

素っ頓狂な声が出た。そう言われてみれば、若い頃の金大中氏に相違ない。父と一緒にいるなど想像できなかったので、気づかなかった。

「なんで、元大統領と父が写っているんですか？」

「アボジとサンチョン、姜さんは、反政府運動、というか、民主化運動をしていて、金大中さんを支援していたんです。私のオモニも、父とともに運動していて、サンチョンの同志でした」

「父がそういうことをしていたとは、まったく知りませんでした」

「うちのアボジが亡くなった頃に、サンチョンも運動をやめてしまったんです。四十年も前です。韓国はまだ独裁政権だったのに運動から身を引いたことをサンチョンは後ろめたく思っていると言っていました。その思いを引きずっていたから、ご家族には語らなかったのだと思います」

それから美栄は、自分の父親が亡くなったあと、父がなにかにつけ美栄と彼女の母親の面倒を見てくれたと語った。美栄の医大の学費も足りない分を父が出してくれたのだという。

「美栄さんは、お医者さんなんですね」

父が「医者か弁護士になれ」と口癖のように言っていたことが蘇る。

「はい、サンチョンは大恩人です。国立に落ちてどうにか私立の医大に合格したけれど、入学金も学費も高いので諦めようと思っていたところ、お金を援助してくれて、本当に感謝しています。サンチョンはいつも優しく、私とオモニを支えてくれました。来るたびに美味しいお肉とか、果物を持ってきてくれました。食事にもよく連れて行ってくれて……サンチョンがいてくれたから、アボジがいなくても私たち親子はどうにか生きてこられたのだと思います」

いったい誰の話を聞いているのだろうか。あの感情の起伏の激しい父がいつも優しかったとは想像しにくいが、美栄が嘘をついているとも思えない。肉や果物というのは、いかにも父らしかった。そして、学費を援助した話は、母の「お金もだいぶ貢いでいたみたい」という言葉につながる。

かよわい鳴き声がして、いつの間にか真っ白な猫が一匹、入口付近のプランターの陰から顔をのぞかせていた。

「ドゥブ、おいで」

美栄が声をかけたが、猫はぷいとそっぽを向いて部屋から出て行ってしまった。

「ドゥブ、って韓国語で豆腐って意味ですよね。お茶目な名前ですね」

「サンチョンが名付けたんです。真っ白だから、豆腐にしようって。ドゥブをここに連れてきたのもサンチョンなんです」

「父が、ですか？」

「私、独身で、おまけに一人っ子なので、オモニを亡くして、ひとりっきりになっちゃったんです。さみしさのあまりおかしくなりそうだったとき、サンチョンが猫をくれて……ドゥブは、サンチョンにすごくなついていたんですけど」

美栄に見せた父の姿は、梨愛の知っている父とはあまりにもかけ離れている。

梨愛が幼い頃、犬を飼いたいと言ったときに、父が許してくれなかったことも思い出した。

気づくと梨愛は、奥歯を強く嚙み締めていた。

「梨愛さん、これ見てください」

美栄がさらに見せてくれた色あせたカラー写真には、高校生ぐらいの少女と、幼い女の子、髪の黒々とした父、そしてとてもスタイルがよく、知的な雰囲気の女性が三浦半島を背景にした逗子の海で、水着姿で写っていた。少女はおそらく美栄で、幼女は、まぎれもなく梨愛だった。四人はとても楽しそうだ。父などは珍しく、満面に笑みを浮かべている。

「これ、梨愛さんが逗子に来たときの写真です。海岸で貝を拾ったこと、覚えていますか？　あのときは、うちのオモニとサンチョン、私、梨愛さんで西瓜割りをしたり、サンチョンを砂に埋めたりして遊んだんですよ」

美栄は、本当に楽しかったです、と付け加えた。

そうだった。あのとき梨愛も優しいお姉さんが遊んでくれてはしゃいだ記憶がある。父もいつもより張り切っていたように思う。確かゴムボートを借りて沖に出ようとごねたが、父が頑としてボートは嫌だと借りてくれなかったことまで思い出した。砂浜でビーチボールを投げ合い、暗くなるまで遊び、夜は花火をした。

記憶というのは一本の線のようにつながっていて、ひとつを思い出すと、次々に蘇るものなのかもしれない。

「私、きょうだいがいないから、梨愛さんが妹みたいに思えて、あのときすごく嬉しかったんです。だから、今日こうして話せてよかった」

やはりあのときのお姉さんは美栄だったのだ。

写真のなかの父は幸せそうな笑顔で、美栄の母親と並んで写っている。美栄は卵形の顔だが、美栄の母親は細面だ。知的で凛とした印象が美栄と重なるが、顔のつくり自体はあまり似ていない。美栄よりも、艶っぽい雰囲気がある。

胸がきりきりと痛んできて、写真から目をそむけた。

「あの、私、そろそろ帰ります」

「え？　もう、ですか？　もう少しいらしても」

これ以上、美栄から父の話なんて聞きたくない。

梨愛は、美栄が引き止めるのを断り、彼女の家を出て、海岸に向かった。

先ほどより太陽がわずかばかり低くなり、水面に注ぐ陽光は柔らかくなっていた。

海岸に佇み、沖に遠く浮かぶヨットがゆっくりと動いているのを目で追っていると、気持ちが徐々に落ち着いてきたが、頭はこんがらがってしまっている。

美栄から聞いたばかりの父の生前の姿を、にわかには受け止められなかった。とうてい自分だけでは抱えきれない。

梨愛はスマートフォンを取り出し、兄の番号を呼び出した。

2

私と鎮河、東仁は、アン・チョルスとともに、福岡を出た。

アン・チョルスは東京を拠点に日本中あちこちに飛び回って仕事をしていて、つても多くあるらしい。東京なら私たちも働き口を見つけやすいし、目をかけてあげられるかもしれないと、一緒に東京に行くことを勧めてくれたのだった。

汽車に乗るのは生まれて初めてで、興奮しつつ外の景色を眺めていたが、すし詰め状態の車両に長時間揺られているうちに、蒸し暑さで朦朧としてきて、いつの間にかうつらうつらと居眠りしていた。

騒がしい声に目が覚める。

すぐ近くにいた男が、「てめえら、朝鮮人か」と、鋭い眼光でこちらを睨んでいた。着古したみすぼらしい国民服を着ている。栄養状態が悪いのか、顔色もよくない。

「朝鮮人で悪いか？」

アン・チョルスがどすの利いた声で言い、睨み返した。

「偉そうにするな。ここは日本だ。日本語を喋れ」男は言ったが、声に力はない。

アン・チョルスは男の胸ぐらをつかんだ。瘦せた男はいとも簡単にアン・チョルスに身体を持ち上げられる。

乗客が二人の周りから距離を取るように離れる。私もとっさのことに驚いて後ずさりした。ぎゅうぎゅうに押し合って、混雑した車両のなかに、不自然な空間が生まれる。

「お前こそ、偉そうにするんじゃねえ。もう戦争は終わったし、朝鮮は日本から解放されたんだ。俺たちを馬鹿にするな」

「解放されたんだったら、いつまでも日本にいるな。ただでさえ食い扶持がないんだ。朝鮮人は、とっとと朝鮮に帰れ」

震えんばかりに怯えつつも、男は唾を飛ばして言い返した。

「うるせえ、どこにいようと俺たちの勝手だ」

「目障りなんだよ、てめえら朝鮮人の汚い顔が」

男は、アン・チョルスに向かって、ぺっと唾を吐いた。

「このやろう」

アン・チョルスが激昂し、男の頬を殴りつけると、乗客がどよめいた。近くにいた幼い女の子が泣き出す。

男は倒れ、その場にうずくまったが、すぐによろよろと立ち上がった。

「調子に乗るんじゃねえ、朝鮮人のくせに」

男は吐き捨てるように言い、ふらふらとおぼつかない足取りで人をかき分けて車両を出ていった。怪我をしているのか、右足を軽く引きずっていた。

男の言葉はひどかったが、私は自分と同じく足が不自由な男が哀れに思えた。

「おい、お前たち」

アン・チョルスは朝鮮語で私たち三人をそばに呼び寄せ、これからは、と小声で続けた。

「朝鮮語でしゃべるな。この会話が最後だ。朝鮮人だとわかると、面倒が起きるからな。日本は戦争に負けたが、日本人の朝鮮人に対しての意識は変わっていないいんだ。反省なんかしていない。だから、気をつけろ。さっきみたいに因縁をつけられる」

「わかりました」

鎭河が頷きながら答えた。私と東仁も黙って頷く。

「あいつみたいな腰抜けやろうばかりじゃないからな。警察、役人、GHQも、みんな俺たちを厄介者だと思っているし、目の敵にしている。朝鮮人をいままで押さえつけてきたから、報復が怖いというのもあるかもしれん。とにかく、お前たちは、あれだ、いろいろと目立つとまずい。だから、身の振り方には、くれぐれも気をつけろ」

「はい、気をつけます」

そうは答えても、心中は納得がいかなかった。鎭河も東仁も承服しかねる、といった表情をしている。

やっと植民地から解放され、自由に自分の国の言葉を話せるようになったのに。

私の気持ちを悟ったかのように、アン・チョルスは、いいか、と念を押し、私たちひとりひとりと目を合わせた。

「ここは、朝鮮じゃない。日本なんだ。ほとんどが日本人なんだよ。今日のところは、弱そうなやつだったから俺もやり込めたが、いつもは、朝鮮人ってことは隠している。無駄な諍いは避けている。あいつの頬のこけた顔を思い出してみろ。たぶん誰かに不満をぶつけでもしなきゃやっていられなかったんだろう」

足を引きずっていた男の後ろ姿が蘇り、後味の悪さを感じた。

「いずれにせよ、これからは、日本人のなかで暮らしていかなきゃいけないんだ。それと、お前たち、互いの名前を呼ぶときも日本式の苗字にしろ。朴は木下、金は金田、文は文山だ。わかったな」

朝鮮人として堂々としていたいが、逃げてきたのだから、どうしようもなかった。あのままでは命がなかった。いずれにせよ偽名なのだから、日本式の呼び方だろうと大差はないのかもしれない。

だが、植民地時代のように日本式の名前をふたたび使うことをやすやすとは飲み込めなかった。

唇をきつく結んで小さく頷くと、アン・チョルスは「お前ら、悔しいだろう」と言った。

「だから、俺は日本人をだまして金儲けして、見返すつもりだ。汚い商売だろうがなんだろうが、構わねえ。表では従っているように下手に出て、裏では舌を出すってやつさ。頭を使うんだよ。いつか金をたんまり持って故郷に帰るまでの辛抱さ。そう遠い先じゃない」

アン・チョルスは、じゃあ、俺はもうひと眠りする、とその場に腰を下ろした。

「あの」

鎮河が日本語で言った。アン・チョルスも、なんだ？　と日本語で返す。

「兄さんのことは、どう呼べばいいですか？」

「俺は、安川（やすかわ）だ」答えると、目を閉じた。


どんよりとした雨空の下、大阪でいったん汽車を降り、アン・チョルスの知人、ペさん一家が暮らす朝鮮人の集落を訪ねた。

「俺は、ちょっと用事をすませてくるから」

私たち三人を残してアン・チョルスは集落をいったん出ていき、私たちはペさんの家に泊まらせてもらって、アン・チョルスが戻ってくるのを待つことになった。

「ここでは、自由に朝鮮語を話していいぞ」

アン・チョルスから言われていたが、知らない人たちのあいだで恐縮するばかりだった。ペさん夫婦は済州島（チェジュド）の出身で、彼らの朝鮮語は、細かいニュアンスがわからないところがあった。私たちの朝鮮語も慶尚南道の訛りが強いから、お互いに通じない部分があるのだと思う。それでも、同胞のよしみで、ペさん夫婦は気を遣ってしきりに話しかけてきてくれた。

浅黒い顔をした背の低い夫婦で、家族みんなが私よりも身体が小さかった。幼い女の子は破れた下着姿で、男の子はパンツ一枚や素っ裸でうろついていた。ペさん夫婦も、何年も着古したと思われる白い朝鮮服を着ている。

トタンや木造のバラックが並ぶ集落の様子に、私は強い衝撃を受けた。廃材で作ったのか、いまにも崩れそうな家々からは、雨音に混じって赤子の泣き声や夫婦喧嘩の声が聞こえてくる。故郷でも川沿いにこのような粗末な作りの家があったことを思い出す。

一軒に、八人から十人、あるいはそれ以上の人数で暮らしている。ここには、朝鮮半島からいまも次々に人が流れてくるという。密航者も多いということだ。ぺさんの家も、上は十三歳から下は乳飲み子まで子供が五人いる七人家族で、平屋に土間と部屋がひとつずつあるだけで、夜は身を寄せ合って雑魚寝といった具合のようだ。

人を泊める余裕はなさそうなのに、ぺさん夫婦は「ゆっくりしなさい」と我々の場所を作ってくれた。

「あっちから船で来たんだってな。船がひっくり返ったって聞いた。大変だったな」

おじさんが、さ、遠慮せずに座りなさい、と促した。私たちはその場にあぐらをかく。

「はい、命からがらでした」鎮河が難破したときの様子を話した。

「親と離れ離れになっただけでも辛いのにねえ。大変だったねえ」

さつまいもを持ってきてくれたおばさんが、涙を流している。

おばさんはキムチも添えてくれた。オモニの作るものに似て濃い味だった。口にしたとたん、故郷を思い出して、涙がこみ上げ、鼻がツンとなった。

三日目になると、南京虫にやられたのか、身体がやたらに痒くなった。梅雨時で雨が続いたため冠水している場所もあり、汚物や履物、野菜、ねずみの死骸などありとあらゆるものが浮いて流れていくのを見て、鎮河、東仁と顔を見合わせた。三人とも言葉が出てこない。

集落での朝鮮人の暮らしぶりには、ただただ驚くばかりだった。自分はこんな生活にとても耐えられそうにない。早くここから出たかった。

夕方過ぎにアン・チョルスが戻ってきた。

「肉を手に入れたから、みんなで食おう」両手に抱えた荷物をおばさんに差し出した。

「ほんとうにありがとうね、アンさん」

おじさんとアン・チョルスが軒先に一斗缶を出して、火を起こした。網の上に味を付けた肉を載せ、炭火で焼く。それをぺさんの子供たちが、箸をくわえて見守っている。

香ばしい匂いが漂い、近所の子供たちが一斗缶の周りに寄ってきた。アン・チョルスは気前よく子供たちにも肉を分け与えている。

「お前らも遠慮しないで食え」

肉といってもそれは牛の臓物で、ぎょっとして息を呑んだ。白や赤い色の塊が生々しい。

私は、臓物を生まれてこのかた食べたことがない。故郷は海辺の町だったので、食事のおかずは魚が多かった。たまに鶏肉でスープをとって食べるくらいで、肉自体も頻繁には食べなかった。

躊躇していると、先に口をつけた鎭河が、うまい、と声に出した。

「うん、大丈夫だ。いける」東仁も、肉を咀嚼しながら言った。

私も、牛のどの部分かよくわからない臓物を、思い切って口にする。コリコリとした食感に、甘味と辛味が混ざった味が、食欲をさらに刺激し、またひと切れを口に入れた。

私は焼けるのを待てないといった勢いで、次々と網の上の臓物に手を伸ばし、それらを胃袋に収めていった。

「お前ら、臓物を食ったことがないのか。こうやって朝鮮人は日本人の食わないものを食って、しぶとく生きていかないとな」

アン・チョルスは、どぶろくを豪快に飲みほした。

その日の夜、私は猛烈な腹痛で目が覚めた。

雨の中、部屋の外に出て、離れの便所に駆け込もうとしたが、足を痛めていて走れなかった。間に合わず、ズボンが自分の糞にまみれた。指を汚して尻の穴を抑えながらどうにか便所にたどり着いたが、溜まっていた糞尿は冠水のため溢れ出て、足元も汚い水に浸ってしまった。あまりのことに、私は大声をあげていた。

下痢は半日以上続き、嘔吐と発熱も伴い、寝込んだ。私のせいで、部屋の中は臭気に満ちていた。おばさんが汚れた衣服を洗ってくれて、室内に干しているため、湿気もかなりあった。

私はぺさん一家に申し訳ないのと、恥ずかしさで、消えてしまいたいぐらいだった。ポケットに入っていたポクチュモニが無事だったことだけがせめてもの救いだ。

ぺさんの家族に加え、鎮河、東仁もほかに行く場所はなく、私の寝ている横に座っていた。子供たちは、朝鮮語を教える同胞の学校に通っているそうだが、ここ何日かは雨がひどく、休んでいた。末っ子はぐずぐずと泣き続けている。アン・チョルスは私の薬を調達しに行っていた。

鎮河、東仁は時折心配そうに私の顔を覗き込んだ。

おそらく食あたりになったのだろうとおばさんは言い、下痢に備えて布をあてがい、洗面器をそばに用意してくれて、吐いたり、腹がくだったりするたびに処理もしてくれた。

「本当に申し訳ありません」

私はおばさんに、すみません、とくりかえし言った。

「いいんだよ。気にしないで」

おばさんは私が謝るたびに優しく言って、肩をとんとんとたたいてくれる。

私は、ぺさん一家の暮らしぶりを粗末だと思ったことを激しく後悔した。

五日も過ぎると、私の体力は回復し、普通に食事を取れるようになった。船が難破した際に痛めた足もだいぶよくなっていた。私たち一行は、大阪からまた汽車に乗り、東京を目指すため、集落を出ることにした。

その日は大阪の空に数日ぶりの太陽が顔を覗かせていた。水はけが悪く、ぬかるんだままの道を歩いて、ぺさん夫婦は集落の端まで見送ってくれた。

「またいらっしゃい」

末っ子を背中にくくりつけたおばさんは、私の手をしっかりと握った。

「くれぐれも身体に気をつけるんだよ」おじさんは、私の背中を叩いた。

「本当にありがとうございました」

私は何度も振り返って、手を振り、ぺさん一家のことを絶対に忘れないだろう、忘れてはならないと思った。

汽車のなかで夜を明かし、東京にたどり着いた。

東京も人で溢れかえっていた。広い東京駅構内をきょろきょろと見回していると、通り過ぎる人にぶつかってしまい、気をつけろ！　と怒鳴られた。

「文山、大丈夫か？　金をすられたりしてないか？」

アン・チョルスが声をかけてきたが、文山、という呼び方にまだ慣れなくて、一瞬、自分のこととはわからなかった。

「は、はい」私は慌ててポケットを確かめたが、ポクチュモニはちゃんとそこにあった。

「ここは東京だ。いろんなやつがいる。ぼうっとしてないで、気を引き締めろ」アン・チョルスは、お前らもな、と鎮河と東仁にも念を押した。

アン・チョルスが東京駅で人に会ってなにかの荷物を渡した後、在来線に乗りかえ、池袋で降り、要町（かなめちょう）というところに行った。

集落というほど大きくはないが、一画に朝鮮人が集まって住んでいた。建物も環境もそれほど立派とはいえないが、日本人の住む一画と見た目がそれほど変わらない木造の家が並び、大阪の朝鮮人集落に比べれば贅沢なくらいだった。

そこには、アン・チョルスの恋人チョ・ウンスクの兄、チョ・イルナムがいて、私たち三人に住居を提供してくれるということだった。彼もアン・チョルスに負けず劣らず、世慣れた感じで、しかも強面（こわもて）だった。頬の傷跡がすごみを与えている。年齢は私たちより十歳は上に見えた。日本名を豊田（とよた）一男（かずお）といい、仕事は「まあ、いろいろしている」ということで詳しく語ってくれないが、羽振りは良さそうに見えた。察するに、どうやら怪しい、あるいは、あぶない商売をしているようだった。

私たちは、豊田の家の二階、四畳半と六畳のふた間に落ち着くこととなった。アン・チョルスは恋人のウンスク、通称、奈美子（なみこ）と一緒に品川で暮らしていた。奈美子は銀座のダンスホールで働いているという。

初めて会った日、奈美子は目の覚めるような赤いワンピースを着て、髪を結いあげ、ハイヒールを履いていた。特別に美人ではないが、白い抜けるような肌が妖艶で、色気にむせそうになり、私は奈美子の顔を真正面から見られなかった。

そんな私を見た奈美子は、「うぶでかわいいのね」とからかうように言って、煙草をふかした。煙草の吸い口についた真っ赤な口紅が目に焼き付いた。

奈美子は私たちを気にかけてくれて、キムチを差し入れ、米を分けてくれた。奈美子の職場は給料がいいのだそうだ。東京で生まれ育ったという奈美子の作ったキムチは、味が薄かった。だが、私たちはそのキムチで、久しぶりの米を腹いっぱい食べたのだった。

私と鎮河、東仁の三人は、米穀通帳をもとに、外国人登録をし、私は文徳允、文山徳允として生きていくことを義務付けられた。登録上、「ムン・ドクユン」ではなく日本語読みの「ぶん・とくいん」とされたのには異和感があるが、仕方ない。

まずは仕事を探した。なにも取り柄のない私たちには、肉体労働しか選択肢はなかった。

ある日は鉄道の人夫として砂利を運搬し、またある日は、船の荷下ろしを行った。

荷下ろしでは、何人かで組んで荷物を運ぶが、背の低い私は真ん中になった。そうすると、荷物を肩に背負っても負荷が軽くて得をしたのだ。そういう知恵だけはすぐに身についた。

しかし、学校に通って勉強するなんていう余裕はいっさいなく、ただ、食べていくのに精一杯だった。

朝鮮人であることを隠しても、発音や喋り方でばれてしまうことがあり、現場で監督にぞんざいに扱われた。また、最初から朝鮮人とわかって雇われると、日本人よりも賃金が低いこともあった。

とはいえ日雇いの現場には、ほかにも朝鮮人が少なからずおり、彼らと会話を交わした。何人かが朝連（在日本朝鮮人連盟）という団体に所属していた。要町にも朝連に入っている朝鮮人がおり、彼らからも組織に入るように勧誘されていた。

「朝連に入ると、同胞の仲間もできるし、いろいろといいこともあるんじゃないか」

鎭河は乗り気だった。

「そうだな、お互いに助け合っているみたいだ。俺たちも、同胞のためになにかできるかもしれない」東仁も前向きだ。

私も、ぺさん一家のことが頭の片隅にあり、同胞の生活をよくするための力になりたいとつねづね思っていた。

その頃、日本に来てちょうど半年が過ぎていた。頼りにしていたアン・チョルスがなぜだか東京に姿を見せなくなっていたし、豊田も見かけなくなっていたから、同胞の組織に属していれば安心ではないかと考えたのだ。

私たち三人は、一九四七年の暮れに、朝連に入った。

五歳さばをよんでいた私は、朝鮮では師範学校を出て、日本では伯父と同じ中央大学を出たという経歴にしていた。すると、朝連から、十条の朝鮮人学校で教師をしないかと声がかかった。朝鮮語が話せる高学歴の人間が足りないのだそうだ。

「お前は成績が良かったから、なんとかごまかしてやれるんじゃないか」

東仁は言い、鎮河も「肉体労働よりはいいだろう」とすすめてくれる。

「俺も、奈美子さんの紹介で、渋谷のワシントンハイツで掃除とか雑用をするつもりだ」

「なんだ、金田、それ、聞いてないぞ」

鎮河が不満そうに言った。私たちは普段から、木下、金田、文山と呼び合って、うっかり外で朝鮮式の名前が出ないように気をつけていた。

「お前は昔から女に好かれるからな」

重ねて鎮河が言うと、東仁がかすかに顔をしかめた。

「給金がいいんだ。そうじゃなきゃ、アメリカ人相手に仕事なんかしたくない」

一九四八年の年が明けてまもなく、私は十条の朝鮮人学校を訪れた。

校門を入ると、土の校庭が広がっており、奥に木造平屋建の校舎が散らばってあった。その数は、ゆうに十を超えているのではないだろうか。なるほど、これだけの生徒がいるならば、教員が足りないというのも理解できる。

教員室のある建物は、隣の敷地と分かつ有刺鉄線の横にあった。あろうことか、朝鮮人学校の横にあるのはアメリカ占領軍の射撃練習場だった。

アメリカは、いたるところにいる。だが、飲み込まれるものか。

私はしっかりと土を踏みしめて、教員室に向かった。

校長との面談で、採用が即決した。偽の経歴を問い詰められることもなく、「若々しいですね」と言われただけだった。

こうして私は数学の教師として、すぐさま教壇に立つことになった。教えるのは、中学生だ。

最初の授業の日、私はネクタイを締め、めいっぱい背伸びして教壇に立った。自分と彼らは、たいして年齢が変わらないので舐められてはいけないと極度に緊張した。

そして、自分より体格もよく背の高い生徒たちがこちらを睨んでいるように見えて、膝が小刻みに震えた。

「よろしく、文徳允です」

それでも、朝鮮名を名乗り、朝鮮語を堂々と話せることは気分が良かった。

「訊きたいことがあればなんでも」

するとひとりの男子生徒が手を挙げた。白いシャツが灰色になるぐらい汚れているが、聡明そうな顔をしている。ファン・ソンナムですと名乗った。

「先生は、朝鮮生まれなんですね。どこの出身ですか？」

「慶尚南道の田舎だ。小さな海辺の町だ」

「私の両親も慶尚南道だそうです。私はこちらで生まれましたが、いつか故郷に帰って、国の役に立ちたいです」

私も帰りたい、私も、と声があがる。彼らは目を輝かせて、ファン・ソンナムに続き、次々と質問してきた。

「先生はいつ日本に来たんですか？」

私は、戦時中に来たことにしておいた。

「何歳ですか？」

もちろん、五歳さばをよみ、数えで二十三歳と答える。

「若く見えますね」

よく言われる、と無難に返す。

「結婚はしていますか？」

「まだだ」

会話を交わすうちに打ち解けて、膝の震えは自然と収まっていた。質問は途絶えず、その日は授業にならなかった。

生徒はおもに二世や、幼い頃に半島からわたってきた児童たちが中心で、朝鮮語が流暢に話せる生徒はそう多くなかった。しゃべれても、文字が読めない、書けないという者もいた。

もともと数学は得意だったのが幸いして、その後の授業は、なんとかぼろを出さずにやり過ごせた。給料は安くて辛かったが、私としては自分が同胞の役に立っていることに誇りを持っていた。

生徒たちが存分に学び、知識をつけ、朝鮮に帰って国の礎となってくれれば嬉しい。そして、熱心に朝鮮語を覚え、数学を学ぼうとする生徒を見るにつけ、私自身も学問をしたいと強く思うようになった。生活に追われ、いまはそれどころではないが、金を貯めていつか大学に行きたかった。

「君たちが新しい朝鮮を作っていくんだ。立派な人間となり、良い国を築いていきなさい。そのために、これまで以上にしっかり勉強するんだよ」

鈴木平太先生が別れ際、私にかけてくれた言葉を思い出しては、教師の仕事に励んだ。

一ヶ月が過ぎたある朝、教員室に入ると、数人の先生が顔を突き合わせていた。

顔を真っ赤にして「弾圧だ、屈してはいけない」とまくし立てている先生もいれば、難しい顔で黙り込んでいる先生もいる。校長は真ん中で腕を組んでいた。ただごとではないようだ。

「なにかあったんですか」

私は自分の次に若いキム先生に訊いた。

「学校を潰されるかもしれない」キム先生は深刻な表情で答えた。

「え？　なぜですか？」

キム先生によると、文部省から各都道府県知事宛に「朝鮮人設立学校の取扱いについて」というものが発表されたということだった。

「なんでも、日本の学校教育法に基づかない民族学校を認めてはならないという主旨のものらしい」

「でも、朝鮮人学校がなくなったら、生徒たちは？」

「朝鮮人の生徒を日本人の学校に強制的に通わせるのさ」

「そんな……朝鮮語を学べなくなりますよね」

瞳を輝かせて授業に臨むファン・ソンナムら、生徒たちの顔が浮かぶ。

「絶対に屈するもんか」

キム先生は、拳を握り締め、強い調子で言った。

それからのち、生徒は連日朝連のデモに動員され、授業はほとんどなくなった。そして教師である私もデモに駆り出されるようになったのだった。

III

1

息ができない。

左足が激しく痛む。

もがいても、もがいても、身体が海の底に引っ張られていく。

気づくと、海岸に横たわる私に鎭河がすがりつき、おいおいと泣いていた。東仁は私の腕をつかんで呆然としている。私の四肢はぶよぶよに膨らんで、無残な姿を晒していた。

私は死んでなんかいない！

叫ぼうとするが、声が出ない。

自分のうなり声で目が覚めると、びっしょりと汗をかいていた。天井のしみが目に入って要町の部屋だとわかり、安心する。

自分が死んだ夢を見るのは初めてではない。先日も、警官に撲殺される夢を見た。

「どうした、大丈夫か？」

隣の東仁が身体を起こして座り、小声で話しかけてきた。足元の鎮河は、寝息をたててぐっすりと眠っている。

「すまんな、起こしてしまって」私も起きあがって、東仁と向き合った。

「悪い夢でも見たのか？」

「ああ、最近夢見が悪いよ」

「うなされていたぞ。大丈夫か？　学校には無理に行かなくてもいいんじゃないか」

「そういうわけにもいかないんだ」

私はここ三ヶ月、学校への弾圧に反対するため、同僚の先生や生徒たち、朝連の連中とともに路上でデモをしていた。

弾圧は日に日に厳しくなり、先日はＭＰと警官が学校を閉鎖するべく押しかけ、誰彼構わず排除した。そして激しく抵抗したファン・ソンナムを拘束していってしまったのだ。

よりによって学ぶことに人一倍意欲を見せていたファン・ソンナムが捕まったことに、私はひどく狼狽（ろうばい）した。彼を助けるためになにもできない自分がもどかしい。

全国各地で当局と学校側の衝突は激しくなり、非常事態宣言まで出た。朝鮮人の多い大阪と神戸でも、強制的に学校が閉鎖され、多数の重軽傷者が出ていた。昨日は、大阪で警官の発砲により少年が射殺されたという。

「しかし、給料もいまじゃほとんどもらってないんだろう?」

「まあ、そうだけど……」

「それじゃあ大学に行くための金も貯められないじゃないか」

東仁の言うとおりだった。

彼の方はワシントンハイツでの稼ぎがよく、きっとそのうち大学に通う資金が得られるに違いない。

「しかし、同胞の子供たちのために闘わないと」

私がそう言うと、東仁はそれ以上なにも言わなかった。

ふたたび布団に入った私は、大学で学びたいという思いを胸に対馬沖で死んだ、キム・チュサンのことを考えていた。

翌日の夜、アン・チョルスが現われた。彼に会うのは、今年になって初めてだ。

アン・チョルスは我々三人を朝鮮人が経営する池袋の食堂に連れて行ってくれた。私たちにはおでんをすすめ、自分はどぶろくをあおり、私たちにも注いでくれた。三人は朝鮮のしきたりで、年長のチョルスから顔をそむけて杯を口に持っていく。

私はおそるおそるどぶろくを口にするが、その独特の酸味が苦手で一口でやめた。

東仁は涼しげな顔で飲んでおり、鎮河は勢いよく杯をあけている。

「兄さん、どこに行っていたんですか？」

鎮河が尋ねると、アン・チョルスは視線をこちらに向けて、いろいろだ、と答えた。

「倉敷、宇部、下関に福岡。釜山(プサン)にも行きたかったが、ちょっと難しかったな」ずいぶんと沈んだ表情に見える。

「なにかあったんですか？」鎮河が問う。

「まあちょっと待て」アン・チョルスは覇気のない声で言い、やかんからどぶろくのおかわりを注ぐ。

「実はな、帰り際、大阪のぺさんのところに立ち寄ったんだけどな」ぐいと杯をあけ、豪快にげっぷを吐いた。

「ぺさん一家はお元気でしたか？」

私は親切にしてくれたぺさん夫婦の顔を思い浮かべつつ訊いた。

「あそこに密航してきた遠い親戚筋の親子五人が転がり込んできて、大変なことになっていた。いま、済州島からうじゃうじゃ人が流れてきている。みんな、命からがら逃げてきたそうだ」

そこでポケットから煙草を取り出して火をつける。奈美子が吸っていたのと同じ銘柄で米国の煙草だ。奈美子とアン・チョルスが恋人同士であるという生々しい現実が目の前に突きつけられるようで、落ち着かない気持ちになった。

それでも、私はあとの二人とともにアン・チョルスを見守り、次の言葉を待った。

アン・チョルスは煙を深く吸ってから吐き出すと、朝鮮はとんでもないことになっている、と視線を自分の足元に向けた。

「アカのやつらが済州島で暴動を起こしたらしい。それで軍や警察が押さえに入ったそうだ。島の者どもは女子供まで暴動に加わって、たくさん死んでるって噂だ。まったくアカに煽られやがって」

私たち三人は思わず顔を見合わせた。

「もしかして、お前らも」

顔をあげたアン・チョルスは、煙草をアルミの灰皿に押し付けてもみ消した。視線が鋭い。

「アカの影響を受けたばっかりに、故郷にいられなくなったんじゃないか」

それは違います、と東仁が言ったが、アン・チョルスは私たちを交互に睨んだ。

「いいかお前ら」

アン・チョルスは、拳を机に叩きつけた。机の上のどぶろくが、勢いで溢れる。

「お前ら三人と俺は、同じ船で生死をともにした仲間だからいままで黙っていたんだがな」拳を机に押し付けて続ける。

「面（行政区画）の役人だった俺の叔父貴は、昨年の三千浦での抗争のとき、アカのやつらに殺されたんだ。叔父貴が死んだせいで、叔父貴の妻も子も、叔父貴に頼っていた俺の爺さんも婆さんも生活していけなくなっちまった。アカのやつら、あいつらは、悪魔なんだ」

怒りのためか、アン・チョルスの瞳がぬらぬらと光っている。

「悪魔……」鎮河が呟く。

「そうだ、悪魔だ。罪のない人間まで巻き込みやがって……」額に青筋を立てている。

私には、あのとき私たち三人を追い詰めた右翼や警察、そしてその背後のアメリカ軍当局の方が悪魔に思えた。済州島の人たちにとってもそうなのではないだろうか。

私たち朝鮮人は、同じ民族同士で互いを悪魔だと憎しみ合い、殺し合っている。

そして日本に来たら来たで、自由に母国語を学ぶ権利を奪われ、抑えつけられようとしている。

そう思うと、悲しみで胸が押しつぶされそうだ。

日本は戦争に負け、占領下ではあるけれど、女性に参政権まである新しい民主的な憲法が制定されたというのに。

日本帝国主義から解放された朝鮮が、まっさきに平和に、幸せにならなければならないはずだ。納得がいかない。

「とにかく、だ。お前ら、悪いことは言わない。アカの息がかかっているんだから、朝連からは抜けたほうがいい」

アン・チョルスは、野太い声で、諭すように言った。

確かに朝連は、同胞の互助組織として発足したが、その実態はむしろ政治組織に近かった。金日成（キムイルソン）を支持し、幹部の多くは日本共産党員でもあった。学校の職員や生徒たちが、学校への弾圧に反対するデモだけでなく共産党主催のデモにも駆り出されることがあった。だから朝連の営む学校は、反共をかかげる米軍や日本政府に危険視されている。

「おい、文山、お前、朝鮮人学校の教師をしているそうじゃないか。それで官憲と争っているんだってな」

「私は、単純に同胞の子供たちのために……」

アン・チョルスは私の両肩を摑んで、考えてもみろ、と強く揺さぶった。

「俺たちの故郷がある三千浦は、アメリカの影響下にあるんだ。アカに加わったりしたら、二度と故郷の土が踏めなくなる。万が一、捕まりでもしたら、ただではすまされない、命がないかもしれないんだぞ」

私の脳裏に心配そうに私を見るオモニの顔が浮かんだ。私が父から折檻されているときに見せた顔だ。

「俺は、だな」

アン・チョルスは私の肩から手を離すと、新しい煙草に火をつけ、深く吸いこみ、一気に吐き出した。

「お前たちを血のつながった弟みたいに思っている。だから命を無駄にして欲しくない。死にかけて、生き残ったんだ。自分を、大事にしろ。同胞のことを思うのもいいが、まずは自分が生き残っていつか故郷に帰ることを考えろ。したたかになれ」

煙草をくわえたまま、店から出ていった。

残された私たちは、黙って灰皿に残ったアン・チョルスの吸殻を見つめていた。

しばらくして、鎭河が、兄さんは、と口を開いた。

「俺たちが故郷に帰れないって言ったが、朝鮮半島がどうなるかなんて、まだわからないよ。もしかしたら、民主的な国ができるかもしれないじゃないか。無敵に見えた日本が戦争に負けたんだから、今後、なにが起きるかなんて、誰にもわからない」

そう言うと自分の杯にどぶろくのおかわりを注いで飲んだ。

東仁が、ああやって、と言葉を継いだ。

「アカだ、アカだと目の敵にしているが、文山が学校への弾圧に抵抗するのは当たり前だよな」

そうだよ、と鎭河が引き取る。

「朝連を勧めてくれた近所のイムさんやカンさんも、みんないい人だ。周りのほとんどの朝鮮人が朝連に属してるじゃないか。共産主義とか関係ない人もたくさんいる。まあ、俺は文山みたいに活動してないから、そもそも組織のことはよくわからないけど」

私は、でも、と頭を振った。

「俺は、朝連を辞めるよ。教師も辞める」

「どうしてだ」東仁が私の目を覗き込むようにして訊いてきた。

「もっと力をつけたい。そのためには、大学にだって行かなきゃ。学費を稼がなきゃ」

私は東仁から視線をそらさずに答える。頭の中では、「君たちが新しい朝鮮を作っていくんだ。立派な人間となり、良い国を築いていきなさい。そのために、これまで以上にしっかり勉強するんだよ」と言った鈴木平太先生の声がこだましていた。

そうか、と東仁は頷いた。

「それに……」

私はそこで言いよどみ、東仁から視線を外した。

わかるよ、と鎭河が口をはさむ。

「故郷に帰れなくなるのは嫌だよな。正直言って、俺も同じだよ」

鎭河が私の代わりに言ってくれたが、東仁はただ黙って目を伏せただけだった。

私たち三人は朝連を抜けた。

「自分のことしか考えないのか」

「勝手なやつらだ」

近所のイムさんやカンさんには、さんざん嫌味を言われた。彼らは廃品回収や屋台の食堂で生計を立てながら、熱心に朝連の活動に参加していたのだ。

その後朝鮮人学校は閉鎖が相次ぎ、生徒の多くが日本の学校に転校したが、無認可として続けた学校もあれば、公立学校の分校となったところもあった。

私は鎭河と同様の日雇い仕事に戻った。拘束されたファン・ソンナムのことを思うと、胸が疼くが、朝から晩までくたくたになって働くと、学校や生徒たちのことを考えずにすんだ。毎日粗末な飯を食べ、また働きに出ることの繰り返しだった。もらった給金はオモニのポクチュモニに入れたが、いっこうにたまらなかった。

東仁は渋谷のワシントンハイツから、より給料のいい新橋の第一ホテルを紹介してもらい、仕事場を変えていた。第一ホテルは、連合国軍最高司令官総司令部（GHQ）に接収されており、高級将校らの宿舎として使用されていたのだ。

2

八月に入り、うだるような暑さが続いている。

日曜日の夕方、奈美子が水キムチと一緒に、西瓜を半分持ってきた。奈美子は一ヶ月から二ヶ月に一度ぐらいの頻度で、手土産を持ってふらっと私たちを訪ねてくる。私は彼女の来訪を密かに心待ちにしていた。

私たちは縁側で奈美子と一緒に、くし切りにした西瓜をほおばった。

果汁が種とともにひからびた土の上に落ちて、そこに蟻がたかる。私は、種を一生懸命運ぶ蟻を眺めながら、日本に逃げてきて一年あまり、どうにか生き延びている実感を噛み締めた。

蝉の声に空を見上げると、東の方に淡い月が見えた。

故郷からもあの月は見えるのだろうか、オモニや家族は元気にしているだろうかと思うと、泣きたいような気持ちになる。

今日の奈美子は、白地に藍の柄の浴衣に赤い帯という装いで、髪を結い上げていた。私は奈美子をまともに見ることができず、下駄を履いた彼女の素足に視線を飛ばしたが、細い足首と白い指がなまめかしくて、かえって胸がどきどきしてくるのだった。

大きくなっていく鼓動を両隣の鎭河や東仁に気づかれたくなくて、あの、と声を出した。

「奈美子姉さん、安川の兄さんはどこに行っているんですか？　豊田さんもぜんぜん帰ってこないですね」足元に生えている雑草に目を向けて訊いた。

アン・チョルスは池袋の食堂で別れて以来、また見かけなくなっていた。奈美子の兄の豊田にいたっては、かれこれ数ヶ月会っていない。

「兄さんは、刑務所」

奈美子は、西瓜の実は赤い、と言うのと変わらない、こともなげな調子で言った。

私たち三人は驚いて、西瓜を食べる動作が一瞬止まったが、誰も言葉を発することなく、また食べ始めた。

「安川のことは知らない。もう別れたから」

あまりにあっけらかんとして言う奈美子に、言葉を返す者はいなかった。

するると、奈美子が重苦しい空気を振り払うように、「だから」と横に座る東仁に軽くしなだれかかった。

「新しい男と付き合おうかなー」そう言って、東仁に腕を絡める。

東仁の肩越しに、奈美子の細いうなじが見える。透き通るような白い肌が私の心を揺さぶる。胸が苦しくなって、息を吸いこんだ。鎭河は西瓜を食べては種を吐き出すのに忙しく、奈美子と東仁の様子に気づいていない。

「今日は当直なので、そろそろ支度しないと」

東仁は奈美子を邪険に振り払って立ち上がった。

「じゃ、私も帰る」奈美子も立ち上がる。

「えっ、もう？」鎭河が奈美子に顔を向けた。

「また来るね、バーイ」

奈美子はひらひらと手を振って去っていった。その後ろ姿を見つめる東仁が、いつになく厳しい目つきをしているように見えた。

私は裸足のまま土の上に立った。

「奈美子さんとなにかあったのか？」

鎭河に聞こえないように東仁の耳元で囁いた。

「いや、別に」

東仁は表情のない顔で答えると、「そろそろ行かないと」と二階に上がっていった。

私は、もう一度縁側に腰を下ろし、あぐらをかいた。

さっき立ち上がったときに自分が蟻を踏み潰していたことに気づき、踵についた土と蟻の死骸をごしごしと手でこすって払い落とした。


解放後三年の八月十五日、私は新橋駅で荷物の積み下ろしをした。

汗だくで仕事を終えて帰ろうとすると、仕事仲間の一人が、文山、と声をかけ、近づいてきた。おとなしそうな男なので、話しかけてきたのが意外だった。

「お前、朝鮮人だよな」

その言葉に私はひるんだ。黙っていると、男は折りたたまれた新聞を渡してきた。

「拾った新聞だが、やるよ。記事読んでみろ」

私が要領を得ない顔をしていたのだろう、男は「俺も朝鮮人だ」と続けた。

「元木（もとき）で通しているが、本当はウォン・ヨンチョルっていうんだ」

そう言って去っていった。

私はウォン・ヨンチョルの背中を見送ってから、新聞を広げた。

そこには、南部朝鮮で李承晩（イースンマン）を大統領とする大韓民国が独立国家として成立したことが一面に書かれている。

とうとう祖国が二つに分かれてしまった。

私は新聞を小さく折りたたみ、ズボンのポケットにねじ込んだ。

よろよろとした足取りで、駅のすぐそばにそびえ立つ第一ホテルに向かう。今日の現場が新橋だと知らない東仁を待ちうけて、一緒に新橋で酒を飲んで帰ろうと思ったのだ。酒は苦手だが、今日はアルコールを思い切り浴びたい気分だった。

だが、GHQが接収している第一ホテルは警備が厳しく、警官とMPが建物を取り囲んでいて、従業員出入り口でさえ、まったく近づけなかった。

あきらめて帰ろうとしたとき、狭い裏通りの三メートルほど先を、軍服姿の米軍将校と若い女性が腕を組んで歩いているのが目に入った。

パンパンと思われる女は赤いスカーフを頭に巻いて、白いブラウスにウェストのくびれが際立つ赤のスカートを合わせ、赤いハイヒールを履いている。女は引き締まった足首の持ち主だった。

体の奥底から怒りがふつふつと沸いてくる。

私はしゃがみこみ、そこにあった小石を拾って握り締めると、二人のあとを追った。

将校の頭に狙いを定め、小石を投げつけようとしたそのとき、女が横を向いて、将校の耳になにやら囁いた。

薄暗かったが、女の横顔が見えた。

奈美子だ。

彼女は媚態極まる様子で、将校に微笑みかけている。真っ赤な口紅がやけに目立つ。

手がわなわなと震え、持っていた小石が地面に落ちる。私は小石を拾い直し、赤いスカーフめがけて勢いよく投げた。

「痛いっ」

命中し、奈美子が頭を抱えたのを見て、私は踵を返して全速力で走った。将校が英語でなにか大声でわめいているのが聞こえたが、追いかけては来なかった。

飲食店の立ち並ぶ一画の雑踏に紛れて、ようやく走るのをやめた。

目に付いた酒場に入り、立て続けに酒を流し込む。苦くて辛くてちっとも美味しくない。しかも、アルコールが身体に入ると、赤いスカーフ、赤いスカート、赤いハイヒール、赤い口紅が次々と思い出され、頭の中が真っ赤に染まる。それを打ち消そうと、また酒を飲んだ。

そのうち意識が朦朧としてきて、赤いものが目に浮かばなくなった。

薄目を開けると、まず視界に入ってきたのは、半月を少し過ぎた上弦の月だった。うっすらと赤みをおびていて、私のすぐ目の前にあり、いまにも手が届きそうだ。寝っ転がったまま月に向かって両手を伸ばす。

頭を起こすと、割れるような痛みが走った。寒さを感じ、自分の状況に驚いた。私は身ぐるみ剝がされ、空き地に下着一枚で倒れていたのだ。

慌てて立ち上がり、周囲を探すが、服も靴も見つからない。誰かに助けを求めようにも、人気(ひとけ)はまったくなかった。

全身の力が抜けてしゃがみこみ、ぼうっと空き地の草むらを眺めていた。すると、視線の先の茂みに、白い布らしきものと、折りたたんだままの新聞紙があるのを見つけた。

駆け寄って、ポクチュモニを拾う。泥で汚れており、中に入っていた金は小銭まできれいになくなっていたが、とにかくオモニのポクチュモニが無事でほっとした。ポクチュモニを胸に抱き、月を見上げたら、涙が止まらなくなり、私はひとしきり声をあげて泣いた。こんなに泣くのは、物心ついてから初めてのことだった。

私が放置されていたのは、新橋駅から続く線路に沿った空き地だった。線路をたどって、要町まで歩いて帰った。すれ違う人に顔をしかめられたり、露骨に指を差されたりしたが、ひたすらに歩いた。家に着く頃には、すっかり夜が明けていた。

戸を開けて玄関を入ると気が抜けて、たたきにへなへなと座り込んでしまった。対馬で難破した時に痛めた左足が、じんじんとしびれている。

気配に気づいたらしき東仁が階段を慌ただしく下りてきた。私が裸同然なのを見て、目を丸くしている。

「どうしたんだ?　だっ、大丈夫かっ」

近寄ってきて、私の背中を支えてくれる。私は東仁に体重を預けた。

「ああ、なんとかな」

「なにがあったんだ?　昨日の現場はどこだったんだ?」

私は胸にこみあげるものがあって、声を出せなかった。

「酒を飲んだのか?」

首を縦に振って、折りたたんだ新聞を東仁に渡した。

東仁は、なにも言わずに受け取り、新聞を開く。そして、真剣な面持ちで大韓民国成立の記事を読むと、頭を左右にゆっくりと振った。

少し落ち着いた私は、なあ、と言ってみたが、声はかすれてしまっていた。

「ここから越さないか?」

「どうしたんだ、急に」

「いつまでも豊田さんの厄介になるのも、と思ってさ。それに、なっ、なっ、みっ……」

奈美子、という言葉が喉にひっかかって、口にすることができなかった。赤いスカーフ、赤いスカート、赤いハイヒール、赤い口紅がまぶたの奥に蘇る。

間近にある東仁の端正な顔が、かすかに歪んだ。

西瓜を食べたときの態度からして、東仁はもしかしたら奈美子がパンパンなのを知っていたのかもしれない。

「だが、ほかに行こうにも、朝鮮人には簡単に家を貸してくれないぞ。つても金もないし」

「そうだよな。家賃だっていまはただだしな」

私は、急に寒気を感じ、大きなくしゃみをひとつした。

3

一ヶ月後、朝鮮北部に金日成を首班とする朝鮮民主主義人民共和国が樹立されたことを、私たちは夕飯のときに、ラジオのニュースで知った。その日はたまたま三人がそろっていた。しかし、誰もそのことについて触れず、焼いたいわしをおかずに、麦の混じった飯をひたすらにかきこんだ。

「もっとうまい魚が食いたいよな」

鎭河は、痩せたいわしのしっぽを箸で摘んで持ち上げる。

「ああ、そうだな」

私は飯をすくおうとした箸を止め、「三千浦の魚が食いたいよ」と、いわしをつついた。

オモニが太刀魚を辛く煮た料理をよく作ってくれたことを思い出す。オモニは、太い骨を除き、身をほぐすと、飯の上に載せてくれた。厚くて弾力があり、嚙みごたえのあった太刀魚が目に浮かび、うっかり唾液が口から溢れ出そうになる。

「じゃあ、これから魚を釣りに行こう」

東仁はなにかを企んでいるような目で微笑んだ。東仁にしては珍しい表情だ。

「いまからいったいどこに釣りに行くんだ?」

私が問うと、東仁は「いいところを知っている」と答えた。

「だけど、もう日が暮れているぞ」鎭河は口に飯を入れたまま言った。

「まあ、ついてこいよ」

東仁は箸を置いて、立ち上がった。そして私と鎭河も食卓を離れたのだった。

私たちは木の枝にたこ糸と針で作った釣り竿、餌のスルメ、ロウソク、獲物を入れる麻袋を用意し、真夜中に家を出た。歩いて向かった先は、なんと皇居だった。

半月に満たない上弦の月明かりは弱く、人目に付きにくかった。警備の目の届かない隙間から忍び込み、茂みに身を隠しながら、堀に釣り糸を垂らす。

頑丈な石塀のむこうの広大な敷地のなかに、神から人になって間もない日本の象徴が住んでいる。そう思うと、自然と身体がこわばった。

だが、しばらく経つと、あまりに静かな佇まいに、本当にこの奥に、そんな大層な人が住んでいるのかと疑いたくもなってくる。

この先は、ただ緑が続く、森なのではないか。

天皇の名は、初代からそらで言える。「教育勅語」や「皇国臣民の誓詞」とともに、解放まで、学校で毎日唱えさせられたからだ。

海を隔て、遠く離れたここ皇居に向けて頭を下げ、こちらを向いて建てられた神社に参拝もした。天皇の国のために、ひたすらきつい軍事教練に耐えた。

小学校で覚えた「皇国臣民の誓詞」を久しぶりに小声で唱えてみる。

私共は大日本帝国の臣民であります
私共は心を合はせて天皇陛下に忠義を尽くします
私共は忍苦鍛錬して立派な強い国民となります

あの頃私にとっての天皇は、頭の中で形作った、崇め奉らなければならない存在であった。命を捧げなければならない神だった。

いまこうして近くに来てみても、天皇というものが実際に存在するという確信は持てないでいる。

「おいっ、なにぶつぶつ言ってるんだ。引いてるぞっ」

鎮河に言われ、慌てて釣り竿を持ち直した。竿がしなるほど強い力で引っ張られるが、踏ん張ってこらえる。

静寂のなか、魚がばしゃばしゃと暴れまわる音が響く。

鎭河が一緒に竿を持ってくれて、二人で引っ張り上げる。すると、黒い塊が暗い水面から姿を現わした。かなり大きいようだ。

「もちあげろっ」

鎭河に言われるまでもなく、さらに力を込めて引き上げた。ぴちぴちと跳ねて抵抗する黒い塊を、東仁が素手でしっかりと捉える。

ロウソクを近づけて見ると、体長三十センチを超える、よく肥えた鯉だった。

「やったな」

私は興奮気味に言ってから、慌てて、かなり、と声を落とし、でかいぞ、と囁いた。

「うまそうだ」鎭河が鯉をぴしぴしと叩いた。

私たちは、釣った鯉を麻袋に入れ、辺りを窺いながら堀から離れ、皇居の敷地を出た。

要町まで歩いたが、三人の足取りは軽かった。鎭河は鼻歌をうたい、東仁はいつになくはしゃいでいた。私は、何度も麻袋のなかの鯉を確かめては、ほくそ笑んだ。

家に着くなり、まな板の上に鯉を置いた。まだ生きていて、ときどきぴくぴくと尾が動く。堂々として立派な鯉には、風格が感じられた。さすが、皇居の堀で育っただけのことはある。

「俺がさばくよ」

鎮河が意気込んで包丁を握り、頭を切り落とそうと包丁を振りかぶった。

「いや、そうじゃない」

東仁が鎮河の腕を押さえ、包丁を奪った。

「この高貴な鯉は、こうして息の根を止める」

東仁は勢いをつけて、ちょうど鯉の身体の真ん中、身が半分になるところに、包丁を振り下ろした。

包丁は厚い身に深く刺さった。頭側としっぽ側が切り裂かれようとしている状態でも、鯉は身体をぷるぷると震わせている。

「くそっ、二つに分けてやる、まっぷたつにっ」

東仁は力を込めて包丁を上下に動かすが、鯉の身は骨にはばまれ、なかなか切れなかった。

そのうちに、包丁が動かなくなる。

東仁は、あきらめて、包丁を放した。鯉は、包丁を身に突き刺されたまま、息絶え絶えに身悶えている。

東仁を見ると、頬に涙が流れていた。

私は突き刺さった包丁を抜き、鎮河と協力して頭を落とし、はらわたを取り出すと、ぶつ切りにした。そして、それを鍋に入れ、酒、味噌と醤油、にんにく、唐辛子で煮た。

私と鎮河が料理している間、東仁は放心して私たちの作業を眺めていた。出来上がり、椀によそった鯉を黙々と口にする。

調理の仕方が悪いのか、そもそもそういう味なのか、鯉は泥臭くてとても食べられた代物ではなかった。

「まずい」東仁が鯉の身を膳に吐き出した。

「本当にまずい」鎮河も顔をしかめた。

「食えないよ」

私が椀を膳に置くと、東仁が声を立てて笑った。つられて私と鎮河も、顔を見合わせて笑った。三人で大声を出し、腹を抱えた。

しだいにから笑いになってくると、私の腹が痛み出した。青白い顔で便所に駆け込む私を見て、鎮河と東仁は、目尻に涙をにじませて笑い続けていた。

それから一ヶ月後、がらの悪い連中が夜半に豊田を探しに突然押しかけてきて、家の中をめちゃくちゃにしていった。豊田は二週間前に出所した後、さっそく他人の金を博打で使い、姿をくらましたとかで、追われているということだった。

もちろん私たちもとばっちりを受けた。行方を知らないと言っても信じてもらえず、何発か殴られ、おかげで鎮河は前歯が折れ、抜けてしまった。東仁や私の本も破り捨てられ、これ以上豊田の家の二階に居続けるのは難しくなった。

そんな折、新聞をくれたウォン・ヨンチョルと現場で顔を合わせた。すっかり打ち解けた私はウォン・ヨンチョルに事情を話した。彼は多摩川下流の河川敷に勝手に住み着いているということだった。

「お前たちも来ればいい。三人ぐらいなんとかなるだろう。明日なら俺もいるから訪ねてこいよ」

私はウォン・ヨンチョルの話を鎮河と東仁に伝えた。

「ほかに行くあてもないしな」東仁は頷いた。

「とにかくここからは出よう、またあいつらが来るかもしれない」鎮河は、歯茎に手を当てて言った。

私たちは、豊田にも奈美子にも会わぬまま、逃げるように豊田の家を出ると、多摩川の河川敷に向かった。

奈美子と顔を合わさずにすんだのは、私には都合がよかった。ただ、アン・チョルスには会って挨拶をしておきたかったが、どこにいるか探しようがない。

その日は、低気圧が近づいており、風が強かった。荷物を抱えて歩いていると、危うく吹き飛ばされそうになるほどだ。

河川敷に行ってみたが、土手にも川べりにも住居と呼べるようなものは見当たらなかった。川に舟が十数隻接岸しているだけだ。

舟といってもボートに毛が生えた程度のもので、川のうねりで、大きく揺れていた。

私は密航してきた船を思い出した。さらに、濁った水が流れているのを見て、大阪での冠水も蘇る。

鎭河と東仁も対馬沖で難破した日のことを思い出しているのか、険しい顔で舟を見つめていた。

「よく来たな、文山」

背後から声がして振り向くと、ウォン・ヨンチョルが水の入ったバケツを抱えて近づいてきた。そして、鎭河と東仁に「ウォンだ」と名乗った。

「世話になるな」

「よろしく」

二人も、それぞれ自己紹介をした。

「あそこに暮らしてるんだ」

ウォン・ヨンチョルが指した方向を確かめたが、どう見ても川に浮かぶ舟しかない。

「あの舟?」私の声は裏返った。

「ああ、いまはひとりだけだから、三人増えても、寝るくらいはできるだろう。狭いけど我慢してくれ」

つまり、と今度は鎭河が口を開いた。

「あの舟に暮らしているっていうことか?」

「そうだ。今日は揺れるから、舟を下りている。夜には風が止むといいんだが」

鎮河は、大きく頭を左右に振り、無理だ、と呟いた。私も、舟に暮らすことはできそうにないと思う。東仁は無表情で舟を凝視している。

「すまない、親切はありがたいのだが、舟じゃなくて、どこか建物はないのか？」

私が訊くと、ウォン・ヨンチョルは、うーん、と考え込んでしまった。

「雨風をしのげれば、どんな掘っ立て小屋でもいい」

さらに言うと、ウォン・ヨンチョルは、それなら、と川下に視線を向けた。

「あそこの下だな。三人だから大丈夫だとは思うが、襲われることがあるから、気をつけろ」

そう言って、多摩川にかかる大きな橋を指差したのだった。

私たち三人は、多摩川河口から十キロほど上流にある瓦斯人道橋のたもとで暮らし始めた。拾い集めたトタンと板で、やっと雨風がしのげる程度の粗末な小屋を建て、身を寄せ合った。橋桁の下には、私たちだけでなく、ほかにもいく人かが住み着いていた。

秋が深まると、夜はかなり冷え込むようになり、野宿の辛さが身にしみるようになった。

木枯らしが吹き始めた頃、三人のうちでもっとも丈夫だった鎮河が熱を出して寝込んでしまった。私と東仁は、鎮河に交代で付き添い、看病をした。

鎮河は毛布にくるまって板の上に敷いたせんべい布団に横たわり、ときどき朝鮮語でうわごとを言った。耳を近づけてみるが、抜けてしまった前歯のすき間からすーすーと息が漏れて、なんと言っているかは、よく聞き取れない。

鎮河が寝込んで三日後、私は日雇いの仕事を終えると、急いで橋の下に戻った。ちっとも快方に向かわない鎮河を見て、すまない、と傍らの東仁に詫びた。

「やっぱり、朝連をやめるんじゃなかったな。あそこにいたら、助けてくれる人もいたかもしれない。身内のいない俺たちが日本で暮らしていくためには、やっぱり同胞とのつながりが大事なのに、俺の身勝手で抜けることになってしまった。こんなところに住まなくちゃならなくて」

「いや、仕方なかったよ。安川の兄さんとも音信不通になっちゃったしな」東仁が応えて続ける。

「一番稼いでいる俺が金を出すから、部屋を借りよう。いろいろあたってみたら、貸してくれるところもあるかもしれない。探してみるよ」

「お前が大学に行くための金を使うわけにはいかない。それに、金を貯めて故郷の両親に持っていくんじゃなかったのか」

「そうだけど、このままここに暮らすのは無理だ。とにかく、なんとかしないと」

東仁はそう言って、鎮河の肩のあたりを静かにさすったのだった。

鎭河の熱はそれから三日ほどでようやく下がった。

「住む場所を見つけたぞ」

東仁が、私と病み上がりの鎭河を連れていったのは、新橋だった。

私たち三人は、連れ込み宿の一角に住み込むことになった。宿を営んでいたのは、同胞の韓国人で、東仁の同僚の知り合いだった。奈美子のことを考えると新橋に住むのには抵抗があったが、背に腹は代えられない。

四畳半程度の部屋は窓もなく、じめじめとして暗かった。それでも、橋の下で暮らすよりはずっとまし、いや、快適だった。

私たちは手の空いたときに、宿の手伝いをした。夜間、ときには昼間に、掃除をしたり、料金を受け取ったりする役目だった。その条件があって、家賃は免除してもらえたのだ。

最初の頃、男と女の交わりのあと始末をしていると、私は屈辱で身体が震えそうになった。だが、慣れとは恐ろしいもので、一ヶ月もするとなにも感じなくなってきた。

私は幸い新橋の街で奈美子と鉢合わせることもなく、毎日ただただ働き続けた。私と鎭河は日給二百四十円、つまり百円二枚と十円四枚のニコヨンの日雇い労働、東仁は第一ホテルの仕事を続けた。

宿の主人のすすめもあって、私たち三人は、民団（在日本大韓民国居留民団）に所属することにした。大韓民国にある故郷にいつか帰るためには、その選択が良かろうと思ったのだ。

4

　新橋に住んで一年半が経った一九五〇年、六月二十五日、大韓民国と朝鮮民主主義人民共和国との戦争が始まった。

　三ヶ月が過ぎ、北の優勢が伝えられていた。

「俺たちの国は、どうなってしまうんだろう。アメリカに乗っ取られるのも嫌だが、ひょっとしてソ連の支配下に置かれるようになるのか？」鎭河が暗い顔で嘆いた。

「まさか、戦争になるなんて……同じ民族同士なのに……」

　私はそう言うと、故郷に帰れるのだろうか、家族は無事だろうかという不安が湧いてきた。そっとズボンのポケットをなぞり、オモニのポクチュモニを確かめ、気持ちを鎮める。

「俺たち、生きて家族に会えるのかな。二度と会えないのかな」鎭河が涙声になる。

「せめて、家族に手紙を書こう。俺たちが生きているってことだけでも伝えよう」東仁が励ますように言った。

「手紙？　いったいどうやって届けるんだ」

　私は怪訝な顔をしていたようで、東仁が、まあ聞け、と落ち着き払った声を出す。

「方法はある。民団が義勇兵を送るらしいから、彼らのうちの誰かに手紙を託すんだ」

「どこでその情報を知ったんだ？」

私は東仁の提案に驚いた。私たちは民団に属したものの、実質的な活動はなにもしていなかったのだ。

「最近、奈美子さんに偶然会って、豊田さんが、在日韓僑自願軍として、義勇兵に志願したことを聞いた。安川の兄さんも行くそうだ」

奈美子の名前を聞いて、胸がかすかに疼いた。

「兄さんは、俺たちに『命を大事にしろ、したたかに生きろ』って言ったのに、なんで、戦争に行くんだろう」

私はアン・チョルスの野太い声を思い出す。

「よくわからないよ。なにか、気持ちの変わることが起きたんだろうな」

東仁も奈美子のことを思い浮かべたのかもしれない。

「じゃあ、兄さんに手紙を持って行ってもらえばいいんだな。兄さんにも久しぶりに会いたいよ」

鎭河が言うと、東仁は、いや、と頭を振った。

「会うのは、無理だと思う。兄さんと豊田さんはいま、米軍のキャンプ朝霞で訓練を受けているから、家族しか会えないんだ。だから奈美子さんに手紙を預け、豊田さんを通して兄さんに渡し、届けてもらうよう頼むのはどうだろうか」

「奈美子さんに会えるってことか!」鎮河は声を弾ませた。

「奈美子さんも俺たちに会いたいそうだ。またキムチを渡したいって言ってた。明日の夜、この近くで会うことになっているから、二人も一緒に……」

「俺はちょっと用事があるから、一緒には行かれない」

私は東仁の言葉を遮って言ったが、本当は用事などなかった。東仁はちらっと私を見たが何も言わなかった。

その日の晩、私はオモニ宛に手紙を書こうとペンを握ったが、しばらく文言が出てこなかった。

白い紙を見つめて、オモニのことを思い出そうとすると、心配そうな顔がぼんやりとした輪郭となって、消えていってしまう。

目を閉じてみるが、オモニの面影は、チマチョゴリを着た小さな肩や、俯いたときに見える、きっちりと髪をひっつめた頭頂ばかりが浮かんだ。

目を開けて、最初の文字「オモニ」を、ハングルで書くが、字が乱れてしまい、何度も書き直した。それから私は一字一句、言葉を選び、慎重にペンを運んだ。

東仁から、「誰かに読まれると危険なので、名前もいる場所もこちらの様子も書かないように」と言われていた。だから、ただ消息を伝えるだけのためのごく短い手紙を書いた。それなのに、何度も書きよどみ、書き上げるのに一時間近くかかった。

「オモニ
心配をかけてすみません。
私は、生きています。
元気です。
オモニに会える日が来るまで、生き続けます。
そのときまで、オモニも元気でいてください。
身体を大事にしてください。
そして、私にシレギのテンジャンクを作ってください。
オモニのご飯が食べたいです。
オモニに会いたいです。」

読み返して、私は、紙をくしゃっと丸めた。

さらにもう一度書き直す。

最後の三行、「そして、私にシレギのテンジャンクを作ってください。オモニのご飯が食べたいです。オモニに会いたいです。」を省いた。

私はオモニの負担になりたくなかった。オモニを悲しませたくなかった。

三年にわたる朝鮮戦争が終わった。

日本は朝鮮戦争の特需で景気が良くなったが、多くの同胞の生活は変わらず苦しかった。それだけでなく、南と北、支持する二つの勢力に分かれて、憎悪を募らせていた。日雇い現場で同胞同士が言い争い、とっくみあいのけんかになったのを私も見たことがある。

朝鮮半島では、兵士のみならず多くの民間人が犠牲になった。

義勇軍に参加した豊田も戦死した。手紙を託したアン・チョルスは日本に戻ったらしいが、私たちの前に姿を見せることはなく、私たちの手紙が届いたかも、それぞれの家族の消息も、知るすべはなかった。

サンフランシスコ講和条約を経て、日本は、GHQの占領状態から脱した。それを機に東仁は第一ホテルを辞め、貯めた金を学費にあて、早稲田大学に通い始めた。

私も東仁に刺激され、法政大学の夜間部を受験し、なんとか入ることができた。鎭河は勉強が苦手だからと大学には行かなかったが、新橋の連れ込み宿の主人があらたに始めたパチンコ屋を手伝い始めた。

念願の学問をできる喜びに意気込んで授業を受けるが、私にはちんぷんかんぷんだった。故郷を飛び出してから六年、勉強と呼べることはなにひとつしてこなかったため、ついていけなかった。東仁は本をよく読んでいたが、私にはそのような余裕はなかったのだ。

それでも大学に通い続けていたが、昼間は変わらずニコヨンで働いていたので、身体もしんどかった。

今日も授業中に熟睡してしまい落ち込んで宿に戻ると、東仁と鎮河が沈痛な面持ちでうなだれていた。

「どうしたんだ」私が訊くと、鎮河が顔をあげた。

「奈美子さんが死んだらしい」

「死んだ？」

息が止まりそうなほど驚いた。

「自殺だって話だ。大森海岸から入水したって」

鎮河は目を伏せて頭を振った。

私は奈美子の綺麗な白い足が、細いうなじが、ぶよぶよに膨らんでいるのを想像して、身震いがした。

「どうして自殺なんか……」

「豊田さんが死んで、唯一の身寄りもなくなった。あてにしていた将校も、朝鮮に行ったあと、アメリカに帰ってしまったらしい。腹には子供がいたって話だ」東仁が乾いた声で説明した。

「俺、知らなかった。奈美子さんがパンパンだったたなんて……」

鎮河は、ふうっと息を吐くと、肩を落とした。

「そうか……」

私は、鋭い胸の痛みとともに、奈美子の赤い唇を思い出していた。

5

梨愛は、兄に三回ほど電話をかけたが、繋がらなかった。

仕方なくメッセージを打ち始める。

「大事な話があるからすぐに電話ちょうだい」

送信すると間もなくスマートフォンに着信があった。兄からだ。電話のむこうが騒がしい。

「大事な話ってなんだよ」

「あのね、お通夜に来た金美栄さん……お父さんの同級生の娘なんだって。それでね、あのおじいさんが……」

「いま、駅のホームなんだ。これから電車に乗って出かけるから、夜にでもかけ直す」

兄はそう言うと、一方的に通話を終えた。

つれない態度に梨愛は思わず「なによっ」と毒づいた。

ふたたびスマートフォンが震え、着信が入った。今度は美栄からだった。

どうしても美栄と話す気になれず、スマートフォンを握り締めたまま目を閉じた。

波の音に耳を傾けていると、そのうちに呼び出しの振動は収まった。

しかし、また小さく震えて、スマートフォンはメッセージを受信した。

小さく舌打ちして目を開け、画面を見ると、案の定、美栄からだった。しつこくなんの用事だろうと思いつつ、メッセージを開ける。

「梨愛さん、
今日は来ていただいてありがとうございました。お話できてとても嬉しかったです。

実はお願いがあります。

納骨の前に、サンチョンのお骨を少しだけ分けていただけませんか？」

そこまで読むと、梨愛の頭がかっかとしてきた。

骨を分けろとは、美栄はいったいどこまで図々しいのだろう。

梨愛は地面の砂に右足で一発蹴りを入れてから、メッセージの続きを読む。

「ぶしつけにすみません。

先ほど言い出せなかったので、メッセージをしました。

姜さんが明日韓国に帰るそうですが、サンチョンのお骨を故郷に持って帰って、サンチョンの実家のお墓に入れたいのだそうです。

サンチョンは、生前から『死んだら分骨して故郷にも埋めて欲しい』と言っていました。

詳しいことは、姜さんに直接連絡してくださると良いかと思います」

そのあとに、「姜鎮河」とあり、滞在先のホテルと電話番号が書かれていた。

梨愛は、ホテルグランドパレス一階のカフェで、姜さんが来るのを待っていた。

このホテルは内装がシックで、昭和の名残が色濃くあり、まるで刻が止まっているかのような、不思議な思いにさせられた。

美栄のメッセージを読んですぐに姜さんに連絡を取り、待ち合わせた。しかし、逗子から急いで駆けつけたにもかかわらず、姜さんは約束の時間になってもカフェに現われない。四十分が過ぎ、注文したコーヒーも飲み終えてしまった。

今日は一日中振り回されている。遠出した疲れもあって、これ以上待っているのが耐えられなくなってきた。

いっそのこと帰ってしまおうか。

しかし、父の同級生だという人物と話してみたいという気持ちもあった。

やっと姜さんが来た。浅黒い顔に浮かぶ笑みが人懐っこい。通夜のときに見かけた老人とは印象が異なる。

「すまない、待たせたね」

姜さんは、梨愛と向かい合って腰を下ろし、ウェイトレスにコーヒーを注文した。

父は実年齢より若く見えたが、姜さんも負けてはいない。声に張りがあり、とても九十歳とは思えなかった。

「ちょっと横になっただけのつもりが、寝すぎた。歳をとるのはいやだね。悪かったね」

体のがっしりとした老人で、足腰もしっかりとしている。日本語も流暢だった。耳が遠いのか、左耳に補聴器をつけている。

「いえ、大丈夫です」梨愛は中腰になって、大きめの声で挨拶した。

「チョンミョンから連絡が来るかと思ったが、梨愛だったか。すぐにわかったよ、サンジュにそっくりだから」

顔を近づけてきて言った。皺だらけの顔には、しみがいくつもある。

いきなり梨愛と呼び捨てされたことには戸惑ったし、チョンミョンとは誰だろうと一瞬わからなかったが、兄の名前のハングル読みだとすぐに気づいた。だが、それよりも、サンジュとは誰だろうかというのが気になる。父の故郷の親戚か誰かだろうか。

尋ねようと思ったら、姜さんが、ここのホテルはね、と話し始めた。

「私たちにとっては特別なところなんだよ。ここで、金大中先生が拉致されてね……私は、日本に来るときはここに泊まって、韓国のいまの平和を嚙み締めるんだ」感慨深げに周りを見回した。

「父と一緒に日本に来て、民主化運動をしていたって、美栄さんから聞きました」

「美栄に会ったんだってな。あの子は、梨愛に会いたがっていたから、喜んだだろう。

海で一緒に遊んだ話、美栄から何度も聞いたよ。どんな話をしたんだ?」

姜さんが微笑むと、不自然に白すぎる入れ歯が目立った。

「美栄さん、父をすごく慕っていたみたいですね。父もずいぶん美栄さんを気にかけていたみたいで……」

「私たち同級生三人は、家族よりも絆が強かった。だから美栄を放って置けるわけがない」

「あのぅ、美栄さんのお母さんも同志だったって……」

「美栄の母親は、気丈な人だった。立派な人だった。女手一つで美栄を育てながらも、同胞のために、ずっと運動を続けていた。指紋押捺のときは先頭に立っていたんだ。お前のアボジは自分が運動をやめた負い目もあって、援助を続けていたのかもしれないな。まあ、私も同じだが」

父にとってそれほど同胞のための運動とは大事なものだったのか。

同級生との絆がそんなに深かったのか。

美栄を助けたのは、美栄の母親に対する個人的な感情ではないのだろうか。

「あの母娘(おやこ)は、本当に苦労したんだ。なにしろ、父親の死に方がひどかった。それが、母親まで死んでしまって、美栄が不憫だ。私は韓国に帰ったあと、あまりいろいろしてあげられなかったが……」

ひどい死に方というのはどういうものだったのだろうか。

訊きたいが、梨愛が口をはさむ隙間なく、姜さんは話し続ける。

「東仁は韓国で死んだ。まあ、むごいことはあったが、骨のかけらを故郷の土に返してあげることはできた。だからサンジュの骨も返してあげないと。あんなに帰りたがっていたんだ」

「サンジュって、父のことなんですか？」

驚いて訊くと、姜さんは、アイゴーとうめくように言った。

「父親のことをちっとも知らないんだな。サンジュはなにも言わなかったんだな……」悲しげな表情でコーヒーを口にする。

なにも答えられずにいると、喉の乾きが気になってくる。梨愛は目の前にあったグラスの水を飲んだ。

知らないもなにも、父の名前は、ムン・ドクユンなのだ。おかしなことを言っているのは、姜さんの方ではないか。

姜さんは、ところで、と梨愛にもう一度顔を近づけてきた。

「骨は持ってきたか？」

「あの、骨のことですが、今日は持ってきてなくて……兄と相談してから……」

「じゃあ、お前たちの手で韓国に持っていきなさい。父親を文山徳允という偽物の日本人としてではなく、本物の李相周（イーサンジュ）という韓国人として葬らなきゃいかん。私の向こうでの連絡先は、美栄に聞けばわかるから」

そう言うと姜さんは椅子に背を預けて深く座り直し、黙りこくってしまった。

梨愛は、そこにとどまっているのがしんどくなってくる。

「あの、私、帰ります」

呟いて立ち上がったが、姜さんは聞こえなかったのか、視点の定まらない目で梨愛を見上げただけだった。

Ⅳ

1

「おめでとう」

私は、真新しい背広でかしこまっている東仁に声をかけた。長身で端正な顔立ちの東仁は男ぶりがあがっている。

「お前も早くいい人を見つけろよ」東仁の硬い表情がわずかに崩れる。

「なかなかうまくいかないよ」

私が答えると、一緒にいた鎭河が、そりゃあ簡単にはいかないよな、と会話に入ってきた。

「俺なんて、完全に失敗だった」

鎭河は、新橋でパチンコ店を経営する盧来善（ノレソン）の姪、盧先伊（ソンイ）と所帯を持ち、二歳の娘もいたが、結婚するんじゃなかったと、会うたびにぼやいている。先伊は再婚で、鎭河よりも実際は五歳上で、ものすごくきつい女なのだそうだ。

日本に来て十三年が経った。私たち三人はもうすぐ三十になろうとしており、今日は東仁の結婚披露宴だ。上野公園には桜が咲き始め、二人を祝福するかのようにあたたかな日差しが降り注いでいる。

新婦の権慶貴（クォンギョンギ）が洋装の白いドレスで入ってくると、ざわついていた会場が、一瞬、しんとなった。慶貴にはその場を明るくする不思議な魅力があるが、今日は格別に華やいでいる。首元をレースが包む細身のドレスはアメリカからの輸入品だそうだ。女性にしては上背のある慶貴によく似合っている。

親族と友人の五十人あまりが息を呑んで慶貴を見つめている。はにかんで微笑む頬が薄桃色に染まり、上品な顔立ちと清楚で理知的な佇まいが輝いている。東仁も、新婦を迎えてすっかり表情が緩んでいた。

このふたりは、本当にお似合いだ。

東仁の結婚を誰よりも喜ぶ気持ちと同時に、寂寞とした思いが私を襲う。

鎭河に続き、東仁も、日本で所帯を持って落ち着いてしまうのか。

故郷に、三千浦に帰るという気持ちは薄らいでしまったのか。

東仁と慶貴は早稲田大学の同級生だ。慶貴は五歳のときに日本に来たという。父親が上野の闇市で米軍の放出品を扱って始めた店は、いまやれっきとした食料品店だ。商売は順調で、東仁も慶貴の実家の家業を手伝っていた。店はここ精養軒にも品物を納めているという。

親類縁者の多い新婦側に比べて、新郎側は親しく付き合っている民団の青年たちしかおらず、見劣りがした。彼らは私と同様、最初は精養軒の格調高い雰囲気に気圧されているようだったが、酔いが回ると、しだいに緊張もとけて歓談を始めた。

私たちは会えばたいてい祖国の話になった。ときには拳を振り上げ、李承晩の独裁は許せないと怒ってばかりだったが、今日はみな笑顔が絶えず、楽しそうだ。

「実は、俺、去年、韓国に行ってきたんだ」

隣に座る鎮河が私に囁いた。抜けた前歯の隙間から漏れる息は酒臭く、だいぶ酔っ払っている。顔も真っ赤になっていた。

「なんだって？ 聞いていないぞ」私は責めるような口調になってしまう。

「黙っていてすまない。抜けがけしたみたいで、言えなかったんだ。お前も東仁も、帰りたいだろうに……」鎮河は、俯いてしまった。

「それにしても、よく行けたな。国交がないっていうのに。どんな手を使って密航したんだよ」

それは、と鎮河が顔をあげた。

「先伊の兄、つまり俺の義理の兄が、民団の幹部だっていうのは知っているよな？」

「ああ、そうだったな」

「義理の兄についていった。民団から臨時パスポートを出してもらって、堂々と、だ。台湾の飛行機だった。空を飛んでいる間、足が震えたよ」

「それで、韓国のどこに行ったんだ？」

「ソウルだ。釜山にも行った」

故郷と同じ慶尚南道の釜山まで行ったものの、三千浦には近寄れなかったという。民団の幹部と行動をともにしていたので、勝手な真似はできなかったのだそうだ。身分も偽っているから、三千浦が故郷とは口にできなかったらしい。

「三千浦に帰りたかったが、仕方ない。家族の消息はわからないままだよ。手紙もどうなったことやら」鎭河は、目をしばたたいた。

黙っていると、鎭河もそこで口をつぐんだ。

「で、あっちはどんな様子だった？」

しばらくの間を置いて私が訊くと、鎭河は大きく頭を振った。

「とにかく、貧しい。木の根っこを食ってるようなありさまだ。失業者だらけだし、飢え死にしている人もいる。ソウルの街角では子供が花や煙草を売っていたし、釜山は物乞いだらけだった。俺たちが国を出たときよりも、ひどい。一緒に行った幹部も、あまりの様子に、涙を流していたよ」

「そうか……」

「日本にいる同胞が北に行こうとするのもわかるような気がするな。それに、あっちの方が、うんと暮らしがいいようだからな」

日本赤十字社を通じて北朝鮮への帰還が始まり、たくさんの朝鮮人が海を越えて北に行こうとしていた。私の住んでいる蒲田にも、北に渡ろうとしている家族がいる。彼らの故郷は全羅南道(チョルラナムド)だった。多くの人が故郷から遠く離れた北の地に住処を求めていた。

「俺たちの国、一つに戻るのだろうか」

私が呟くと、鎭河が、「李承晩がいる限り、無理だろう」と答えて、葡萄酒を喉に流し込んだ。

「こんな贅沢な食い物、韓国ではありつけないよ」

鎭河はそう言うと、目の前の料理に手を伸ばした。

2

「おいっ、たいへんだ。仕事なんかしてる場合じゃない」

東仁の結婚式の半月後に、鎭河が私の勤める蒲田のパチンコ店に現われた。熱海への新婚旅行から戻ったばかりの東仁も一緒だった。二人とも息を切らしている。

「二人揃っていったいどうしたんだ」

店の裏手に行き、事情を聞く。

「李承晩政権が倒されるぞ」鎭河が興奮気味に言った。

「本当か？　何かの間違いじゃないのか？」

東仁が、間違いじゃない、と冷静に答えた。

「ソウルで学生が総決起したんだ。俺たちの国で、革命が起きたんだよ」

「やっと……やっとだな……長かった……」声が震えてしまった。

「国が独裁者から国民の手に渡るんだな。俺たちも帰れるよな」

私は興奮して、いつもより早口になった。

「これからどうなるか、まだまだわからない。だけど、とにかく俺たちになにができるか、いつもの仲間と話そうってことになったんだ」東仁が落ち着いた声で言う。

「さ、行こう」

鎭河が目を輝かせて、私の腕を引っ張った。

その日から半年余り、私たちは親しい民団の青年たちとともに、ことあるごとに集まった。

李承晩が退陣した日は抱き合って涙した。ハワイに亡命したときは、祝いの酒を飲んだ。韓国で大規模なデモがあったと聞いては、興奮して朝まで話し込んだ。

「本当に民主化するかもしれないな」

「俺たちも、民主的な組織をあらたに作ろう」

「そうだ、李承晩を倒した四月革命にならおう。権力に媚びず、金の力に誘惑されない、暴力に屈しないっていうのを貫こうじゃないか」

それまでの民団青年部は、李承晩の御用団体のようなものだったのだ。

十月に在日韓国青年同盟（韓青）ができた。事務所は、一階に民団東京本部、二階に婦人会がある文京区金富町のビルの三階だ。婦人会には、東仁の妻、慶貴がいる。

私は、韓青の事務所に頻繁に顔を出した。鎭河も東仁も足しげく通っていた。三人とも仕事よりもよっぽど熱心に韓青の活動に没頭した。

韓青の顔ぶれは、私、鎭河、東仁のように韓国生まれのもの、日本で生まれたもの、さまざまで、会話は日本語や韓国語が混ざっている。

「誰にも遠慮せず、言いたいことを韓国語で話せるのっていいよなあ」鎭河は、よく言ったものだ。

「お互いを堂々と韓国名で呼び合うこともできるしな。普段は、そうもいかないよな」

私の働くパチンコ店の雇い主も店長も同胞だったが、仕事のときは当然日本語しか話さない。

「仲間と話していると、刺激も多いな。本や雑誌を貸してくれるのも嬉しい」

東仁は、私にも又貸ししてくれた。おかげで私は書物に触れる機会が増えた。

金日成が提案してきた南北朝鮮の連邦制について議論したときはみんなで話し込んで、いつの間にか夜が明けていた。

韓青ができて半年あまりが過ぎた頃、南容淑（ナムヨンスク）という若い女性が事務所に手伝いに来るようになった。容淑は韓青の仲間、南容海（ヨンヘ）の妹で、人手が足りないからと兄に頼まれて働くことにしたそうだ。

容海は、調子のいい軽薄な印象だったが、妹の容淑は、おとなしい雰囲気の娘だった。年齢は私よりも七歳ほど下で、知っている誰かに似ているような気がするのだが、それが誰なのか思い出せない。そのせいか、妙に気になり、つい目で追ってしまう。

ある日彼女がガラスの花瓶に花を生けて棚の上に飾っていた。道端で摘んできたようなささやかな花だったが、ほとんど男ばかりの味気ない事務所の空気が、その黄色い可憐な花のおかげで和んでいる。容淑は慶貴ほど華やかな見た目ではないが、楚々とした佇まいが飾られた花と同様、気持ちを穏やかにしてくれる。

容淑を見つめていると、目が合った。慌てて目をそらして、事務所から出る。階段の踊り場で「新生」の箱を出して一服し、ようやく落ち着いた。私は煙草を吸うようになっていた。

女を知らないわけではなかったが、付き合ったことはない。どちらかというと苦手だった。だから、どうやって接したらいいかよくわからない。

いや、特に容淑と接したいというわけでもない。ただ、誰に似ているかが気になるだけだ。そう自分に言い聞かせる。

朴泰九（パクテグ）と崔進山（チェジンサン）が階段を上がってきた。なにやら話をしながら盛り上がっている。

「……誘うには、絶好のチャンスだよな」朴泰九は浮かれた声だ。

「おう、頑張れよ」崔進山もはっぱをかけている。

私に気づいた朴泰九が、「文さん、聞こえちゃいましたか」と、頭を掻いた。朴は私よりも頭二つぶんほど上背がある大男だ。性格も朗らかで明るく、冗談をよく言った。彼の周りには笑い声が絶えない。私と同じ歳だが、彼の方は私を五歳上だと思っているから敬語を使う。

私は朴泰九が苦手だ。屈託がなさすぎて調子が狂う。

「いや、別に」

「俺、南容淑さんを気に入っているんです。来週の中央大会のあとに声をかけるつもりなんです。いい雰囲気になるように文さんも協力してくださいよ」笑顔で言われた。

「そういうくだらないことには、巻き込まんでくれ」

私は煙草を床に落として踏みつけると、階段を降りていった。むしょうに腹が立っていた。

3

五月十六日、私はどうしても民団の中央大会に行く気分になれなかったが、断る理由も思いつかず、結局は出向いた。

当然ながら鎭河も東仁も韓青の仲間とともに参加していた。

「四月革命から一年経ったんだな」東仁がしみじみと呟いた。

「南北会談が開かれるかもしれないなんて、一年前は考えられなかったよ」

鎮河は、な、と私の方を向いた。

「あ、うん」

「どうしたんだよ、さっきから黙っているが、なんか気がかりなことでもあるのか？それとも、具合でも悪いのか？」

鎮河が顔を覗き込んできたので、なんでもない、と答えた。

近くには容淑もおり、そのすぐ後ろに朴泰九がいた。だが、容淑の隣に容海がいたので、声をかけることはできないでいるようだった。私は容淑の姿を目の端で意識しながら、大会が始まるのを待った。

中央大会はまもなく開会して、次々に民団の執行部が登壇していた。今日は新しい団長を選ぶことになっている。

そんななか、突然会場内が騒がしくなった。しだいに登壇者の声も聞こえなくなってくる。なにごとかわからず、混乱した。

「クーデターが起きたっ」

「軍だ、軍が動いた」

「朴正煕(パクチョンヒ)少将だ！」

怒声や叫び声を拾っていると、ようやく事態が飲み込めた。

韓国で軍事クーデターが起こり、八月に成立したばかりの張勉(チャンミョン)内閣が倒されたとの報が入ったのだった。

「どうなっちまうんだ」

鎭河が私と東仁の顔を交互に見た。

「俺もわからない」

私は不安でたまらなくなってくる。

「軍のクーデターなんか認めちゃいけない。逆戻りになる」

東仁がきっぱりと言い、私も鎭河も大きく頷いた。

中央大会は混乱を極めた。

「クーデターを支持しないと発表しろ」

私たち韓青の仲間は、執行部に詰め寄った。

すると、マイクを持った執行部のひとりが、「中央大会の名をもって態度表明をする」と言った。

それを聞いて、誰もが声を潜め、成り行きを見守った。執行部は集まり、顔を寄せて話し込んでいる。

さっきと同じ人物がふたたびマイクを握った。

「我々は、クーデターを支持する」高らかに宣言した。

たちまち会場内にどよめきが起こり、喧騒に陥った。小競り合いがそこかしこで始まる。

私は容淑が心配になり、辺りを見回したが、彼女の姿はなかった。容海と一緒にここから避難したのかもしれない。

「撤回しろ」私は声を張りあげた。

「やめろっ。団長を選び直せ」

鎭河は叫んでそばにいた男ともみ合った。殴られ、白いものが飛んだと思ったら、口元から血が噴き出している。また歯が折れてしまったのだ。

私はかっとなって、鎭河を殴った男に飛びかかった。しかしすぐに後ろから羽交い締めにされ、会場の外に出されてしまった。私のあとに鎭河が、そして東仁、朴泰九も、韓青の仲間たちは次々に放り出され、会場内に二度と入れてもらえなかった。

私たちは金富町の事務所に集まり、韓青としてクーデターを容認できないと正式に表明することを決めた。東京本部や婦人会のなかにも賛同してくれる人たちがいた。しかし、大方の民団の連中は、執行部の判断に異を唱えなかった。

「周りはどうあれ、俺たちは、絶対に屈しないぞ」

私が叫ぶと、そうだ、そうだ、と同調する声が聞こえた。

これまで私は、生きていく、食べていくことだけを考えて、さまざまな譲歩をしてきたが、もうこれ以上、我慢はできない、したくないのだ。

四日後の五月二十日、アメリカが軍事クーデターを黙認していると聞き、私は仕事もそこそこに、韓青の事務所に急いだ。

三階に駆け上がり、事務所に入って、唖然とした。

机はひっくり返り、物が散乱し、ぐちゃぐちゃだった。頭から血を流している者もいれば、鼻血を垂らしている者もいた。

「なにがあったんだ」

私のすぐあとに事務所に入ってきた東仁が、壁にもたれてぐったりしている朴泰九に訊いた。朴は、右目の瞼が腫れあがっている。

「竹刀を持ったがらの悪い連中がやってきて、暴れていったんです。あれは、暴力団でしょう。韓国語もしゃべっていたんで、執行部のさしがねに違いないと思います」

「なんて卑劣なんだ」

怒りのあまり、拳にした掌に爪が食い込んでいた。東仁はすっかり表情を失っている。

あらためて事務所内を見回してみると、端の方で、容淑が床に飛び散った花瓶のかけらと赤い花を拾い集めているのに気づいた。頰に涙を流し、嗚咽をこらえている。

私は胸が苦しくなった。

そして、やっと気づいた。

容淑は、三千浦の私の家に女中奉公に来ていたケヒャンにそっくりなのだ。

私をおぶってあやしてくれたケヒャン。

寝付けないときに添い寝をしてくれたケヒャン。

唄を歌ってくれたケヒャン。

容淑の泣き顔は、日本の軍人が乗っていたトラックで連れ去られた日の、ケヒャンの泣き顔そのものだった。

私は、いてもたってもいられなくなった。容淑に近寄ってかがみ、ガラスの破片を拾い始める。

「文さん、ありがとうございます」

容淑に言われたが、言葉を返せなかった。顔をまともに見ることもできない。

「優しいんですね」

ごく近くから話しかけられ、心臓の鼓動が速まってくる。

「危ないからさっさと片付けないと」

心とは裏腹にそっけない言葉が出てきてしまう。口調も怒っているように響いたかもしれない。

「ごめんなさい。急いで片付けます」

容淑は萎縮したのか、か細い声になっている。

「あ、いや……」

私はポケットから五百円札を出して、容淑に差し出した。

視線を合わすことができず、彼女の表情はわからない。しかし、なんでしょう、と尋ねてくる口調に、怪訝な響きが含まれているように思えた。

「花瓶……これで新しいのを」

五百円札を容淑に強引に持たせて立ち上がり、事務所を出ていった。

4

それからは気づくと容淑の顔を思い浮かべており、そのたびに自分で自分の頬をぴしりと叩いた。夢にまで出てくる。日本の軍人が乗ったトラックの荷台から、容淑が「サンジュー」と泣き叫んだところで目が覚めた。

あまりにも意識しすぎて、容淑がいると思うと韓青の事務所に行きづらかった。その一方、朴泰九が容淑を口説いていたらどうしようと気が気でない。

事務所襲撃から数日空けて、私は金富町に行った。そこで東仁と鎭河と合流する予定になっていたのだ。

韓青はその後もクーデターを支持した民団執行部からさまざまな脅しや圧力を受けるようになっていた。新しく選ばれた民団の団長も韓青を目の敵にしており、委員長に対して停権処分という制裁措置まで加えてきた。すると、韓青のなかにも抜けるものが出始めた。

今日は、事態を重く見た東仁が、対策を考えるために韓青のメンバーを集めたのだ。

緊張して扉を開けると、事務所の雰囲気は想像以上に重苦しいものだった。暴力団の襲撃にあった痕跡も残っている。壊れた机や椅子が部屋の隅に積まれ、妙に空間が目立った。

鎭河も東仁もまだ来ておらず、容淑の姿もなかった。

朴泰九が暗い顔でいるのを見つけ、おい、と話しかけた。

「元気がないな」

ああ、と答えてから、朴はふう、と息を吐いた。

「南容淑さん、辞めちゃったんです。容海さんが、執行部に反対するのは良くないって言って韓青を抜けたから。それで彼女も……」

「南容海は抜けたのか」

容淑についてはあえて触れないでおく。

「あの人、戦争のときは特攻隊に志願したそうです。訓練中に終戦になったって。つまり、いつも長いものに巻かれるんですよ。日和見ってことです。自分の身がかわいいんですよ」

私は、黙っていた。身に覚えがあって、容海の振る舞いが理解できるのだ。

朝鮮人学校の教え子、ファン・ソンナムの顔が浮かぶ。私は彼を見捨てて、教職を辞め、朝連を抜けた。あのときは、自分のことで精一杯だった。

「でも、容淑さんのことは諦めないですよ」

朴泰九は自分を鼓舞するかのように、勇ましく言った。

「どうするんだ？」思わず質問していた。

「実は、昨日、容海さんを訪ねる振りして、家に行ってみたんですよ。容海さんの家、大井町でプラスチックをやってて……」

聞いていると、落ち着かない気持ちになってくる。

「へえ、それで」

「容海さんには会えたけど、容淑さんはいなかったんです。だから、容海さんに韓青に戻ってくれって話しかしませんでした。断られましたけどね」

それを聞いてちょっとほっとした。

「でもまた行きますよ。両親と容海さんの了解をとりつけて、容淑さんに交際を申し込むつもりです」

私の胸がふたたびざわついてくる。

「いつ？」

「日曜日にまた行きます」

今日は木曜日だから、もうすぐだ。私は、へえ、とだけ答えて、事務所に入ってきた鎮河のところに行った。

「俺、ちょっと用事ができたんで帰るよ」

鎮河は、おい、と驚いている。

「どうした？　仕事か？」

「ああ、まあ、そんなところだ。東仁によろしく言っといてくれ」

私はそのまま事務所をあとにし、電車に飛び乗った。

大井町駅で国鉄を降り、仙台坂を下る。地図で何度も確かめたから、道には迷わなかった。坂の入口には、仙台味噌の店があり、濃厚な味噌の香りが漂っていた。

今日は乾いた風が肌に心地よかったが、容海の家の前に着いたときには、緊張で汗ばんでいた。袖で汗をぬぐい、深呼吸を繰り返すと、プラスチック工場独特の甘ったるいエチレンの匂いが鼻をつく。

容淑の家は、狭い路地の奥にあった。木造二階建てで、一階が工場になっており、三人の男が働いているのが見える。

工場に入っていったが容海の姿はなかった。床が油っぽくて、あやうく滑りそうになる。とっさに掴んだ機械は熱を持っていた。こちらも油で汚れていて、手指が黒くなる。

工場は年季が入っていた。容海に以前聞いたところによると、戦前は電球を作っていたそうだ。

穿いていた黒いズボンに手を擦り付けて汚れを落としつつ、機械の横にいた男に、あの、と話しかけた。まだ幼さの残る青年だった。

いった。

こちらを見た青年は、黙って頭を振ると、私から逃げるように奥の階段を上がって

南容海から、普段は通称名だと聞いた覚えがあるので、容海さんとは言わなかった。

「容一(よういち)さんはいますか？」

だよ」

「あいつ、日本語わからないんだ。韓国から来たばっかりだから。うちに居候してん

振り向くと、南容海が煙草をくわえて立っていた。髪の毛を整髪料でなでつけ、気障な動作がいちいち様になっている。工場にはそぐわない真っ白な開襟シャツを着ていた。韓青にいる頃から気障なやさ男ではあったが、今日の容海は、ひときわ軽薄に見える。確か容海は私の実年齢より三歳ほど上で妻子があるはずだが、とてもじゃないがそうは見えない。

「俺に用か？　なんだよ、朴だけじゃなくてお前もか」

容海は煙草を口から離した。彼は歳上とされる人間にも敬語を使わない。これは日本生まれだからだろうか。韓国だったらありえないことだ。

「おっ、おう」

「韓青に戻れってことなら、帰ってくれ。俺は、もううんざりだ。日本にも韓国にも、振り回されたくないよ。俺は、その日が楽しく暮らせればいいいんだよ」

容海は、ぺっと、床に唾を吐いた。

「いや、別に、戻れとか、そういうわけじゃない」

「じゃあ、なんの用だ。金を貸せってか？　無理だ、俺が借りたいぐらいだ。帰れよ」

掌をひらひらと振って、私を追い払うような仕草をする。

「そんなんじゃない」つい声を荒げてしまった。

「なんだよ。ムキになんなよ」

「ムキになんてなってない」

「なってるじゃねえか。なんだってんだよ。なにしに来たんだよ」

どうも容海とは会話が嚙み合わない。しかし、ここで容海に頼んで容淑と会わせてもらわないと、朴泰九が日曜日に来てしまうのだ。

「容淑さんに……」そこまで言うのが精一杯だ。

「なんだ、お前も淑子か。で、なんの用だ？」

「それは……」先の言葉が出てこない。

「文、お前」容海はにやにやしている。

「急に歯切れが悪くなったな。わかったよ、呼んでくるから、ちょっと外で待ってろ」

そう言って、奥の階段に消えていく。

容海に弱みを握られたような気がして悔しいが、ここはしょうがない。

私は、工場から路地に出て、煙草を取り出した。しかし、どうにも落ち着かず、二、三口吸っては、せわしなく足元に捨てて踏み潰した。

三本目の煙草を踏みつけたとき、容淑が目の前に現われた。

白い半袖のブラウスに茶色のスカートという格好で、髪を白っぽい布で結んでいた。

薄く化粧をしていて、唇だけは赤い口紅を塗っている。

赤い唇を目にしたら、そこに目が釘づけになった。奈美子のことが思い出され、心臓が波打ち始めたのが自分でもわかる。

「用事ってなんでしょうか……」

容淑はおどおどとした態度だった。私のことが怖いのだろうか。

「もしかして……いただいたお金を返せということですか？」

「金？　なんのことだ？」

「五百円いただきましたよね？　花瓶を買わなかったから返さないといけないとは思ってました……すみません……」ポケットから折りたたんだ紙幣を取り出す。

「そんなことじゃない」大きな声になってしまう。

「怒鳴らないでください」怯えたような目で私を見る。

「いや、違うんだ。映画だ、映画」

「映画？」

容淑は、要領を得ないといった感じで瞬きを繰り返す。

「日曜日に映画を観に行かないか」

私の言葉に、容淑がきょとんとした顔になった。

「私と、文さんで、映画？」

あらためて確認されると、いたたまれない。

「嫌ならいい」

言い捨てて踵を返そうとしたら、いいですよ、と返ってきた。

「映画、行きましょう」

微笑んだ容淑の愛らしい顔が、私にはまぶしすぎて、目をそらしてしまった。

翌金曜日、店長に「日曜日に休みが欲しい」と頼んだら、露骨に嫌な顔をされた。

「文、お前、このところ、欠勤や早引けが多すぎる。まあ、気持ちがわからんでもないが、韓青ばっかり優先させるなよ」

すみません、と深く頭を下げて、なんとか休暇をもらうことができた。

いざ前日になると、どんな映画に行けばいいか、食事はどこですればいいか、女性が喜ぶような場所は、皆目見当がつかなくて困った。デートなんてしたことがないのだから当然だ。

店の電話を借りて、東仁の妻、慶貴に女性が好むことをいろいろと尋ねてみようか。いや、そんなことを訊くのはみっともない。だいいち、東仁に知られてしまう。恥ずかしいじゃないか。だけど、どうしたらいいかわからなくて途方にくれる。

私は一晩中悶々として、ほとんど眠ることができなかった。

日曜日はあいにく朝から小雨が降っていた。せっかく整髪料で髪をオールバックにしてきたのに、湿気のせいで少々乱れてしまっている。

待ち合わせ時間の三十分も前に有楽町駅に着いてしまった私は、懐から煙草を取り出した。残念なことに、箱には、一本しか残っていなかった。

その一本をちびちびと吸って時計を見ると、まだ待ち合わせの二十分以上前だった。煙草を買いに行って戻ってくる時間はありそうだと思い、その場を離れる。

しかし、駅の売店ではたまたま私の吸っている銘柄、「新生」が切れていた。売り子にほかの煙草屋の場所を聞き、雨の中そこに向かったが、不案内な場所のため、迷ってしまった。それでもなんとか店を見つけて煙草を買い、大慌てで戻った。だが、待ち合わせ時間を十五分も過ぎてしまっていた。

改札口前に、容淑の姿は見当たらない。

まだ来ていないのか。とすると、時間にだらしない女なのだろうか。あるいはなにか問題が起きて遅れているのか。

それとも、私が遅いから帰ってしまったのだろうか。

やきもきしながら雨にけぶる景色を眺めていると、まもなく容淑が傘をさして走ってきた。今日も白いブラウスにスカートという格好だ。ただ足元は長靴だった。

「ごめんなさい、遅れて」

容淑の姿を前にしたら、遅れたことなど気にならなかった。雨の中、ここに来てくれただけでよかったと思う。

「兄さんの支度に時間がかかって」

「兄さん？」

「俺のことだよ」

容淑の背後から、ぬっと現われたのは、容海だった。

「嫁入り前の大事な妹を、男とふたりっきりにはできないからな。一緒でいいだろ」

今日もしっかりと髪の毛をセットしている。

「ああ構わない」

本当は嫌だが、言いづらい。

「それにしても文」容海はニヤついた顔で言った。

「今日はえらく洒落こんでるじゃないか。もともと若く見えるが、なかなかいいじゃないか。似合うぜ、その頭」

容海が言うと、容淑がこちらを見つめた。私は恥ずかしくなり、髪をくしゃくしゃと乱暴にかきみだす。

「映画に間に合わないから、急ごうぜ」

容海は先立って歩いて行った。

私たち三人は、ジャンヌ・モローの「危険な関係」を観た。本当は西部劇映画「荒野の七人」あたりを観るつもりだったのに、容海が勝手に決めてしまったのだ。

容海が来たことで、緊張の糸が切れたのか、私は途中でうとうとしてしまい、上映が終わっても、話の筋をまったく覚えていなかった。

容海と容淑は、面白かった、と言い合い、映画についてひとしきり盛り上がっている。

映画のあとは容海の案内で千疋屋に行った。容海は銀座をよく知っているようだった。

「文は、仕事はなにしているんだ」カレーライスを食べながら容海が質問してきた。

「パチンコ屋の従業員だ」

勤めて半年だが、それは言わなくていいだろう。

「稼ぎはどれぐらいある？」

「充分に食っていける」

ちらりと容淑を見たが、表情を変えずにカレーライスを口に運んでいる。

「将来は自分の店を持つつもりか？」

「それはわからないが、それもいいかもしれないな」

日本に落ち着くつもりはないとは言わないでおく。そこで私は水を飲んだ。

「出身は慶尚南道だったな」

「ああ、海辺の町だ」

「いつ日本に来たんだ？」

「解放前だよ」

嘘をついていることに後ろめたさがあって、響きが不自然になったのではと気になったが、容海は気に留めていないようだ。私はもう一度水を飲む。

「家族はみんなあっちか？」

「そうだ」

「長男か？」

「次男だ」

これは、本当だ。しかし、質問はいつまで続くのだろう。

「学校はどこを出た？」

「向こうで師範学校を出て、こっちで法政大学」

李相周としてではなく、文徳允として、嘘の経歴を答える。法政は中途退学だが、やはり、少しでもよく見られたい。

容海から根掘り葉掘り訊かれて答えるばかりで、結局レストランでは容淑とほとんど話ができなかった。緊張のため、カレーライスの味もよくわからなかった。

支払いは私が済ませ、千疋屋から出ると、雨はすっかり上がっていた。雲の切れ間から太陽も顔を覗かせている。

「文、淑子と交際してもいいぞ」

容海はマッチをすり、煙草に火をつけながら言ったのだった。

私の休みは不規則だった。したがって容淑とのデートは平日だったり日曜日だったりするのだが、容海は必ずついてきた。自営の工場は融通が利くのかと思いきや、彼は隠居した父親から早々に工場を継いだものの、まともに働いておらず、従業員に任せっぱなしのようだった。

容海は「俺は、いつか本を書く」と、私の前で何度も口にした。「明治を出てるんだぜ」とも自慢する。すると容淑が、不満そうに口を尖らせる。

「兄さんは、戦後せっかく復学したのに、麻雀で留年したじゃないの。私だって大学行きたかったのに、お父さんが女は大学に行くことないっていうから」

容淑はおとなしそうに見えるが、案外はっきりと物を言うのかもしれないと思った。それにしても私があれほど行きたかった大学で真面目に勉強することもせず、麻雀ばかりしていたなんて、呆れてしまう。世の中は本当に不公平だ。

私は、それから約三ヶ月のあいだ、容海の付き添いつきのデートを重ねた。上野動物園に象を見に行き、新宿で映画を観て、渋谷のプラネタリウムで星座を眺めた。

いつも会話の中心は容海だったが、容淑とも少しずつ話すことができるようになっていくのが嬉しく、私はデートを心待ちにした。

彼女は小学校五年生まで朝鮮人学校に通っていたが、閉鎖に伴い日本の小学校に転校したらしい。そして、公立中学校、都立高校を卒業後、英文タイプを教える専門学校に行った。歌が好きで、声楽も習っていたし、草月流の華道も習得したという。

容海も音楽や映画、文学にやけに詳しかった。南家は、私の味気ない暮らしと違ってずいぶん文化的だと思ったら、父親が日本に来る前に小学校の先生をしていたということだった。

5

じりじりと太陽が照りつける暑い日だというのに、私は白い長袖シャツにネクタイという装いだった。全身に大量の汗をかきながら大井町の仙台坂を下り、容淑の家にたどり着く。今日は容淑の父親から食事に招待されたのだ。

エチレンの甘い匂いが漂う工場から二階の住居に続く階段を上がった。

チマチョゴリを着た容淑の姉の容順(ヨンスン)が出迎えて自己紹介し、「淑子より一回り上って聞いてたけど、若く見えますね」と言った。そして、玄関から居間に案内してくれた。容順は容淑と顔がよく似ているが容順の方がふくよかだ。

八畳程度の広さの居間には家族全員が揃っていた。女はみなチマチョゴリを着ている。そのなかで容淑が一番華やいでいた。楚々としていて愛らしい。私は胸が高鳴るのが抑えられなかった。

容淑の両親、容海、容海の妻、容海の二人の幼い息子、容淑、そして容順とその夫とまだ赤子の娘。総勢十人、全部で二十個の目玉で見つめられた。内臓まで見すかされ、品定めされているのではないかという気分になってくる。

「さ、座りなさい」

家長の父親に韓国語で促され、緊張が走った。しかし、父親は穏やかな目をした人だった。髪は薄く頭頂は禿げ上がっているが、まだ六十代だと思われる。

私は、料理がびっしりと並べられた膳の前に座った。

「暑かったでしょう。これ、飲みなさい」

母親も韓国語で言い、乳白色の飲み物が入ったコップを渡してくれた。母親は優しそうな柔らかい雰囲気の人だ。

「ありがとうございます」

韓国語で答えて、コップの飲料を横を向いて飲み干す。下の方に沈殿していた細かい米粒も残らず口に流し込んだ。

シッケだ。ほのかに甘くさっぱりとした口当たりで、のど越しがいい。

これを飲むのは何年ぶりだろうか。懐かしさで、胸がいっぱいになってくる。

もち米を発酵させた甘酒のような味の飲み物で、なつめとニッキが入っているが、アルコールは含まれていない。三千浦の故郷でもオモニがシッケを作ってくれて、暑い夏によく飲んだ。正月や祭祀のときにも必ず出た私の好物である。

ごちそうさまとコップを返すと、私のことを見守っていた容海の三歳の息子が、

「ハンメ、僕も欲しい」と容淑の母親に近寄っていった。

「文さん、遠慮せず食べなさい。酒は弱いと聞いたから、私だけ飲むよ」

父親が手酌で自分の器に日本酒を注いだ。

食卓には、焼いたイシモチ、肉や野菜を薄切りにして小麦粉をまぶして焼いたチョン、豚肉を蒸したもの、白菜のキムチ、大根、ぜんまいや菜物のナムルなど、さまざまな朝鮮半島の料理が載っていた。彩りあざやかな食卓を見て、家族が私を心からもてなしてくれていることに胸が熱くなる。

私が料理に箸をつけると、容淑の家族も食事を始めた。

久しぶりに口にする手作りの朝鮮半島の料理に次から次へと箸を伸ばした。勢いよく食べて、むせそうになる。

「まあ、まあ、慌てないで」容順に言われた。

「あまりにも、美味しくて……」

故郷の味は私の臓腑に染みてくる。やはり朝鮮半島の料理が一番だ。

冷たいわかめのスープが出てきたときは、オモニのことが思い出された。醤油とごま、酢で味付けした単純なものだが、やはり暑い季節にしょっちゅう食べた。容淑の両親は慶尚南道の鎮海（チネ）が故郷というから、私の家と料理の種類や味つけが似ているのかもしれない。

容海が、実は、と打ち明けた。

「朴泰九も淑子を狙ってたんだ。だけど、俺は、こいつ、文の方が見込みがあると思った。歳もかなり上だし、しっかりしている。淑子もまんざらでもないようだしな。それに、朴のやつ、いま無職みたいだし、なにせ、調子がいいところが気に食わない」

するると、兄さんったら、と容順が笑った。

「調子いいって、人のこと言えないでしょ。真面目に工場にも出てないのに、その人のこと気に食わないなんて言う資格ないでしょ」

「俺はいいんだよ、俺は。いつかちゃんとやるさ。本だって書かなきゃならないんだから」

「兄さんはまったく……」

容順は呆れたように言ったが、顔には笑みをたたえ、兄への愛情の深さも感じた。

容淑の父親は、温厚な人のようだ。南家のように家族みんなで膳を囲むようなことは私の家ではなかった。家長の父だけが部屋でひとり食事をし、オモニと子供たちは台所で食べた。それでも、家族がともにあるという風景が当たり前であった。そのことをしばらく忘れていた。あの頃は学校で嫌なことがあっても、オモニのご飯を食べると、忘れることができた。

この家族の一員になったらどんな感じなのだろうか。

容淑といれば、私も安らぐことができるのだろうか。

「文さん」

父親が私を正面から見つめて言った。私は居住まいを正して、はい、と答える。

「いたらない娘だが、容淑をよろしく頼む」

よろしく頼む、とは、つまり、嫁にもらってくれということだろう。

家に呼ばれたからにはそういう話が出るとは思っていた。しかし、いざ具体的に結婚となると、自分でもそこまでの覚悟があるのか不安になってくる。

容淑に会いたいという一心で韓青の活動もほったらかしで容海を交えたデートをしてきた。容淑と一緒になりたい思いはあるが、いずれは韓国に帰るのに、こっちに根を下ろして生活している同胞の娘を娶るのはどうなのだろうか。だが、結婚を前提とせずに付き合うなんて、貞節を重んじる韓国人の家庭では考えられないことなのだから、無責任なことはできない。

答えに詰まっていると、父親が、私はね、と続けた。

「大正の震災のときには、すでに日本に来ていた。そして、あのときの混乱で、朝鮮人だからと、すぐ近所に住んでいた人たちに殺されそうになったんだ。警官に保護されて命からがら生き延びた。だから私と家族は、どこに行ってもこれまで朝鮮人として堂々としてはこられなかった。恐ろしさが先にたって、こそこそしていたんだな。それでも解放後は、子供たちを民族学校に入れた。誇りを取り戻したかったんだ。しかし、やはり日本では朝鮮人と声高には言えない。そういった現実に、負け続けてきた。せめてできることは、韓国から来た者を助けて働かすぐらいだ」

私は、黙って父親の話に耳を傾けた。周りの家族も静かにしている。

「だからこそ、君みたいに堂々と、韓国人としての誇りを持っている若者に娘を託したい。祖国を強く思っている君と、容淑は一緒になってほしいと思う」

父親の言葉に私の心が強く揺さぶられた。

「私は、いずれ韓国に帰るつもりでいます」

そう言って私は息を継ぎ、容淑の方を見た。緊張しているのか、彼女の表情は硬かった。

「だから、私の妻になれば、容淑さんもそのうち韓国に行くことになると思います。ご両親やご家族と離れてしまうことになるかもしれません。もちろん、命懸けで容淑さんを守り、養っていく覚悟はあります」胸を張って言った。

すると容淑が、お父さん、と口を開いた。

「私、韓国に行くの、ぜんぜん構わない。自分の国だものね。草月の資格があるから、向こうでお花を教えることもできるかもしれないじゃない。そのうちきっと日本との国交もできるから、いつでも帰って来られるよね」

容淑は、私の方を見て微笑んだ。私も彼女の視線をしっかりと捉えた。

「わかった」

父親は日本酒の杯を空け、「容淑を幸せにしてやってくれ」と私を見据えたのだった。

6

梨愛は自宅マンションの玄関でパンプスを脱ぎ捨てると、リビングのソファーに倒れ込んだ。

しばらく目を閉じていると、インターフォンが鳴った。

重い身体を起こして液晶画面を覗くと、画面いっぱいにはなの顔が映った。

自然と笑顔になり、疲れも軽くなる。通話ボタンを押し、お帰りーと明るく応じた。

「ママー、ただいまー」

はなの声に続き、連れてきましたーと、大人の女性の声が聞こえてきた。はなの同級生の母親だ。急だったためシッターの上田さんの都合がつかず、彼女が今日一日、はなを預かってくれたのだ。

「私はここで帰りますね。車を路駐してるので」

梨愛は彼女に丁重にお礼を言って、開錠ボタンを押した。

玄関で待っていると、すぐにはながエレベーターで上がってきた。

「ねえ、ママ、今日どこに行ってたの」はなは靴を脱ぎながら訊いてきた。

「うん、おじいちゃんのお友達のおうち」

やっと落ち着いてきたのに、美栄のことを思い出してしまった。

「はなもおじいちゃんのお友達のとこ、行きたかったな。おじいちゃんのお友達に、会ってみたい」

不満そうに口をすぼめて、梨愛を見上げる。

「そうね、今度ね」

本気で言ったわけではないが、なぜだかまた美栄とは顔を合わせることになりそうな予感がしていた。

冷蔵庫にあったシチューとサラダで、はなとありあわせの夕飯を食べているとき、スマートフォンに兄から着信があった。

食卓から立ち上がり、廊下に出て通話する。

「金美栄さんがどうしたっていうんだ？」

平坦な声からは、兄の感情を推し量ることはできなかった。

「あ、うん。実はね。今日、金美栄さんの家に行ってきたの。逗子まで」

兄は、そうか、と言うと、つかの間沈黙したが、梨愛さぁ、と続けた。

「そういうの、行く前に俺に言えよな」

「だって……」

父に愛人疑惑があったから確かめたかったとは言いにくい。

「それで？　なんで行ったんだよ。行って、何を話したんだよ」

「お通夜で美栄さんがすごく泣いてたから、お父さんとどんな関係なのかが知りたかったの。それで、お父さんが美栄さんを可愛がっていたこととか、お通夜に来たおじいさん、姜鎮河さんは、美栄さんのご両親やお父さんと一緒に民主化運動をしていたこととか……聞いた」

学費の援助については、説明が長くなりそうなので黙っておいた。

「なるほどな」

興味を引かないのか、兄の反応は鈍い。やはり兄は、梨愛以上に父に対して薄情だ。

「それと、お父さんが喉に詰まらせたソンピョン、美栄さんが作ったものだったんだって」

「本当か？」兄の声色が少しばかり鋭くなった。

「うん、美栄さん本人が言ってた。ひどいよね？　許せないよね？」

間を置いて兄は、あれは、と言った。

「事故だよ、梨愛」

兄が美栄をかばうのが、気に食わない。

「とにかく、私はあの人、好きじゃない。なんか、私たちの知らないお父さんを知ってるみたいだし。それもいや」

「親父にだって、家族に見せない面がそりゃあるだろうよ。男ってそういうもんだよ」

「なんか、お兄ちゃん、お父さんと仲悪かったのに、なにそれ。それに男だからとか意味わかんない」

「別に仲が悪かったわけじゃないよ」

兄の態度が解せない。どう考えても仲が悪かったではないか。

「今日は、姜鎮河さんにも会ってきたよ。お父さんのこと、サンジュとか呼んでて、わけわかんなかった。骨を分けて韓国に埋葬しろとか」

「骨を分ける？」

「そう。故郷に骨を埋めてくれって、お父さんが望んでたんだって。美栄さんにも言ってたみたい」

「そうか……」兄はそこで黙り込んだ。

「お兄ちゃんとしては、困るよね。嫌だよね」問いただすような物言いになる。

「そんなことないよ」

兄の声が落ち着いていることに腹が立つ。よくもそんなことが言えたものだ。さんざん梨愛や父を避けてきたくせに。日本人になりきっているくせに。

「嘘つき」どうしても、感情的になってしまう。だが、兄は黙ったままだ。

「で、どうすんの」

さらに言うと、兄は、やっぱり、と口を開いた。

「分骨しないとならないだろうな。親父の希望みたいだから」

「は？　何言ってんの。それって、韓国に持っていくってこと？　誰が？　いつ？　お兄ちゃん、韓国に行きたくないでしょ。もしかして、私一人で行かせるつもり？」

梨愛がきつく問うと、兄はうーんとうなって、それきりまた黙ってしまった。

そのときはなが、ママーと廊下に出て来た。

「シチューおかわりしていい？」

梨愛は、うんうんと頷いてから、「電話が終わるまでちょっと待ってね」と答えた。

「梨愛、電話じゃなんだから、とにかく明後日の納骨のときに話そう」

「もしもし？　お兄ちゃん？」

ツーツーという音しか聞こえてこず、梨愛はスマートフォンを耳から離した。

「ママ、おかわり早くー」

はなにせつかれて、廊下からキッチンに行く。

鍋に火を入れながら、もやもやとした気持ちを晴らすように、レードルでシチューをぐるぐるとかき混ぜた。

文山家の墓は多磨霊園にある。

兄に車で迎えに来てもらい、義理の姉の純子さん、甥の浩太とともに霊園へと向かう。浩太が子供好きで、車中ではなの相手をしてくれるのは助かったが、美栄や姜鎮河さんのこと、父がなぜサンジュと呼ばれていたのかなどを兄と話せないのがもどかしかった。後部座席で遺骨を抱えていると、分骨のことも気になって仕方ない。

晴天で、長袖の喪服が暑いくらいの気温だった。車を降りると、日差しが眩しく、梨愛は目を細めた。

兄が運転席から降りてきたので、近寄って耳元で囁く。

「分骨どうすんの」

「骨を一部分けておいたから、心配するな。俺に任せとけ」

兄は苛立ちを含んだような声色で言った。

梨愛はわかったと答えて、それ以上なにも訊かなかった。

周囲に緑が生い茂る広々とした墓地には、灰色の大理石の墓石がずらりと一面に並んでいた。母が亡くなってから五年の間、墓参りは年に四回、彼岸と盆と命日に欠かさず来ているので、はなも墓地内を迷わずに先立って歩いていく。

かなり早目に着いたが、「文山」家の墓の前にはすでに人がいるのが遠くから見えた。だが、お坊さんでもなければ作業を頼んだ石材店の人でもなさそうだった。さらに近づくと、喪服姿の女性が花を手向けていた。逆光なので、顔ははっきりと見えない。

「ママ、あの人だれ？　おじいちゃんのお友達？」

「誰だろうね」答えつつも、嫌な予感がしてくる。

「鐘明さん、梨愛さん」

振り向いて頭を下げたのは、美栄だった。

「俺が呼んだんだ」兄が背後から小声で言った。

納骨を済まし、霊園からの帰り際、美栄を交えて食事をすることになった。

それにしても、先ほどの納骨の様子は変だった。美栄はさめざめと泣いているし、通夜では涙を見せなかった兄が大粒の涙を流していたのだ。

兄になにがあったというのだろうか。

そもそも美栄を何故呼んだのだろうか。

自分をすっ飛ばして兄と美栄が連絡を取りあったことも気分が悪い。

父には日本に親族がいなかったし、数少ないゴルフ仲間もほとんど亡くなっていたから、美栄は唯一の親しい間柄の人間なのだろうか。しかし、いくら同級生の娘だからといって、納骨にまで来るのはおかしい。

梨愛は父の骨が墓に入るというのに、感情が動かなかった。父の死を悼む気持ちより、疑念ばかりが先に立ってしまったのだ。

純子さんと浩太は冷めた目で兄と美栄を見ていたように思える。はなはよくわからずに、梨愛のそばにぴったりと寄り添っていた。

わざわざ足を運んできてくれたのが申し訳ないからと兄が美栄を食事に誘ったが、兄は余計なことばかりしてくれる。

席に着いて最初はみんな押し黙っていた。はなも空気を察して静かにしている。

松花堂弁当が運ばれてきたタイミングで、純子さんが気を遣って美栄に話しかけた。

「義父の昔からの知り合いだと主人から聞いていますが、今日は遠いところをわざわざありがとうございました」

そう言って軽く会釈する。純子さんはさすがにそつがないと、梨愛は思った。

「いえ、サンチョンにはとてもお世話になったので」

美栄は答えると、あの、と続けた。

「サンチョンは、どんなお父さんだったのですか？　ご家族にも優しかったのでしょうね」

「父は厳しい人でした」

兄が答えると、美栄は意外だとでもいうように、厳しい人、と呟いて軽く目を見開いた。

「頑固で怒りっぽいというか……」

「そうだったんですか……」

美栄が意外そうな反応を示したことに梨愛は苛立（いらだ）った。

「でも、孫のはなには甘かったですし、優しかったですよ」

梨愛の語調が強すぎて、その場の雰囲気が刺々しくなった。兄は無表情で、純子さんは唇を一文字に結んでいる。浩太は我関せずといった感じでスマートフォンをいじっている。

「サンチョン、はなちゃんのこと、よく話していました。可愛くて仕方ないって。梨愛さんの小さい頃にそっくりだって」

　さらに父のことやこちらの家族のことをよく知っているかのように話すのも、癇に障る。

「ママー、おじいちゃん、はなにも、ママと似てるって言ってたよ」

　はなが無邪気に言うと、兄も純子さんもかすかに表情を崩し、その場が和んだ。梨愛の苛立ちも収まってくる。

「美栄さん」兄が真剣な面持ちになった。

「私は、近々韓国の父の故郷に行って、父の骨の一部を埋葬してこようと思います。よかったらご一緒しませんか？」

　驚きのあまり、梨愛は兄の顔を凝視してしまった。純子さんと浩太は、珍しいものでも見るかのように兄を見つめている。

「私は、部外者なので、それは……」美栄は掌を左右に振って、否定の仕草になる。

「美栄さんのお父さんとうちの父の故郷に行きましょう。美栄さんのお父さんのお墓参りにも。私たちは、行くべきです」

「お兄ちゃん、急にどうしちゃったのよ？　韓国に行くって、本気なの？」

　梨愛は、それに美栄さんだってご迷惑でしょ、と続けた。

「そうよ、美栄さん、お仕事だってあるでしょうしね」純子さんも同調してくれる。

しかし、兄は梨愛たちに耳を貸す様子もなく、黙って美栄を見つめている。

「ちょっと考えさせてください」美栄は答えて、目を伏せた。


梨愛は帰りの車の中で、ずっと頭が混乱していた。眠ってしまい、膝にもたれかかるはなの頭を撫でながら、話を整理してみるが、どうしても兄の行動が理解できない。純子さんも浩太も同じようだが、兄が黙っているからか、誰も兄に問うことはしなかった。


自宅マンション前まで送ってもらい、はなを起こして車を降りると、兄も運転席から降りてきた。

トランクからデパートのロゴが入った紙袋を取り出し、梨愛の前に差し出す。

「なにこれ」

梨愛は、憮然として訊いた。とにかく兄の行動が不可解すぎる。

「親父が書いたものだよ。読んでみろ」

受け取ると、紙袋はずっしりと重く、二重にしてあった。中身は大学ノートの束だった。コンビニでも手に入るようなありふれたノートだ。

「これを、お父さんが？」

兄は頷いた。

「寝室の机の引き出しに入っていた」

そう言うと兄は、また連絡するから、と運転席に戻っていった。

V

1

晩秋のよく晴れた日、私と容淑は新宿の東京大飯店という中華料理店で、身内とごく近い友人だけの簡単な披露宴を行った。

その日が私の生涯のなかで晴れがましい一日であったことは間違いない。鎮河と東仁も心から祝福してくれた。

「お前、暗い顔だな。淑子と結婚することが嬉しくないのか?」

容海の指摘に、そんなことはない、と答えたものの、オモニや故郷の家族のことを考えると、笑顔を作ることが難しい。もともと愛想のいい方ではない上に、緊張も加わり、こわばった顔をしていたのだろう。

故郷の両親に結婚の許可を求めることも、家族に嫁の顔を見せることもできないことが悲しかった。日本で家庭を持つことで韓国の家族との縁が薄くなっていくような気がしてたまらないのだ。

いずれ韓国に戻るにしても、いつその時が来るかわからない。たとえ日本と韓国が国交を結んだとしても、軍が実権を握るうちは、自分のように政府に楯突いている人間が故郷に自由に戻れるはずがない。

純白のチマチョゴリを着て満面に笑みを浮かべる容淑と、娘が同胞と結婚したことを手放しで喜んでいる南一家とは対照的に、私はひとり憂いを抱えて祝宴の中心にいた。

私は容淑の実家近くの大井町で新居をかまえた。六畳一間という、ささやかな住処ではあるが、アパートは清潔で日当たりがよく、共同の炊事場もあった。大家も奇特な人で、韓国人だと知っても気持ちよく部屋を貸してくれた。

アパートの表札には「文徳允・南容淑」と書いた。私は韓青に出入りするようになって以来、通称名を使っていない。韓国人として胸を張って所帯を持ちたかった。容淑も淑子ではなく容淑として暮らすことを承諾してくれた。

しかしながら、二人の生活はぎくしゃくしていた。私は、鎮河や東仁と別々に、ひとりで暮らすようになってから十年近く経っていたため、いつも容淑がそばにいることに戸惑ったのだ。

仕事から帰ると「おかえりなさい」と迎えてくれるが、返事をするのが気恥ずかしく、ただ頷くだけだった。

すぐに食卓が用意され、私は黙って汁物をすすり、煮付けたり焼いたりした魚の身をほぐして口に放った。そしてキムチとともに白米を米粒ひとつ残さずに腹に収めた。傍らに座って見守っていた容淑は、「美味しいですか?」と私の顔を窺う。私は容淑の視線を避けて、「おかわり」と茶碗を渡す。すると容淑は悲しそうに下を向いてしまう。

そんな様子を見ると、素直になれない自分が腹立たしく、不機嫌になるのが抑えられない。

ある日、容淑が、どうして怒っているんですか、と尋ねてきた。

「お仕事でなにかあったんですか? それとも、韓青で?」

「別にない。怒ってもいない。早く飯をよそってくれ」

きつい調子で言うと、容淑は瞬きをしたのち、顔をそむけた。

私は容淑と顔を突き合わせていると、息苦しさを感じるようになってきた。なにを話せばいいかもわからず、会話が続かない。そもそも結婚前に容海抜きのデートをしたのは数えるほどだったことをいまさらのように思い出した。

あのときは映画を観て、街中を歩いて回り、向きあって食事をした。おそらくほとんどしゃべらなかったような気がするが、会話がないことは気にならなかった。緊張していたし、二人だけでいられることがひたすら嬉しかったのだ。

所帯を持って一ヶ月もすると、私は以前にも増して、金富町にある韓青の事務所へ通うようになった。韓青に行くと、私は息苦しさから解放され、のびのびとできるのだ。

その日は忘年会で、事務所にたくさんの人間が集まった。朴泰九もいたが、私が容淑と結婚したことを知って以来口をきかなくなっていた。

私は東仁に、訊きたいことがあるんだがいいか、と尋ねる。

「なんだよ、あらたまって」

「慶貴とは家でどんな話をするんだ」

「話？　そうだな……慶貴とはよく話すよ。俺たちは断然韓国の情勢についてだな。あっちではＫＣＩＡ（韓国中央情報部）が組織されて、たくさんの人たちが検挙された。新聞や雑誌が廃刊されたり、政治活動が禁止されたり、どんどん締め付けられてきているじゃないか。つい一週間前は『民族日報』の社長が処刑されたばかりだ。あのとき俺たちは憤りのあまり、朝まで話し込んだよ」

「そうか、そういう話を家でもできるのか」

東仁と慶貴はよっぽど馬があうのだろう。

「何の話だ」遅れてやってきた鎮河も話に加わる。

「夫婦でどんな話をするかってこと」

私は続けて鎮河に、お前のとこはどうだ、と訊いた。

「俺のとこは、また子供が生まれて、てんやわんやだ。話どころじゃないよ」

「そうなのか。おめでとう」

私は鎭河の肩を叩いた。東仁も柔らかく微笑んでいる。

「今度も女だよ。まいっちまうな」

そう言いつつも鎭河は嬉しくてたまらないというように、頭を掻いた。

「お前らも早く子供作れよ」

鎭河がにかっと笑うと、抜けていたはずの前歯が、白く光った。真新しい二本の入れ歯が目立つ。

「俺のところは、向こうに帰ってから作ろうってことになってる」東仁が答えた。たしかに故郷で子供を育てたい。私は、自分もそうするべきだと思った。


忘年会を終えてアパートに戻ると日付が変わっていた。いつも、どんなに遅くなっても容淑は起きて待っていたが、今日は珍しく布団を敷いて先に横になっていた。こちらに背中を向けているので、実際に眠っているかどうかはわからない。

「具合でも悪いのか」

立ったまま声をかけると、容淑は振り向いて半身を起こした。顔色が優れない。

「ちょっとだるくて」

「大丈夫か？　病院には行ったのか？　病気なのか」

心配なのに、声は問い詰めるような調子となってしまった。なぜ私は優しくできないのだろうか。

「昼に行ってきました。心配ないそうです。特に病気ではないって」

か細い声で容淑は答えた。大事ではなさそうでとりあえず安心だ。

「そうか」

私はほっとして、布団を取り出そうと押し入れに近寄った。

「あなた。わたし……」

「なんだ」

振り返ると、容淑が、子供ができました、と俯き加減に呟いた。

「お、おう」動揺して視線を外してしまった。

「それだけですか？　嬉しくないんですか？」容淑の声には怒気が混じっている。

「いや、そういうわけじゃない……」

この私が父親になる？

結婚すればいずれは起こりうる事態だというのに、にわかには受け止められなかった。子供は韓国に帰ってから作ろうと決めた矢先だったこともある。

うつうつとむせび泣く声がして容淑を見ると、彼女は布団に潜り込んでいた。

容淑の布団から少し離して自分の布団を敷き、床についたが、なかなか寝付けなかった。嗚咽を続ける容淑を慰めたいが、どうすればいいのか見当がつかない。

薄目を開けて目覚めると、隣に容淑の布団はなかった。東側の窓のカーテン越しに注ぐ朝の光は弱く、六畳一間の空気はやけに重苦しく感じた。時計を見ると午前七時過ぎだ。

布団から出て、脇に寄せたちゃぶ台に近づくと、そこにはメモ書きが残されていた。

「実家にいきます」

書かれている文字はそれだけだった。


私は蒲田の店を早番で上がると、まっすぐに上野に向かった。寒波が押し寄せ、重い雲がどんよりと空を覆い、いまにも雪が降りだしそうだった。それでも師走の上野のマーケットはごったがえしており、人ごみをかきわけてすすんだ。

一角に、朝鮮半島の料理の材料を専門に扱う食料品店があり、そこが目指してきた場所だ。狭い店内には干した魚や唐辛子などが並んでいる。

「尻尾、ありますか？」

五十前後のパーマのきついおばさんに韓国語で告げると、彼女は、ちょっと待ってなさい、と奥に入って、すぐに冷凍した牛の尾の部分を持ってきてくれた。さらにハチノス（牛の二番目の胃の部分）もお願いして持ってきてもらう。

ビニール袋に入れた肉を抱えて、今度は青果店に行く。容淑が前に好きだと言っていたバナナをひと房買おうと思ったら、牛の尻尾よりも高かった。

ひととき思案するも、昨晩の容淑の顔が思い出され、持ってきたオモニのポクチュモニから紙幣を出して、気前よくふた房のバナナを購入した。ついでに林檎も一山買う。さらにそののち、東仁の妻、慶貴の実家が営む店に立ち寄り、輸入ものの缶入りクッキーを手に入れた。その食料品店は上野に三軒も支店があった。東京の各地にも、どんどん進出しているらしい。

両手で分けて持つほど大量の買い物をした私は、国鉄に乗って大井町の容淑の実家へと急いだ。駅を降りると、寒風が頬にあたり、痛いくらいだ。すっかり暮れた空を見上げると雲が変わらず厚く覆っていた。月の姿もどこにもない。

白い息を吐きながら仙台坂を駆け抜け、十分足らずで容淑の実家に着いた。工場には灯がこうこうと点っており、いつもの甘いエチレンの匂いが漂っていた。工場の機械は作業を止めるとプラスチックが固まってしまうため、二十四時間稼働しているのだ。

私は二階の住居部分を見上げた。こちらも、明るく電気が灯り、曇りガラス越しに人影が見える。

息を整えた後、よし行くぞと胸の内で自分を奮い立たせた。工場から階段を上がり、「こんばんは、ムンですっ」と大きな声を出す。

すぐに義母が顔を出した。

「あら、文さん。どうぞ入んなさい。ご飯は食べた?」

「まだです」

「いま用意するよ。容淑が勝手に帰ってきて、すまないね」

義母はいかにも申し訳なさそうに眉間に皺を寄せた。

「お義母さん、これを」私は持ってきた荷物を渡した。

「果物と菓子を……それから尻尾とハチノスを買ってきました。滋養になるので、容淑にコムタンを作ってやってください」

「おや、尻尾はなかなか手に入らないのにねえ。気を遣ってくれて悪いね」義母は何度も私の掌をさすった。

「いいんです。多めに買ってきました。みんなで食べられる量です」

そう言うと、義母は、「いい婿さんで容淑は幸せだ」と私の手を握る。私はあたたかい気持ちで満たされていく。

居間に入ると、義父がラジオを聴きながら明太（ミョンテ）（鱈（たら）を干したもの）の辛い和え物を肴に、晩酌をしていた。

丁重に挨拶をすると、義父はうんと一回頷いて、私に座るように促した。そして、ひとり晩酌を続けた。

すぐに義母が白い飯と焼き鯖、キムチ、大根のテンジャンクを持ってきてくれた。湯気の立つ食事を前にして今日はほとんど食べていなかったことに気づく。容淑のことを考えると飯が喉を通らなかったのだ。私は箸を持つと、空っぽの胃袋に夢中で食事をかきこんだ。

容海は留守のようで、容海の妻が奥の部屋から出てきて私に挨拶した。そのあとから五歳と三歳の容海の息子たちもやってきて、私にぺこりとお辞儀する。

いがぐり頭の二人の息子は、はんこで押したように同じ顔に見えた。太い眉と切れ長の目が容海によく似ており、寒さで赤くなった耳の形は母親にそっくりだ。

この子たちは、容海とその妻と、確かに血がつながっている。

自分にも血のつながった子供ができるのだ、ということが、そのときやっと受け止められた。

日本に密航して以来、常に故郷に帰ることばかりを考えてきた。ポクチュモニに紙幣を入れ、いつでも走り出せるように構えていた。だから、気持ちが落ち着くことはなかった。居場所もなく、地に足がついておらず、常に焦りがあった。唯一のよりどころは苦楽をともにしてきた鎭河と東仁の存在だけだ。そして彼らと手を取りあい、祖国のために闘うことに一所懸命になってきた。だが、鎭河も東仁もそれぞれ所帯を持ち、私はひとり疎外感を味わっていた。容淑と結婚してからも、孤独な思いは薄まるどころか、かえって濃くなったように思っていた。

だが、いま私は、自分のいるべき場所を見つけられたような気がする。

文さん、と義父が言った。

私は、はい、と義父の方を向く。

「子供はいいもんだ。生きる支えになってくれる」

義父は酒を器に注ぎながら、言葉を嚙み締めるように言った。

黙って頷くと、義父は廊下に視線をやり、「容淑は奥の部屋で寝ている」と言った。

私は立ち上がり、廊下を進んだ。

引き戸を開けると五畳程度の和室には本棚、文机、布カバーのかかったオルガン、蓄音機、足踏みミシン、碁盤、火鉢、たたんだお膳などがある。きっとここは物置代わりで、韓国から来た人をよく泊めると言っていた部屋だろう。

容淑は物に埋もれるようにして布団を敷いて横たわっていた。目を閉じて規則正しい寝息をたてているが、ひょっとすると私と話したくなくて、寝たふりをしているのかもしれない。

私は引き戸をそっと締めると、しばらく廊下にとどまり、耳をそばだてて容淑の息遣いを聴いていた。


容淑の実家を出て歩いていると、雨がみぞれに変わった。コートの前をきつく合わせ、空を仰ぐ。冷たい雨粒が顔に当たった。

厚い雲のむこうに向かって、オモニーと叫ぶと、道行く人が怪訝な顔で私を睨んだが、構わず続ける。

「私は親になりますー」

「血のつながった子供が生まれますー」

結婚し、子供が出来て、祖国の家族とますます分断されてしまったように思えた。

だがそれは間違いだった。

子供を介して、オモニやアボジと新しい血でつながることができる。そして、容淑の一家とも強い絆ができる。

胸の奥底から熱い思いがあふれ出てきて、寒さを感じなかった。私は駆け出し、アパートまで一気に走る。そのあいだずっと、むやみに、さして意味のない言葉を叫んでいた。

それから二日ほどして、遅番を終えて帰ると、容淑はアパートに戻っており、実家から持ってきたという義母の作ったコムタンを出してくれた。白濁したスープをハチノスとともに口に入れると、寒さで硬くなった筋肉がほぐれていく。

はあ、と息を吐くと、容淑が「美味しい？」と訊いてきた。

「君は食べたのか？」

訊き返すと容淑は首を横に振った。

「あまり食欲がなくて……」

「なんだ、食べなきゃだめじゃないか」

声が鋭くなってしまったものの、引っ込みもつかなかった。容淑は下を向いて唇を嚙んでいる。

つくづく自分の不器用さが恨めしくなったが、私はそのまま黙ってコムタンを食べ続けることしかできなかった。

2

つわりは二ヶ月も経つと治まり、お腹の子供は順調に育っていた。ある日、容淑の体力がつくようにと、私は上野で高価な朝鮮人参を手に入れて帰った。

「煎じてくれ」人参を渡すと、容淑は顔をしかめた。

「どうしても人参を飲みたいですか？」

どうも容淑は私が買ってくる物を、彼女のためではなく、私自身が食べたり飲んだりしたいからだと思っているようだ。私も、「君のために」とかなんとか言えばいいのだろうが、なんだか小っ恥ずかしくて口にできなかった。

「そりゃあ、飲みたいから買ってくるんだろう」

心と裏腹な言葉が出てくる。すると容淑はこれ見よがしに溜息を吐いた。

「キムチが臭うのが迷惑だ、朝鮮人がいるとは思わなかった、って、隣の奥さんに言われたのに、匂いのきつい朝鮮人参なんて煎じたら、またなにを言われるか……」

「なんだ、そんなこと言われたのか。隣だな、よし」

頭に血が上ったまま部屋を出ようとすると、喧嘩はやめてください、と容淑に腕を摑まれ止められた。思いのほか力が強い。

「実家に持っていって煎じてもらいますから」

「悪いのは隣じゃないか。そうやって黙っているから、ますます差別されるんだ。言うべきことは言わないと」

「お願いですから、我慢してください。あなたは外にいるからいいですけれど、お隣ともめたらいつも家にいる私は辛いです。ここに居づらくなります。これから子供も生まれるのに、よそに行くわけにもいきません。それに、日本人ばかりのところで暮らすのだから、我慢するのも、仕方ありませんよ」

私は納得がいかなかったが、容淑の表情があまりにも切実だったので、隣に怒鳴り込むのを止めておいた。

夏の真っ盛り、うるさいほど蟬が鳴いていた。暑い日が続き、出産予定日まであと一ヶ月となった容淑は、身体を動かすのもしんどそうだ。お腹が張ると言っては、横になる日も多かった。

早番で出勤していた私は、昼の一時すぎ、店長に呼び出された。私宛に電話がかかってきたという。

事務所で黒電話の受話器を耳にあてると、容海だった。

「淑子が大変だ。いま病院にいる」

容海の声はいつもより低く、重かった。

「予定日までまだ一ヶ月だったはずでは……」

「とにかく早く来い」

不安で仕方なかったが、詳しいことは問わず、急いで容淑のもとに駆けつけた。

中園(なかぞの)産婦人科は、看板がなければ民家と見間違えてしまいそうな小さな医院で、容淑の実家から十分と離れていない場所にあった。

入口の戸を開けたが、人の気配をほとんど感じない。

「誰かいますか」

声をかけると、割烹着姿の女性が出てきて、硬い表情で黙ったまま私を中に通した。これはよっぽどのことがあったに違いないと思うと、不安が増してくる。

案内にしたがって廊下を行くと、奥の部屋からすすり泣きが聞こえてきた。

「妻は無事ですか？　子供はどうなりました？」

女性に尋ねると、彼女は「奥さんは無事です」と小声で言った。それから首を振り、「お子さんは残念でした」と続けた。

私はその場で膝から崩れ落ちた。すると女性はかがんで私の背中に手を当てた。

「産声をあげなかったんです。既に亡くなっていました。男の子でした……」

私は容淑のいる病室にどうしても足を踏み入れることができなかった。容淑をどんな言葉で慰めていいかわからない。

容淑だけでなく、この世で息をすることも叶わず名前すら付けられなかった我が息子にも会うことができなかった。

私は容海に伴われて医院を出て、容淑の実家に向かった。義母は彼女の付き添いとして残った。

容海も私も無言だった。家に近づくと、二階からオルガンの音色が漏れ聞こえてくる。

「お父さんだな」

容海が呟き、工場から階段を上がっていく。私もあとに続いた。

聞き覚えがある。ケヒャンがよく口ずさんでいた唄だ。だが、こんなにものがなしいメロディだっただろうか。工場から漂うエチレンの甘い匂いとオルガンの音色は、奇妙な調和を醸し出している。

以前容淑が寝ていた、西の端の部屋で義父がオルガンを弾いていた。私たち二人が入っていくと、オルガンを弾くのを止めて、こちらを見た。眼鏡をかけているので、表情がわかりにくい。

「これは『故郷の春』っていう童謡でね。私がこれを弾きながら歌うと容淑が喜んだんだ。あの子が小さい頃、よくねだられた。あの子は音楽が好きでね」

そう言ってまた一節を奏でて、止めた。容海は黙って頷いている。

「生まれてくる孫にも聴かせてやりたくて、このところ練習していたんだ」

ふたたび「故郷の春」を弾き、また繰り返す。

これまで音楽というものに縁がない生活だった。ラジオで流行曲を耳にしても、ただ聞き流していた。

しかしいま、義父の弾く祖国の童謡は、心の奥深いところに染みてくる。

私は、幼い頃ケヒャンがこれを歌いながら切り傷に軟膏を塗ってくれたときのことを思い出していた。

3

しばらく床に臥せっていた容淑は、木の葉が色づく頃にようやく回復した。しかし、身体は戻っても、覇気がなく、虚ろな目で佇んでいることが多かった。実家から蓄音機を持ち込んで、レコードをずっと聴いている日もある。バナナを買ってきても、手をつけようとせず、食欲もないようだ。

木枯らしが吹いた日だった。韓青の急な集まりがあって遅い時間に帰ると、容淑が恨めしそうに私を睨んだ。

「何か不満でもあるのか？　言いたいことがあるなら言ってみろ」

「あなたは私のこと、大事じゃないんですね。赤ちゃんの顔も見なかったし、あのときも見舞いに来なかった。子供のことも、悲しくないんですね」

「悲しくないだと?」

「もうすっかり忘れたかのように、組織の活動にばっかり熱心じゃないですか」

私は死産のあと、前にもまして韓青の活動にのめり込んだ。容淑の顔を見るのが辛かったから、家に帰りたくなかった。

全国各地を回って少しでも心ある在日韓国人に接触し、軍事政権に反対する仲間になってくれるように説得したり、カンパを集めたりした。韓青の活動をしていると、そのあいだは死産のことを忘れられた。ひとたび考え始めると胸が張り裂けそうになるのだ。そんなときは、朝鮮半島では親より先に死ぬ子供は親不孝なのだという考えで自分を納得させた。

折しも、日韓国交正常化のための会談が再開され、韓国の情勢も目が離せない状態だった。日本の植民地支配の責任問題を曖昧にしてでも金銭のやりとりを優先する朴正熙率いる政権の姿勢に、また、過去にきちんと向き合おうとしない日本の不誠実な態度に、私と仲間は怒り心頭だった。

「当たり前だろ。いま、自分の国が大変なんだ。韓国人が苦しんでいるんだ」

「あなたにとっての韓国人は、あくまで朝鮮半島に住む韓国人で、私たち在日韓国人ではないのね。在日韓国人は日本の社会で差別されてきて、ずっと苦しんできているのに、私たちが暮らしやすくなるようになんてあなたは考えてないでしょ。そりゃそうですよね。一緒に暮らしている妻のことですらどうでもいいんですものね。いつも目が向いているのは海のむこうばかり」

「君だって、一緒に韓国に帰るって言ってたじゃないか」

私が声を荒げると、容淑はプラチナの結婚指輪に視線を落とし、それを指でくるくると回した。

「あなた、忘れているんですね」容淑は弱々しい声で言った。

「何を、だ？　遠まわしに言うな」

苛立ちを含んで言うと、容淑は私を真正面から見た。

「今日は私たちの結婚記念日です」

私はうろたえたが、忘れていたことを取り繕うように、「だからどうした。記念日なんてくだらない」と言い捨て、視線を窓の方にやった。

「くだらない？　ご馳走を作って待ってたのに……」

容淑は部屋を出て行ってしまった。ひとり残されて様子をよく見てみると、ちゃぶ台には料理が並べられていた。白い小ぶりの陶器の花瓶もあり、そこには赤い薔薇の花が一本活けてあった。

4

翌一九六三年の十二月十七日に新憲法が発効し、朴正熙が大統領に就任した。その日、東京本部と婦人会、韓青の事務所がある金富町のビルでは、絶望の吐息やうめき声がそこかしこで聞こえた。

「最悪だな」東仁は目を閉じる。

「くそっ。今度は、朴正煕か。日本帝国陸軍の将校だった男が大統領になるなんて。政府の幹部もみんな日本にべったりだったやつらばかりじゃないか」鎮河の目は充血していた。

「特高が中央情報部に姿を変えて、あの恐怖の植民地時代に逆戻りするぞ」

私はそう言うと、どうしたらいいんだ、と天を仰いだ。

「義理の兄が俺のせいで幹部を辞めさせられたよ。こりゃあ、民団への介入もさらに強くなってくるな」鎮河がやれやれというように頭を振った。

「負けられないな」

私の言葉に、二人は強い視線でこちらを見て、しっかりと頷いた。

私は、韓青の活動に加え、雇い主が五反田に新しく出す店の責任者に抜擢され、忙しくなっていた。それでも、容淑がふたたび懐妊したにもかかわらず三ヶ月で流産してしまったときは、なるべく早く帰るようにした。

布団に横たわる容淑に「元気を出せ」と言ってやりたいが、いざ容淑を前にすると喉に言葉がひっかかって出てこない。代わりに蜜柑の皮を剝いてやり、「しっかり食べるんだ」とひと房を渡すと、容淑も黙って受け取り、口に入れた。

幸い容淑は十日程で通常の生活に戻ったが、表情は暗かった。隣の夫婦に先月子供が生まれ、赤子の泣き声が毎日聞こえてくるのも、容淑を憂鬱にさせているらしかった。

「うらやましい……ちゃんと産めないなんて、私はだめですね……」

容淑が目に涙を浮かべている。彼女が自分自身を責めているのが不憫で見ていられない。

「しょうがないじゃないか。いつまでもめそめそしてないで忘れろ」

「本当に冷たい人……いえ、かわいそうな人ですね」

容淑は私を憐れむかのように、目を細めた。

「なんだとぅ」かっとして、威嚇するように怒鳴った。

「大きな声を出すと、近所に迷惑です」

私は煙草の箱を強く握りしめてアパートを出た。そして近くの空き地で曲がってしまった煙草を吸いながら、気持ちをなだめたのだった。

帰り道、たわわに実っている柿の木を見つけた。私は辺りに人がいないことを確かめると、柿の実を三つほどもいだ。

アパートに戻り、仲直りのつもりで柿を渡して「剝け」と言うと、容淑は無表情で受け取って、踵を返した。そのとき、彼女の後頭部に、髪が抜けている部分があるのった。

に気づき、ぎょっとした。

「どうしたんだ、その頭」

容淑はこちらを振り返ることなく禿げた部分を手で抑えただけで、なにも答えなかった。

翌年、東京でオリンピックが行われ、日本中が沸き立った。そんななか、韓国がオリンピックに参加するのを私は複雑な気持ちで眺めた。北の不参加にも心を痛めていた。

とはいえ私は韓国のチームを熱烈に応援した。どんな政権下であれ、自分の国の代表は誇らしい。同胞の選手が戦っている姿に、その瞬間は素直に胸が熱くなった。ラジオの前で夫婦そろって声をあげていると、私と容淑の冷えた関係もちょっとだけ温度が上がるのだった。

一方で私は、国交回復のための日韓交渉の内容が明らかになるたびに、それに対して韓青の仲間とともにデモや集会を開き、積極的に異を唱えていった。東仁はこの頃から新聞や雑誌などに文章を寄稿するようになっていた。私たちは、民団内でますます危険視されていく。

「俺と慶貴、彼女の実家と縁を切ったよ」

集会の帰りに立ち寄った食堂で、東仁が告げた。

「そうか、思い切ったな。でも、慶貴は、それでいいのか」鎮河が訊いた。

「慶貴なりに家族を思っての事なんだ。彼女の父親が、本格的に韓国で事業を展開するらしい。だから邪魔にならないようにそうすることにした」

慶貴の実家の食料品店は、製菓会社を買い取って自ら菓子の生産販売を始めており、かなり成功していた。

「韓国に進出するってことなら、そりゃあ朴正熙政権に拳を振り上げるような身内がいたら困るよな」

私が言うと、東仁は「だからと言って」とビールの注がれたグラスを見つめる。

「俺たち夫婦は、活動をやめるつもりはない。それで、縁を切るしかなかった」

「だけど、仕事はどうするんだよ」鎮河が訊いた。

「なにか探すよ。慶貴は知り合いの食堂で働くことになると思う」

恵まれて見えた東仁の夫婦が、あえて苦労をするなんて。あの慶貴が食堂で働くなんて。

生半可な覚悟ではできないことだ。慶貴の美しさは、その志の気高さからのものなのだろうと思った。

5

年が明けてすぐに、韓国が南ベトナム支援に派兵を決めたことを知り、ベトナム戦争に反対する全国的な運動に私たちも加わった。さらに六月には、屈辱的な内容の日韓基本条約が結ばれてしまった。

七月、朴泰九や崔進山などの数人が、新しいグループを作り、韓青を去った。個人的な思いはどうあれ、これまで一緒に活動してきた朴泰九の離脱は私の心に爪痕を残した。

民団執行部は彼らを、朝鮮総連と通じる共産主義を容認する者、いわゆる容共だとして敵性団体規定をし、民団から除名した。以前に私たちが籍を置いていた朝連と違って、朝鮮総連はすでに日本共産党とは決別していた。民団が韓国の出先機関であるのと同様に、総連は朝鮮民主主義人民共和国の完全なる出先機関であり、その組織力は民団をはるかに上回っていた。

韓青も民団執行部から疎まれ、さまざまな嫌がらせを受けていたから、彼らの除名はひとごとではなかった。鎭河は旅券を取り上げられたし、私たちにも旅券発行の許可は下りない。だから三人は国交が回復したにもかかわらず、韓国の地に戻ることができなかった。

私たちはすでに日本に来てからの方が長くなっており、それぞれここに生活の基盤もできて、最近は故郷に帰りたいと口にすることもなくなっていた。だが、私はやはりまだ帰ることを諦めたくはなかった。かといって、あの朴政権に屈し、韓青を抜け、執行部に頭を下げて旅券を出してもらうことなど考えられなかった。こうした矛盾につき当たると、私の気持ちは暗くなり、やるせない憤りに駆られた。

しかし、四回目の結婚記念日が過ぎた頃、そんな気持ちを吹き飛ばすようなことが起きた。私と容淑のあいだに、また子供が出来たのだ。そしてなんと東仁の妻慶貴も妊娠したことを知った。

けれども私は、心配の方が先に立っていた。容淑も相当神経質になっていて、一歩も外に出ない。「まただめだったらどうしよう」と突然明け方に起き上がり、私を起こして泣き出すこともあった。

私はしばらく容淑を彼女の実家に預けることにした。容淑の実家のプラスチック工場はテレビの枠を作り出してから注文が絶えず、景気がよく、工場とともに二階の住居部分を建て増ししていた。

容淑は六畳の真新しい部屋をあてがわれて、居心地も良さそうだった。私は時折手土産とともに様子を見に行った。今回はなんとか無事に安定期を迎えそうである。

以前容淑に「あなたは在日の方を向いていない」と言われたことが心に重くのしかかっていた私は、この頃から在日の権益擁護に深く関わり始めた。それは生まれてくる子供のためにもなると思ったのだ。

まずは、外国人学校を認可しないために国会に提出された、「外国人学校法案」への反対運動に参加した。私は朝鮮人学校の教師だったのに、拘束された生徒、ファン・ソンナムを守れなかったことが忘れられずにいた。

民団執行部は法案の成立に賛成した。圧倒的に多い総連系民族学校を閉鎖することが韓国の利益になると考えたのだ。しかし私たち韓青の仲間は、東京本部や神奈川県本部の一部の民団反主流派の人たち、さらには様々な政治的立場の日本人や在日同胞とともに、国会前や文部省前など各地で、連日デモを行った。

ある日、地下鉄霞ケ関駅の改札口を出たときに、「ムンソンセンニム!」と背後から男性の声で呼び止められた。

私は先生(ソンセンニム)と呼ばれるような身分ではないので、人違いだろうと、振り返らずにそのまま行こうとした。

「ムンソンセンニム!」

さらに大きな声がしたので振り向くと、私と同じ歳ぐらいの、黒縁眼鏡をかけた小柄な男性が、人懐っこそうな笑顔をたたえて立っていた。しかし、まったく見覚えがない。

「僕ですよ」彼は眼鏡を外した。

「ソンセンニムに数学を教わった、ファン・ソンナムです」

「本当か？」私は目を見張った。

「本当に、ファン・ソンナムか？」

「そうです、ソンセンニム！」

私は思わずソンナムに抱きついていた。

「どうしているかとずっと気になっていた」

身体を離し、ソンナムをじっくりと見てみると、だんだんと記憶が蘇ってきた。賢そうな瞳は当時のままのような気がする。

「すっかり大人になったなあ」

ソンナムが無事に生きていることに心から安堵した。

「それにしても、よく俺の顔を覚えていたな」

「写真を持っているからです。一枚だけですけど、集合写真が残っているんです。僕、よく昔の写真を見返すので、ソンセンニムの顔も忘れていなかったんでしょう。それに、ソンセンニムは変わらないですね。僕より若く見えるぐらいですよ」

三歳しか実年齢は変わらないから若いのは当然だと胸の内でひとりごち、私は口元だけで笑った。

「ところで、ソンセンニムはどうして霞が関にいるんですか？　もしかして……」

ソンナムは手に持っていた黒縁眼鏡をふたたびかけた。

「ああ、デモに行くところだ。仲間とこれから落ち合う」

「僕もです。もしかして、今もウリハッキョ（朝鮮学校）で教えていらっしゃるんですか？　どこのハッキョ（学校）ですか？」

「あ、いや、そうじゃないんだ。俺は、いま、そのぅ、韓青にいる」

「そうでしたか。僕は、総連の専従をしていますが、韓青の人たちがウリハッキョのために立ち上がってくれて、本当にありがたく思っています」

「立場が違ったって同胞じゃないか。当然だよ。それに子供たちには、自分の国の言葉や文化を学ぶ権利がある。南も北も関係ない。俺たちが守ってやらなければ」

　私はソンナムを前に、気持ちが高ぶっていた。

「ムンソンセンニム」

　ソンナムは感じ入ったとでもいうように私の手を握った。

「またゆっくりお会いしましょう」

「ああ、飯でも食おう」

　私が言うと、ソンナムは手にぐっと力を込めた。それから私の目を見つめたまま手を離し、名残惜しそうに去っていった。

6

外国人学校法案は廃案になった。その後在日同胞の政治活動を封じる目的の出入国管理法案が出されたが、これも阻止することができ、私たちは活気づいた。私は韓青の活動で全国各地を忙しく飛び回った。

梅雨が明けて間もない猛暑の中、私は汗だくになって宇都宮の在日商工人から活動資金を集めた。

東京に帰り、二日ぶりに五反田の店に出ると、雇い主が私を待っていた。

「文君、言いにくいんだが……」いつになく渋い顔をしている。

「君には辞めてもらう」

「どうしてですか」声が大きくなってしまった。

「五反田はやっぱり競争相手がいて難しいんだ。この店は閉めるつもりだ」

「じゃあ、ほかの店で……雇ってもらえないでしょうか」

「君みたいにしょっちゅう休むのは、困るんだよね」雇い主は腕を組んだ。

「これからは気をつけます。なんでもしますから、クビにはしないでください。子供が生まれるんです」腰から身体を折り、頭を下げた。

「ほかをあたってくれよ。韓青の仲間にでも頼んでさ」

雇い主は、「はい、残りの給料」と私に封筒を突きつけたが、私は彼の腕を摑んで押し返した。

「そんなことを言わずにお願いします。このとおりです」平身低頭して頼んだ。

「もう、いい加減にしてくれ」

彼は私の手を振り払うと、封筒を床に投げつけて行ってしまった。

容淑は臨月に入っていたので、大井町の実家に帰っていたが、さすがにそこに向かう訳にはいかなかった。昼間のこんな時間に容淑のもとに行って失業したことを口に出せば、身重の彼女を不安にさせるだけだ。ただでさえ不安定になりやすいのに、余計なことは耳に入れないほうがいい。

しばらく黙っていて、次の仕事が見つかってから話そう。いっそ生まれてからでもいい。

とりあえず時間を潰し、怪しまれない程度の時刻になったら容淑の実家に行こうと決めた。

アパートにまっすぐ帰る気にもなれず、特に行くあてもないので、私はふらふらと五反田のライバル店に入った。私はパチンコ屋で働いていたが、パチンコをほとんどしなかった。

店内は混雑しており、空いている台は二つしかなかった。入口から一番近い方の台に座る。釘師ではないからこの台が出るかどうかはわからないが、店が流行っているということは玉の出がいいということなのだろう。

大音量で流れる軍艦マーチが玉の音と交ざり、店内はうるさかった。だが喧騒のなかで見知らぬ男たちと並んで煙草をふかし、親指でバチバチと玉をはじいていると、その間だけは嫌なことを忘れられた。

しかしまったく当たりは出ずに、手持ちのパチンコ玉はむなしく減っていく。何度か玉を補充し、四時間ほど粘ったものの、親指も疲れてきたので店を出る。

外に出て太陽の強い光に当たった瞬間、バカみたいだ、と後悔した。

パチンコ屋での職を失った日にパチンコをして、擦るなんてどうかしている。これから無職になるのに、もらったばかりの一週間分の給料を三分の一近く使ってしまった。

ポケットから煙草を出したが、一本も残っておらず、箱をぐにゃっと握りつぶしてその辺に放り投げた。

さてどうしよう。

こうなると自分には仕事と韓青の活動以外、なにもないことがわかる。酒も弱いから、時間を潰すすべがない。喫茶店にはそんなに長時間いられないだろう。それなら韓青の事務所にでも行って、集めた金を届けてくればいいのだろうが、こんな落ち込んだ状態であそこに行きたくない。韓青では立派な自分でいたいのだ。

私は特に目的もなく、五反田から国鉄山手線内回りに乗り、外の景色をぼんやりと眺めながら子供の名前を考えた。

男の子なら鐘の字をつけようと思っている。私の家では、私の代は周、その次の代は金(かね)へんの文字を使うことが決まっているのだ。文字は、中国の歴代国家をなぞっている。

鐘孝、鐘範、鐘明、鐘徳、鐘信あたりはどうだろうか。万が一、女の子なら母の梨(イ)蘭(ラン)のどちらかの字をもらいたい。

なかなかいいんじゃないか。容淑にも相談してみるか。

少しばかり明るい気持ちになり、一周過ぎたところで品川から京浜東北線に乗りかえ、大井町で降りた。

駅前の青果店に並んでいた西瓜が目に入り、この間容淑がよく食べていたことを思い出した。甥の二人も好物だったはずだから喜ぶだろうと、一玉を買った。

西瓜の丸玉を抱えて歩いていると、奈美子と一緒に西瓜を食べた日のことが蘇った。あの日も今日のように暑かった。数えてみるとあれから十八年が過ぎている。奈美子のことを考えても、胸が疼くことはなくなった。

まだ日も落ちていないので、いったんアパートに戻ると、扉に紙片が挟まっていた。

「大井(おお)産婦人科にすぐに来い。生まれるぞ。」と書いてある。きっと容海だ。

予定日まであと三週間はあったはずだ。また早く生まれてしまうのか。

私は西瓜をその場に置いて、大井産婦人科へ急いだ。容淑は以前と病院を変えていて、大井産婦人科は東大井の方にあった。中園産婦人科よりも規模が大きい、評判のいい病院だ。

息を切らして駆けつけると、容淑は分娩室におり、容海が腰を浮かし気味でベンチに座っていた。

「お前、店にいないで、どこに行ってたんだ。電話したんだぞ」

容海は私の顔を見るなり立ち上がり、大声で叫んだ。鷹揚な性格の容海にしては珍しく、責めるような激しさがあった。

「ちょっと用事があって……」

まさかクビになったとは言えるはずもない。

「まぁ、とにかく、間に合ってよかった」

「容淑の様子は？」

「水が出ちまって、二時間ほど前に急いで連れてきたんだ」

そのとき分娩室の中から、激しいうめき声が聞こえてきた。

「大丈夫なのか」私はすっかり動揺していた。

「心配ない、心配ない」

容海は私の肩に手を載せ、座って待とう、と続けた。経験者の容海が頼もしく思える。

しだいにうめき声の間隔が短くなった。そして荒い息遣いのあと、長い雄叫びがあり、突然静かになる。

生まれたのか？

しかし、赤子の泣き声が聞こえてこない。

四年前の死産のことが頭に浮かんだ。足が震えてきたのか、床に靴を小刻みにうちつける音がする。自分の足元を確かめると、私はしっかりと床に靴底をつけていた。音を鳴らしていたのは、容海だった。

分娩室のドアが開き、若い看護婦が出てきて、おめでとうございます、と微笑んだ。

「男の子ですよ」

私と容海は同時に立ち上がると、両手を高々と上げた。

「マンセー」

「バンザーイ」

韓国語と日本語でそれぞれが叫んでいた。

しばらくして、息子と対面することができた。

おそるおそる抱かせてもらうと、白い産着に包まれた我が子は、あまりにも小さくて軽かった。

ふえん、ふえんと弱々しく泣き出したかと思うと、顔が赤、いや紫色になった。私は驚いて、看護婦に息子を返した。

息子の体重は二千グラムをちょっと越えた程度だった。産声も小さかったため、分娩室の外までは届かなかったようだ。

その儚い命に、胸が塞がれる思いになる。嬉しさよりも不安の方がはるかに大きい。

私の気持ちを察したかのように、初老の男性医師が近寄ってきた。

「念のため、保育器に入れましょう。そのほうが赤ちゃんにとっては安心です」

「あの、なにか病気とか、そういうことではないのですか？」

「これから調べますが、あまりご心配なさらずに」

「そうだ、心配しすぎるな」容海が、励ますように言った。

「淑子の様子を見てきた。疲れているが、大丈夫そうだ。行ってやれ」

私は容淑の休んでいる部屋に行った。容淑は目の下に隈ができ、憔悴しきっていたが、私がそばに寄ると身体を起こしてベッドに腰掛けた。

なんと声をかけていいかわからず、黙っていた。容淑もなにも言わない。部屋の角（すみ）にある扇風機の音だけがやけに響く。

「赤ちゃん、大丈夫ですよね？」

沈黙を破ったのは容淑だった。私は狼狽して答えられない。大丈夫かどうかの確信も持てない。

「西瓜を持ってくる。西瓜を」それだけ言うと、容淑から目をそらして、部屋を出た。

その日の晩はうなされた。

うとうとすると、対馬沖で命を落としたキム・チュサンと大森海岸で入水した奈美子が、私の息子を二人で抱いて海に入っていく様子が鮮明にまぶたの奥に描かれた。

「やめろっ。やめてくれっ」

私は自分の叫び声で目覚める。それからも何度も何度も同じ光景が夢と現の狭間で繰り返され、おかしくなりそうだった。


翌日、私と容淑は医師に呼ばれ、診察室で説明を受けた。

「大きな病院に息子さんを転院させましょう」

「それはどういう意味ですか」私の声はかすれていた。

「息子さんは、泣くとチアノーゼの症状が見られるんです」

「チアノーゼ？」

「血液中の酸素が不足して、皮膚や粘膜が紫色になる症状です。心臓になんらかの疾患があることが原因だと考えられます。心音も気になるところがありますので」

言葉を返せなかった。先生の言葉をうまく飲み込めなかったのだ。いや、飲み込みたくなかった。

「し、ん、ぞう……」容淑はそれだけ言って、呆然としている。

「ですから、専門の病院で精密検査を受けることをおすすめします。東京女子医大に紹介状を書きますので……」

先生の言葉が遠のいていき、その先の説明は、一言も頭に入ってこなかった。

7

梨愛が十二冊目のノートを読み終えてスマートフォンを見ると午前四時すぎだった。青いインクで書かれた字は筆圧が強く、ところどころにじんでいた。紛れもなく父の筆跡だ。雰囲気からして万年筆で書かれたと思われる。

昨年父が年賀状の返事を書きながら、文字を書くと手が震えてしまう、歳はとりたくないと嘆いていたことを思い出す。日付はないが、字が乱れたり震えたりしているところは見当たらないので、これはかなり前に書き始めたものではないだろうか。

角ばった、決して読みやすいとは言えない文字で「不器用」だと自分のことを書いていたのが目に焼きついている。

ノートに書かれた父の姿には梨愛の知らない面がたくさんある。父の気難しい顔が角ばった青い字に重なり、複雑な気持ちが押し寄せる。

それにしてもなぜ、父は生前、兄や梨愛に自分の生涯を話してくれなかったのか。

これはすべて本当のことなのだろうか。

しばらく考え込んでいたが、今日は会議もあるので、二時間だけでも寝ておこうと思い、ベッドに潜りこんだ。しかし、目が冴えてしまってなかなか寝付けない。

ベッドから出て、スマートフォンを手にしてはなの部屋に行き、はなの眠るベッドに座る。

はなが布団を蹴っていたので、かけ直した。傍らで彼女の寝顔を見つめていると、母に似ているというケヒャンのことが気になった。梨愛は母に似ていると言われてきた。はなは梨愛に似ているから、はなにもケヒャンの面影があるのだろうか。

梨愛は立ち上がり、はなが大事なものを入れているバッグをクローゼットから見つけ出した。桃色のフェルトでできた小ぶりのバッグで、シルバーのビーズがハート形に縫い付けられている。昨年の誕生日に梨愛が買ってあげたものだ。

バッグからポクチュモニを取り出すと、袋の中には五百円硬貨が数枚入っていた。梨愛は、ポクチュモニを掌の上に載せ、黒い糸で刺繍された鶏の輪郭をそっとなぞった。それからポクチュモニを握り締めて胸にあてる。

父は雄鶏のように賢く、耐え、信頼される強い男になろうとしていたのか。

そのままベランダに出ると、西の空低くに下弦の月がうっすらと見えた。その月が自分に語りかけているように思えた。

もしかしたら、父は月にいて、こちらを見守っているのかもしれない。

梨愛は、月を見つめながら、いまさっき読んだノートの内容を振り返る。

密航、虚偽の名前で生きる。

朝鮮人学校の先生。

父の恋。

肉体労働、大学進学の挫折。

母との出会い、民主化運動。

父が心を寄せた大井町の祖父。

そして父とそりの合わなかったはずの容海伯父さん。

それにしても、兄が幼い頃身体が弱かったとは聞いていたが、心臓が悪かったとは知らなかった。母が兄を産む前に死産や流産を経験していたことにも驚いた。

父も母もどんなにか辛かっただろう。

仲が良かったし、女性同士なのだから、母も自分にくらいは死産や流産のことを打ち明けてくれてもよかったのにと、梨愛は寂しい気持ちになる。

ふと「故郷の春」ってどんな曲だろうと思い、スマートフォンで検索してみた。

ＹｏｕＴｕｂｅに、動画を見つけ、ＵＲＬを開いてみる。

やさしい、あたたかい曲だった。歌詞は故郷を想う気持ちで溢れている。女の子の歌声は可憐に響く。

「私の住んでいた故郷は花咲く山里
桃の花　あんずの花　赤ちゃんつつじ
色とりどりに花の宮殿　整った里
その中で遊んだことがなつかしい

花の里　新しい里　私の昔の故郷
青い草　南風が吹けば
河辺の柳が踊る里
その中で遊んだことがなつかしい」

梨愛は、ポクチュモニを握り締めながら、動画を繰り返し再生した。そして、空が明るくなって月が消えるまで、その姿を追っていた。

Ⅵ

1

リノリウムの廊下を、足を引きずるようにして病室に向かった。身体が鉛のように重い。

私はほとんど休みなく働いていた。永住権のある在日韓国人はようやく国民健康保険に加入できるようになると決まったが、運用はまだだった。鐘明の病は高度な先進医療を必要とし、高額な治療費と入院費は、いくら稼いでも追いつかなかったのだ。

いま私は、韓青の活動を通じて知り合った宇都宮の在日商工人の下でパチンコ店を手伝っていた。東京のアパートは引き払い、宇都宮の地で、住み込みで働いている。トイレ掃除から始めたが、現在はホールの責任者にまで重用されていた。

鐘明は通院や入院のため、宇都宮に暮らすのは無理だった。だから容淑と鐘明は東京に残り、大井町の容淑の実家に居候している。こちらに戻ってきたときは私も世話になる。義父には今回の手術代も借りていた。

今日は二日ほど休みをもらい、宇都宮から東京に戻った。一ヶ月ぶりに鐘明に会えるというのに、私はここから逃げ出してしまいたい気分だった。だが、さすがに明日は鐘明の手術なので、顔を見ないわけにはいかない。

鐘明の病気は、ファロー四徴症といわれる心臓の病気だった。

左右の心室を分ける心室中隔という仕切りの壁に大きな穴がある、全身へ血液を送る大動脈が左右の心室にまたがってしまっている、肺へ血液を送る肺動脈の右室の出口が肺動脈弁と一緒に狭くなる、左右の心室の圧が等しくなり右室が肥大する、という四つの特徴を持つ先天性の難病だ。

症状としては、静脈の血液が大動脈に流れ込んでしまうため、血液中の酸素が不足してチアノーゼ状態となり、息切れや呼吸困難、けいれんなどの発作がたびたび起きる。

心臓外科の領域においては最先端をいく東京女子医大病院で、鐘明は治療をうけてきた。担当医師によると、この病気には姑息手術と根治手術の二回の手術が必要だった。今回受けるのは姑息手術で、人工血管を用いてチアノーゼを改善し、肺動脈や心室の発育を促すことによって、根治手術を可能とするためのものである。

ここに来る途中に上野の松坂屋で奮発して買ったメロンを持ち直し、病室の入口で立ち止まった。入院患者の名前がプレートに黒マジックで書かれて並んでいる。「文鐘明」という文字を確かめて、病室に入っていく。

病室内は静かだった。それぞれのベッドに備えられたカーテンはほぼ閉じられている。ここには重篤な病状の子供たちが多かった。

窓際にある鐘明のベッドに近づくと、ベッドにもたれかかるように顔を伏せて座っていた容淑がこちらを向いた。眠っていたのか、すっかりやつれた頬に指のあとが赤く残っている。

容淑はうつろな瞳で私を見やると、小さく頷いた。それから掛け布団を直し、鐘明を見つめる。その目から、感情の機微を見て取ることはできなかった。

一歳半の我が息子は、柵のついた子供用ベッドの上で小さく寝息をたてていた。骨の形がわかるほど細い足首から点滴を入れている。髪はほとんど生えておらず、目がくぼみ、口元に皺まである。子供用ベッドでさえ大きく感じられるくらい小柄な身体には、幼児らしいふくよかさは一片もない。今年の正月に会った東仁の娘、美栄がふっくらとして健康そのものだったから、余計に鐘明の姿が痛々しく思えた。

私は鐘明から目をそらし、メロンを足元の床に直接置くと、窓の外に視線をやった。三月の空には雲が重くたれこめている。ビルが立ち並ぶ街の景色は灰色がかり、味気ない。

鐘明の対面にいる五歳ぐらいの男の子がベッドに座って苦しそうに喘いでいるのが、わずかに開いたカーテンの隙間から見える。母親が吸入させながら背中をさすったり軽く叩いたりしているが、なかなか治まらないようだ。

そのとき、「ここだったんだね。探しちゃったよ」と病室に入ってきた老婆が、咳をしている男の子のベッドに近寄っていった。

「あんた、ここ、朝鮮人と一緒なんだね。病室を変えてもらいなさい。ほら、この間、金嬉老事件もあったばかりだし。いや、あっちが移ってくれないかね」

容淑は老婆の声に、顔を歪めて俯いた。

私は老婆の方を見たが、彼女はこちらに背を向けていた。しかし、母親とは視線がぶつかった。母親はばつが悪そうな顔になり、老婆の裾を引っ張る。

「しーっ、お母さん」

そう言って老婆に目配せをし、慌ててカーテンを隙間なく閉めた。

金嬉老とは、ライフル銃とダイナマイトを持って人質をとり、旅館に四日間立てこもった在日韓国人の殺人犯だ。在日への蔑視と差別に反対すると声高に訴える彼の様子は連日テレビの生放送で報道された。彼は自分や在日の人々に差別的な態度をとった警官が謝罪することを要求していたが、一週間ほど前に、突入した警官に逮捕された。

知らぬ間に、歯を食いしばっていた私は、病室を出ていこうとカーテンに手をかけた。すると、「待って」と容淑も立ち上がり、鐘明のベッドの柵を上げた。鐘明はその音で一瞬びくっとしたが、目を覚ますことはなかった。

容淑は私に先立って廊下を早足で行くと、エレベーターの前に立ち、下降のボタンを押した。私と容淑はひとことも喋らなかったし、互いに目を合わせることもなかった。

昇降かごに乗り、容淑の背後に立つと、彼女の髪がかなり薄くなっているのに気づいた。つむじが割れ、そこから十円玉大の円形脱毛がはっきりと見える。

鐘明の命名をめぐって容淑と言い争いになったときのことを思い出した。

あれは、転院したばかりの東京女子医大病院で鐘明が精密検査を受けた日で、翌日までに出生届を出さなければならなかった。容淑と私の二人、新生児室の横の廊下で名前を考えた。鐘明は検査を終え、保育器に入っていた。

「鐘明（チョンミョン）、なんてどうだろう」

私はメモ用紙にボールペンで、鐘明、と漢字で書いた。

容淑はしばらく黙って考えていたが、首を振って、だめ、と言った。

「いかにも韓国人っぽい名前じゃない方がいい」

「何言っているんだ、いまさら。堂々と『文』を名乗っているのに」

「だから、これを機会に、通称名の『文山』を使いましょうよ」

「なんだってそんなこと言うんだ。隠すことなんてないじゃないか」

「私たちはいいんです。でも、心臓の病気もあるのに、さらに名前のせいであの子がいじめられたらかわいそうです」

結局、二人で相談の末、というよりは、私が意見を押し通し、鐘明、とした。だが、ショウメイではなく、かねあきと読ませることは容淑に妥協した。そもそも、ショウメイなんて中途半端な日本式読み方で登録しなきゃならないことが、気に食わない。それでも、通称名の苗字、文山を使うという提案は突っぱねた。それじゃあ意味がないと容淑に言われたが、譲らなかった。

自分もかつては通称名を使っていたが、あの頃はそれが屈辱だった。だから息子は名実ともに韓国人として育てたかった。偽名でこそこそしている自分と違い、息子に嘘はつかせたくなかったのだ。

昇降かごを一階で降りると、私と容淑は病院の外に出た。日も暮れかけており、空気が冷たく、息が白くなった。

「コーヒーが飲みたい」

容淑が言ったので、私は近くの喫茶店に彼女を連れて行った。そこにはひとりで何度か入ったことがあった。

テーブルが数卓あるのみの小さな店で、店員も中年の男性ひとりしかいない。客は私たちだけだった。端にレコードプレーヤーがあり、ＬＰ盤が回っていた。ジャンルはよくわからないが、落ち着いた調べのピアノ曲がコーヒーの馥郁とした香りとともに流れてくる。

窓際の席に着き、コーヒーを二つ頼んだ。私はハイライトの箱を取り出して、火をつける。

容淑は唇をきゅっと結んで窓の外を眺め、私は煙草をむやみに吸った。容淑は化粧もせず、髪も薄くなり、まだ三十を過ぎたばかりなのに、十は、いや、それ以上老けて見える。そんな容淑を前にして、居心地が悪くなってくる。

「砂糖二杯だよな？」

容淑はこちらを見ずに軽く頷いた。

私は吸いかけの煙草を灰皿に置き、運ばれてきたコーヒーに砂糖を入れ、スプーンでかき混ぜた。それから、ほら、とコーヒーカップを容淑の方に寄せた。

ようやく顔をこちらに向けた容淑は、いまにも泣き崩れそうなのを堪えているように見えた。左手でコーヒーカップを持ったが、その手は小刻みに震えている。薬指にあるはずの結婚指輪はない。私が失職したことを知って、容淑が指輪を質屋に入れたのだ。

「これからは、『文山』にしよう」

それだけ言うと、容淑から目をそらし、吸いさしの煙草をつかむ。短く続けざまに肺に煙を送っては吐き出し、吸殻を灰皿に強く押し付けた。

2

鐘明の手術は無事に成功したが、その後もチアノーゼの発作は時折起き、入院することも少なくなかった。体力がないことに加え、発作への懸念から、鐘明は幼稚園に入れなかった。だから鐘明には友達がほとんどいない。

それでも、小児科病棟には年齢の近い子も入院していて子供たちとの接触はあった。鐘明は四歳になると同じ病室の隆君という男の子と仲良くなった。隆君とは鐘明の退院後も互いの母親を通して手紙を出し合っていた。母親同士も親しくなったようだった。しかし、半年ほどすると隆君は亡くなってしまった。彼は白血病だった。一九七一年の正月のことだ。

容淑は鐘明に伝えないでいた。だが、けいれんの発作で再入院したことで、鐘明は隆君の死を知ってしまった。鐘明はしばらく泣き続け、容淑に「僕も死んじゃうの?」と尋ねたという。もちろん否定したが、鐘明の不安は収まらないようで、何度も容淑に質問してくるそうだ。

担当医や看護婦が大丈夫だと説明しても、幼い頃から繰り返し入院している鐘明は同室の子供たちの病状が悪化していくのを見てきたせいか、死が他人事には思えないらしい。死への恐怖は鐘明にこびりつき、不意に泣き出したりする。なかなか泣き止まずにいたことでチアノーゼの発作が誘発され、呼吸困難になることもあった。

担当医師によると、鐘明が死にいたる確率は、ゼロではない。けれども治療や手術の方法は日々目を見張るほど進化しているので、根治手術を受ければ亡くなる可能性は低いだろうということだ。

「あなたからも、大丈夫だって言ってあげてください」

容淑に請われ、今日は東京女子医大病院にひとりで来た。

私は宇都宮での二年間の生活から東京に戻り、東京女子医大病院のある河田町のすぐ近くの大久保にアパートを借りて親子三人で暮らしていた。そして、鎭河が始めた事業を手伝っている。社長は鎭河で、私は専務という肩書きで、これまでよりはだいぶ実入りがいい。鎭河はまず、浅草に大規模なパチンコ店を開業した。東仁はというと、新聞を日本語で発行し、朴政権や日本政府の朝鮮半島政策を批判する論評を金太竜の名で自ら書いていた。

すっかり見慣れた小児科病棟に入ると、談話室にパジャマ姿の子供たちが群がっていた。ここには、椅子とテーブルが置いてあり、ちょっとしたおもちゃもある。見舞い客と患者が面会できる場所だ。

大人も子供たちの周りを囲んでいる。よく見ると、中心に緑色の河童の着ぐるみを着た者や、てっぺんに房のついた揃いの帽子をかぶった若い男女がいた。彼らの指導で、子供も大人も一緒に折り紙で梅の花を作っていた。明るい笑い声があがっていて、楽しそうだ。

これは朝の子供番組の出演者とスタッフが来ているのか、と思い当たる。すぐそばにあるテレビ局から慰問団が来て、入院患者の子供たちと遊んだり、工作やお絵かきを教えてくれたりすると容淑から聞いた覚えがある。鐘明も毎回とても楽しみにしているそうだ。

鐘明がいないかと集まっている子供たちのなかを探してみるが、姿がなかったので、私は病室に急いだ。

「文山鐘明」と書かれたネームプレートを指でなぞって確かめ、病室に入っていく。

鐘明は、四人部屋の左手前のベッドで、縦にした枕に寄りかかって座っていた。白く細い腕には点滴の針がささっている。私に気づいても、血の気のない顔でだるそうに目をしばたたくだけだ。

大好きな慰問団が来ているのにここにいるのだから、だいぶ具合が悪いのだろう。貧血がひどいのかもしれない。

「辛かったら横になりなさい」

私が声をかけると、鐘明はかすかに首を振った。

「座っている方がいいの」

か細い声で、パパ一人で来たの？　ママは？　と続ける。

心臓に疾患があることで発育が悪いため、鐘明の歯並びは極端に悪い。私は鐘明から視線をそらし、ベッド脇のテーブルを見た。

「たまにはいいだろう、パパだけでも」

鐘明が使っているプラスチックのコップや子供用の歯ブラシを眺めながら言った。

そして、持ってきた桃の缶詰をテーブルの上に置く。鐘明はこれが好きなのだ。

「パパ」

鐘明に呼びかけられて顔を向けると、真剣な眼差しにぶつかった。私は思わず唾を飲み込む。

「手術、いつするの」

「そうだな、もうちょっと大きくなってからだろう」

医師からは六歳を超えて、体力がついてからにしましょうと言われていた。体重もまだ足りないらしい。

「もっと早くしたい。手術すれば死なないんでしょ。僕、死にたくない」

鐘明の声はいつになくはっきりとしていた。

まだ五歳にも満たない子が死にたくないなんて言葉を吐くとは。

私の胸は、えぐられるように痛かった。

「死ぬわけないじゃないか」つい声を荒げてしまった。

鐘明の怯えるような目を見て、はっとする。

「大丈夫だ。元気になって、小学校に行くんだ」

私は声を落として、ゆっくりと、努めて穏やかに言った。すると、鐘明の顔がぱっと明るくなった。

「小学校？　友達できるね」

微笑む鐘明を抱きしめたくなって手が伸びたが、細い身体が折れてしまいそうに思えて、手を握るだけにとどめた。

3

大統領選挙の不正を公然と行った、やりたい放題の朴正熙の強権独裁政治は在日韓国人社会にまで影響が及び、なんでもありの状態になりつつあった。

三月になって民団東京本部の団長選挙が行われたが、その際、執行部と結託した公使が、「反主流派の選挙参謀が、朝鮮総連の幹部たちと会い密談を繰り返した」と主張し、密談の内容が入った録音テープが証拠としてあると公開の席上で発表したのだ。しかし、最後までテープの具体的な内容は明らかにされなかった。要するにＫＣＩＡこと中央情報部が得意のでっちあげだった。

その年の暮れには韓国で国家非常事態宣言が布告された。さらに集会、デモ、労働者の団体行動が規制された。一方、北朝鮮でも金日成が独裁色を強めていた。民主国家からは程遠い朝鮮半島の状況に、私の胸は常にざわつき、駆り立てられるように運動に精力を傾けた。

そんななか、一九七二年七月四日、祖国統一をうたった南北共同声明が、突然に発表された。南北両政府の体制を維持したまま自分たちの手で、平和的に統一に向かおうという趣旨だ。朴正熙と金日成の思惑はどうあれ、私たちはこの南北共同声明に色めきたった。

「本当に、統一が近いのかもしれないぞ」鎭河は、意気揚々として言った。

「俺はさっそく記事を書くよ。共同声明を支持する論旨で」東仁も昂ぶった声になっている。

「本国が歩み寄っているんだから、俺たちもなにかできないだろうか」

私は腕組みをして考え込んだ。すると、ファン・ソンナムの顔が浮かんできた。霞が関で会ったとき、彼は確か、朝鮮総連の専従をしていると言っていた。

「俺たちで総連に呼びかけて、共同大会をやるのはどうだろうか」

私が言うと、二人は、それはいい、そうだ、そうするべきだ、と賛同してくれた。すぐに韓青の仲間に意向を伝えると、異議を唱えるものはほとんどなく、話が具体的になっていった。この動きは民団の反主流派にも及び、大規模な共同大会を開こうという方向に動いた。

私は韓青を代表してファン・ソンナムに連絡を取ることになった。居所を探すと、ソンナムは、総連傘下の在日本朝鮮青年同盟（朝青）にいることがすぐにわかった。

新宿のビヤホールで会った私たちは、固い抱擁を交わした。

「ムンソンセンニムとこんな形で再会できるなんて、なんて素晴らしいのでしょうか」

感動を隠すことなく表すソンナムは、霞ケ関の改札口で会ったときとあまり変わっていなかった。ただ、知的で端正な面立ちはそのままに、人を射抜くような瞳の動きは、歳を重ねてさらに鋭くなっていた。

「俺も、君に会えて嬉しい」

私たちは、ビヤホールが閉店するまで熱く語り合い、最後は長い握手をして別れた。

私は韓青を代表する実行委員のひとりとして数度ソンナムに会い、一ヶ月もしないうちに東京、大阪など全国各地で韓青と朝青による共同大会である、7・4共同声明支持集会の開催にこぎつけた。さらには民団反主流派による、総連との大々的な共同大会も実現した。

その日、東京千駄ヶ谷の体育館には何千人もの人が集まり、すさまじい熱気に包まれていた。7・4共同声明を支持する決議表明が読み上げられた瞬間、私は興奮で頭に血が上り、拳を振り上げ咆哮していた。

戦争までした南北の政府に翻弄され、いがみ合ってきた民団と総連がこうして手をとりあって、祖国統一を願うなんて、信じられないことだった。傍らにいた東仁は感動を嚙み締めるように目を閉じ、鎮河は万歳を叫びながら、両手を何度もあげさげしていた。

集会を終え、高揚した気分のままアパートに帰ると、容淑の様子がどうもおかしい。暗い顔で、言葉も少ない。

私は現実に引きもどされ、冷静になった。一歩家庭に戻れば、祖国の南北統一への願いは、夢物語のように思える。

鐘明の具合でもまた悪くなったのかと心配したが、鐘明は畳に両足を投げ出してテレビを見ており、調子が良さそうだった。

「鐘明は飯をしっかり食べたか？」

「ええ、まあ、いつも通り残しましたが……」

容淑はなにか言いたげに私の顔色を窺った。

「なんかあったのか」

「ええ……」答えにくそうに下を向いてしまう。

「鐘明のことか？」

声を潜めて訊くと、容淑は首を横に振った。

「なんだって？」

「兄さんが……兄さんの借金取りがここに来たんです」

大声が出てしまい、鐘明がこちらを向いた。

「どういうことだ？」声をふたたび落として訊いた。

「怖い人たちだったから……」

私は容淑の言葉が終わらぬうちに、箪笥の一番上の引き出しを開け、通帳とポクチュモニを取り出した。

通帳からは金がごっそりと引き出されている。慌ててポクチュモニの中を探ると、入れておいた一万円札の束はなく、空っぽだった。

「なぜ……」唇の震えが抑えられないほど腹が立ってくる。

容海は遊び人ではあったが借金までするようなことはなかったのに、このところはギャンブル狂いがひどくなっていた。そして容海の度重なる借金のおかげで、容淑の実家は傾きかけていた。もはや義父が肩代わりもできないのだろう。だからといって、私がだらしない容海の借金をかぶる筋合いはない。

ましてこの金は私が鐘明や容淑のために、汗水流してこつこつと貯めたのだ。

今後の治療や手術の費用だけでなく、いずれはもっと広くて環境のいい家に越そうと思って頑張っていたのに。

「鐘明もいたし、なにかされたら嫌だったから……あなたに連絡もとれなかったし」

「手術代はどうするんだっ」

怒鳴ると、鐘明がびくっとして、不安そうにこちらを見た。

容淑は私をまっすぐに見た。赤く充血した目から落ちる涙を拭う左手の薬指に、結婚指輪がなかった。一回目の姑息手術のあと、どうにか質屋から請け出したはずだが、どうしたのだろうか。

「指輪は？」

思わず口にすると、容淑は「奪られたんです。蓄音機も……」と涙声で答える。

「利息が足りないって言われて……」

私は気づくとポクチュモニを強く握りしめていた。

「ねえ、あなた。兄さんには世話になったじゃないですか。うちの実家にだって……だから恨まないでください」

そう言われると反論できなかった。

私はポクチュモニを手に、アパートの部屋を出た。どこにも怒りのやり場がなく、近所を歩き回ることしかできなかった。

特に行くあてもなく、三十分ほどうろうろして高田馬場の方まで来た。そこでふと思い立って早稲田大学の敷地内に入ってみた。ここに来るのは初めてだった。夏休みのためか、学生の姿はまばらで、人の声は蟬の鳴き声にかき消されている。

空いているベンチに座って一息つき、握りしめていたポクチュモニを両手で包み、まじまじと見つめた。容淑にはこのポクチュモニがオモニの手作りだとは話していない。ただ昔から持っているものだと伝えた。

ポクチュモニから視線を外すと、目の前をカップルが腕を組んで通り過ぎていった。

大学生活というのは、いったいどんなものなのだろうか。生活に追われ、大学夜間部での勉学をすぐに断念したが、やはり経験してみたかった。

私は、早稲田大学で出会い恋に落ちた東仁と慶貴の若い頃の姿を思い浮かべていた。

4

総連との共同大会を開催した私たちのグループは、民団執行部およびKCIAの出先機関ともいえる大使館から「総連と手を組んで利敵行為を働いた」と糾弾された。

まず韓青が民団から傘下団体の取り消しを通達された。続いて私たちに賛同した婦人会のメンバーのうち、役員だった慶貴が領事にホテルニュージャパンへ呼び出され、激しく問い詰められた。女性を標的にするのが実にいやらしい。けれども慶貴は最後まで「利敵行為であるという話には納得できない」と反論したというから、さすが東仁の妻、あっぱれだと思う。

逆境にあることでかえって我々は結束が強固になり、集まることが増えた。すると私たちの動きに呼応して民団東京本部、神奈川県本部の反主流派も民団を脱退し、韓青とともに、「民族統一協議会」という団体を設立した。

八月も後半で、朝夕は暑さも和らいできた頃だった。私は韓青の事務所に向かっていた。ビルには一階に東京本部、二階に婦人会、三階に韓青があったが、そこにいたのは民族統一協議会の仲間とそれに親和的な人たちだった。ここはいまや反主流派の拠点として機能していた。

領事に慶貴が呼び出されたことを心配し、いつなにがあるかわからないとして、韓青の若手が用心のためここ数日間二十四時間態勢で事務所に泊まり込んでいた。韓国では政府に抵抗した人たちがＫＣＩＡによって不当に逮捕、拘束されていて、日本だからといって安心はできなかったのだ。

「差し入れでも持っていって若いやつらを励ましてやろう」

鎭河に言われ、午後三時に待ち合わせたのだが、私の用事は早く済み、午後二時すぎには韓青の事務所に着いた。私は西瓜を二玉買って持ってきていた。

十人ほど人がいて、ある者は扇風機の前に座って居眠りし、ある者は、事務の若い女性、ナンジェの作った握り飯をほおばり、事務所の雰囲気は平穏だった。

ナンジェに西瓜を渡すと、彼女の机の上に握り飯が数個残っているのに気づき、ひとつもらってほおばった。昼を食べ損ねていたので、腹が減っていたのだ。

握り飯半分をろくに嚙まずに飲み込んだため、むせてしまった。麦茶をくれとナンジェに頼もうとしたとき、男たちの怒鳴り声とともに、悲鳴が階下から聞こえてきた。

事務所のみんなが一瞬凍りついた表情になったが、すぐに武器になりそうな物を手にして立ち上がった。私は適当なものが見つからず、とりあえず近くにあった消火器を摑んだ。

怒声は近づき、やがて鉄パイプや木刀を携えたいかにも暴力団風の輩が数人入ってきて、韓国語、日本語の混じった罵倒の言葉を吐きながら、暴れ始めた。机から棚からそこかしこを叩き、置いてあるものを投げつけ、蹴飛ばし、破壊しつくす。

韓青の連中は、消火器や木片、竹刀などを手に、暴漢たちに立ち向かっていったが、ぼこぼこにやられていた。取っ組み合っているものもいたが、守勢に回っている。私も消火器を振り回したが、背中を蹴られ倒れてしまった。

頭から血を流している者もいれば、腰をおさえてうずくまっている者、狼藉者の足に果敢にしがみついたが、足蹴にされてうめき声をあげている者もいた。端っこで震えているナンジェは顔面蒼白だ。彼女の足元に西瓜が落ちており、ぱっくりと割れて、赤い果汁が床に染み出ていた。

暴漢のなかに、あれこれ指示している大柄な男がいる。どうやら鉄パイプを振りかざしているその男がリーダーのようだ。

私は立ち上がり、鉄パイプの男の腰に背後からしがみついた。

「はなせっ、この野郎」

男は身体をゆすって振り落とそうとするが、私はくらいついて離れなかった。

「てめえっ、いいかげんにしろ」

鉄パイプで左腕を殴打され、あまりの痛さに手がゆるみ、その場に倒れた。

男は私を見下ろして踏みつけようとしたが、私の顔を認めると、その動作をぴたりと止めた。

「文山か」

そう言うと腰を折ってしゃがみ、顔を近づけてきた。

以前より凄みが増していたが、その顔には見覚えがあった。いや、見覚えがあるどころか、非常によく知っている。

「兄さん……」私は声を絞り出した。

「お前、なにやってんだ。飯粒がついてるぞ」

安川ことアン・チョルスは呆れたように言うと、私の口元から米粒をつまんで床に投げ捨て、すっと立ち上がった。

「おいっ、もう充分だろう。引き上げるぞ」

チョルスが仲間に向かって怒鳴ると、暴漢たちは姿勢を正した。

「はいっ、兄さん」

どすの利いた声が事務所内に響いた。

ふたたびこちらを向いたチョルスは、しばらく無言で私を見つめた。私も強い視線で見つめ返す。

チョルスの私を見る目に鋭さはなかった。複雑な感情が湧いてくる。

驚きと懐かしさ、怒り、そして悲しみ。

私からふっと視線を外したチョルスは、仲間を引き連れ、事務所から出ていった。

事務所近くの旅館にけが人が収容され、婦人会の面々とナンジェが手当にあたった。

私の左腕は、打撲がひどく内出血していたが、骨は折れていなかった。ほかの者たちも、緊急で病院に行かなければならないほど重傷なものはいなかった。たぶんチョルスたちは手加減していたのだ。脅すという目的だけを遂行した、いかにもやくざのやり口だった。

「おい、大丈夫か」

鎮河が血相を変えてやってきた。

「たいしたことない」私は左腕を持ち上げてみせた。

「前もこんなことがあったよな。朴正熙の軍事クーデターがあったときだ。俺たちはその場にいなかったが……」

鎮河はそう言うと、それにしても許せねえ、と毒づいた。

「今度も執行部の仕業だろうが、前よりもたちが悪い。ＫＣＩＡも背後にいるからな」

打撲した自分の腕をさすりながら言った。私は、今度のことで、自分にもひたひたと危険が迫っていることを実感していた。

鎮河は、ちくしょう、と天を仰いだ。

「南北共同声明はなんだったんだ。目くらましだったのか。こんなので統一とかありえないな」

「ああ、反共はひどくなっているし、敵にされたら容赦ない。次は脅しじゃなくて、本当にやられるかもしれないな」

アン・チョルスが鉄パイプを振り回す姿が私の脳裏(のうり)に蘇る。

だけど、と鎭河は言って、怪我をした仲間を見回した。

「俺たちは屈服なんかしない、絶対に。また暴力団が来たとしても、死ぬ気で戦う」

鎭河の勇ましい言葉に強く頷いたが、襲撃してきたのがアン・チョルスとその手下たちだということを、私はどうしても鎭河に言えなかった。


それからも鎭河と東仁にアン・チョルスのことを打ち明けられなかった。密航仲間であり、兄のように慕い、世話にもなったチョルスが、事務所を襲ってきた暴漢だと知れば、二人はかなりの衝撃を受けるだろう。

三人とも家族への手紙を、朝鮮戦争で義勇軍に参加したチョルスに託したものの、その後チョルスに会えずにいたため、家族の様子もわからず音信不通だ。鎭河と東仁の二人は家族がどうしているか知りたくてたまらないはずだ。

出会いは最悪だとしても、追いかけて行って、手紙が渡せたか、渡せたならばそれぞれの家族の様子はどうだったかぐらいはせめて聞くべきだったと後悔した。

私はチョルスのことを黙っている後ろめたさもあって、二人から距離を置きがちになっていった。すると自然と運動からも足が遠のいた。鎭河とは仕事の都合上顔を合わせることがあったが、鐘明の病気を理由に、個人的なつきあいを避けていた。

5

十一月も後半にさしかかったころ、深夜に東仁から電話がかかってきた。

三ヶ月近く会っていなかったのもあり、なにか恐ろしい事件でも起きたのかと驚いたが、東仁の声は嬉々としていた。

「明日は時間あるか？　夜七時ぐらいに」

「どうしたんだ、なにがあるんだ」

「それが……驚くなよ」

「なんだよ、もったいぶって。お前らしくないな」

「実は、金大中先生と会えるんだ」

「なんだって。金大中先生に！」

興奮のあまり大きな声になってしまった。

「どうしてだ」

隣の部屋に寝ている容淑と鐘明を意識し、声を落として訊いた。

「うちの新聞で、急遽取材ができることになったんだよ。取材のあと、お前と鎮河にも会わせたいと思って先生にうかがったら、ぜひ会おうと言ってくださった」

「なにがあっても行くよ」私は、ただちに約束した。

東仁はそれから、金大中氏と食事する予定の場所を教えてくれた。

私は受話器を置いてからも、しばらく興奮状態だった。

野党第一党の元大統領候補だった金大中氏は、反朴政権のシンボル、朴正煕の最大の政敵だ。

金大中氏は持病の股関節の痛みの治療のため、十月から日本に来ていた。そして日本で朴正煕の非常戒厳令の布告と国会の解散を知り、すぐにこれらに反対する声明文とともに亡命を発表していた。

韓国の情勢は悪化の一途をたどっていた。政党および政治活動が全面的に禁止され、現行憲法の一部停止が発表されるとともに憲法改正案が公示され、翌月には承認された。大統領の任期も四年から六年となり朴正煕大統領の独裁色は強まるばかりだった。これら一連の事態は政府自身が十月維新と名づけ、大統領の権限が強化された新憲法は、維新憲法と呼ばれた。選挙の方法も圧倒的に与党と大統領に有利な形になった。これはまさに、二度目のクーデターともいえる恐ろしい事態だったのだ。

絶望的な思いで、なすすべもなく祖国の状況を眺めていたときに、亡命した金大中氏に会えるなんて、これはなにかの啓示ではないか。

命からがら密航船で逃げてきた私が、ようやく役に立つことができるのではないか。ここ三ヶ月ほど運動から離れていたが、また戻るべきだということだろう。

私は、目が冴えたまま、朝まであぐらをかいて考えていた。

神田の寿司屋に着いたのは私が最後だった。

のれんをくぐって入ると、店はテーブル二つとカウンターだけの狭さで、大将がひとりで切り盛りしていた。

金大中氏は、奥のテーブル席に、鎮河と東仁に向かい合って座っていた。

夢を見ているのではないかと、自分の手の甲をつねってみたが、どうやら現実のようだ。

「はじめまして。お会いできて嬉しいです」

韓国語で挨拶し、遅れてすみませんと謝ると、金大中氏は片手をあげて、いいんだ、いいんだ、と言ってくれた。

生で見た金大中氏は四十代後半というが、想像していたよりも貫禄があった。だが、政治家にありがちな威圧的な雰囲気はない。民団の執行部の方がよっぽど偉そうにしているくらいだ。氏は大学教授といった教育者のような落ち着きがあり、温厚な佇まいだった。それでいて芯の強さがにじみ出ている。また、持って生まれた華があり、輝いて見えた。

私は緊張して硬くなり、つったったままでいた。

「座りなさい」金大中氏は親しげな笑みを浮かべる。

それから私たちは、金大中氏の描く今後の展望に夢中で聞き入った。これからは韓国外で政治活動を行っていく決心だという。氏はウィスキーの水割りをなめながら、自分自身にも言い聞かせているかのように、力強い言葉を吐いた。

敬愛する金大中氏の前で飲んだり食べたりするなんてとてもできず、私たちは寿司が運ばれてきても手を伸ばすことはなかった。東仁は万年筆でメモをとり、鎮河は背筋をピンと伸ばし、かしこまっていた。私は力んでしまって、時折息が止まりそうになった。

私は酒を一滴も飲んでいなかったが、金大中氏の言葉に酔いしれた。感銘を受けた。密航してきた漁船の真っ暗な船底で、嵐のあとにさしこんだ光を思い出す。あのときのように、絶望から希望を見出した。高揚と興奮で、身体が、魂が、これまでになく熱くなってくるのを感じる。

金大中氏は不正選挙がなければ大統領になり、韓国を民主化できた人物だ。彼は私たちの、韓国の、希望だ。だからこれから共に闘うのだ。いまこそ、私が日本にいることに、意味が生まれる。

私は金大中氏の力になりたい。

独裁で苦しむ韓国の同胞のためになにかしたい。

キューバ革命を成し遂げたカストロとチェ・ゲバラのように、我々もなれるのではないか。

金大中氏は共産主義者ではない。だが、朴政権にとって、敵はすべて、アカ、なのだ。

氏は、暴力だって否定している。ゆえに私たちがゲリラになり武器を持って戦うということはありえない。だとすると、具体的にはどんなことができるだろうか。

私たち三人は同じ思いを抱いていたのだろう。金大中氏の話が一段落すると、東仁が口を開いた。

「ここにいる三人、そして民族統一協議会の仲間で、金大中先生の日本での活動を全面的に支えます」

「それは本当に心強いです」

金大中氏は我々ひとりずつと、がっちり握手した。肉厚な、あたたかい掌だった。

東仁がカメラを取り出し、店の大将に渡した。

「金大中先生、私たちと一緒に写真に写っていただけませんか？」

氏は快く承諾して席を立ち、私、鎭河、東仁と並んだ。足をひきずるようにしているのが痛々しい。不可解な交通事故のため、氏は股関節を患った。あの事故は政府の策略に違いなく、奇跡的に命をとりとめたのだった。

足をひきずっていることこそが氏がくじけずに戦ってきた証のようにも思えて、目頭が熱くなってくる。私は涙を止めようと、頬にきゅっと力を込めた。

「怖い顔しないで、笑いましょうか」

大将に言われて、無理やりに笑顔を作る。

フラッシュに慣れない私や鎮河が目をつぶってしまい、何度もやり直したが、ようやく四人が正面を見ている一枚が撮れた。

それからもまた話を続けて、午後十時頃にお開きとなった。

金大中氏は帰り際、私たち三人をひとりひとり抱きしめ、肩を叩いた。すると鎮河がおいおいと泣きだした。

鎮河の様子を見て金大中氏は、うん、うんと朗らかに頷いて、鎮河の肩をさすっている。大将も東仁も微笑んでいて、私の口元も緩んだ。

タクシーを呼び、東仁が金大中氏を滞在先のホテルまで送っていった。

「あいつは言論で支える。俺は先生が日本にいるあいだの身の安全。お前は、活動資金だな」

手をつけていなかった寿司をつまみに冷酒を飲みながら、鎮河が熱にうかされたような顔で言った。まだまだ興奮が冷めていないのだろう。私も気持ちは高ぶっていたが、極度の緊張が解けて急に空腹になり、寿司を次々と口に入れた。

「任せろ」口に酢飯が入ったまま答え、飲み込んで続ける。

「金集めなら前々からの人脈がある。朴正煕には、内心憤っている人間も多いはずだ」

「すまない」鎮河が頭を下げた。

「なんで謝る?」

「病気の子がいて大変なのに、全国を回ることになる」

「気にするな。俺ひとりでやるわけじゃない、手分けするから大丈夫だ」

私は酒を飲みたい気分になった。酔って、ひととき鐘明の病気や容海の借金のことは忘れたい。

久しぶりの酒を手酌で注いで、一口ふくむ。日本酒は癖がなく、ほのかに甘かった。これなら私でもいけそうだ。

「俺、言わなきゃならないことが」

そう言って、もう一口を飲み込んだ。鎭河が、なんだ、とこちらを見て私の言葉を待っている。

「安川の兄さんに……」

私の言葉が終わらぬうちに、鎭河が、おー、安川の兄さんかー、と顔をほころばした。

「いやー、懐かしいなあ。兄さんがどうかしたのか? 居所を知っているとか?」

「ああ、うん、そうじゃなくて。ふと思い出したんだ。お前は兄さんに会いたくないか?」

「そりゃ、会いたいさ。いま頃なにをしているだろうなあ。俺の両親に手紙は届けてくれたんだろうか」

鎭河は急にしんみりとして、韓国の家族に会いたい、とこぼした。

「もう……二十五年だぞ」鎭河は指を折って数えた。

私は、そんなに経つのか、と答えて、酒を飲み干した。

やはりチョルスが暴漢だったことは言えない、自分の心にだけしまっておこうと思った。

鎮河と別れて、神田から大久保まで歩いた。コップ一杯だけの酒だったが、寝不足もあって酔っていたし、顔も火照っていたので、酔いを覚ましたかったのだ。

しばらく歩いていると、さっきから誰かにつけられているような気がした。だが、振り返ってみると、誰もいない。それからも家路に向かいながら何度も振り返ったが、やはりついてくる人影などは見当たらなかった。

きっと酔っているから月が追いかけてくるのを人間と勘違いしたのだろう。

私は空を見上げ、鮮やかな満月を見つめた。

もうすぐ、韓国に帰れるかもしれない。

金大中氏についていけばいいのだ。

私は月に向かって大きく手を振った。そうすると故郷のオモニに届くような気がして、しばらく手を振り続けていた。

6

一九七三年の元日、私は結婚してはじめて容淑の実家に行かなかった。借金のことがどうしても許せず、容海の顔を見たら殴りかかってしまいそうな気がしたからだ。鐘明と容淑だけを行かせ、年賀として義父の好きな日本酒を持たせた。

松の内が明けてすぐに鐘明の診察があり、これには私もついて行った。いよいよ今年は鐘明の二度目の手術を行うことになりそうだ。長期の入院費と高額な治療費は大きな負担だが、なんとかぎりぎり払えそうだ。いや、どんなことをしても払うしかない。

鐘明は六歳になっていた。本来ならこの四月から小学校にあがるはずだが、私たち夫婦は担当医師と相談の上、入学を一年遅らせることにした。手術もまだだったし、発作もあったからだ。なにより学校に通う体力はなさそうだった。鐘明は少し歩くとすぐに苦しくなってしゃがみ込んでしまうのだ。

根治手術は、担当医師がアメリカの学会で研究発表を終えて帰ってくる七月以降にしようということになった。

家に戻ってから、入学を遅らせることを伝えると、鐘明は引きつけを起こさんばかりに泣きじゃくった。幸い発作にはいたらなかったが、好きなテレビ番組を見ることもせず、食事を食べることもせずに、布団に入ってしくしくと泣き続けた。

私は見ていられなくなり、逃げるように家を出て韓青の事務所に行った。

金大中氏が年明け早々アメリカから日本に戻って勢力的に与党や野党の政治家に会って支援を呼びかけており、民族統一協議会の連中はみな援助のため忙しかった。

活気のある事務所に入ると、ナンジェから、はい、と電話番号が書かれたメモを渡された。

「文さん、昨日、アンっていう男の人から電話がありましたよ。ここにかけろって」

「アン？　誰だろう」

「乱暴な感じの人でした」

私は事務所から出て、近くの公衆電話に駆けていった。

ダイヤルを回すと、呼び出し音三つで相手が出た。文と名乗ると、相手は、俺だ、と応えた。やはり、アン・チョルスだった。

「今晩は暇か？　飯でも食おう。そうだな、ビフテキはどうだ。おごってやるぞ」

私は答えあぐねた。

「なに、取って食おうってわけじゃない」

チョルスは続けて店の名を言った。

指定された場所は、六本木のステーキハウスだった。多くの客が着飾っていて、外国人客もちらほらといた。シャンデリアにふかふかの絨毯、壁には大きな油絵といった趣はいかにも高級店という感じがする。こんな店には来たことがなく、安っぽい背広姿の自分が場違いで、浮いているのではないかと戸惑った。

安川の名を告げると、黒い制服に身を包んだ店員が、うやうやしく個室の席に案内してくれた。

　そこには洒落たツイード柄の上着を羽織ったチョルスと、茶色いジャケット姿の見知らぬ男が座っていた。男はかなり恰幅がよく、貫禄があった。

「久しぶりやなあ」

　私はこの男に会ったことなどない。警戒気味に頭を下げると、チョルスが、ははは、と笑った。

「わからなくて当たり前や。二十五年も経っとる」男も相好を崩す。

　チョルスは私に、ま、座れ、と促した。

「こいつは、コ・グヨンだ。生死をともにした仲間が三人集まったな。どうだ、びっくりしたか」

「本当にコ・グヨンさんですか？　信じられない……」

　目の前のグヨンは、身体が二倍ぐらいになっているので、まったく面影がない。

「こっちもあんたの顔、忘れとったよ」

　グヨンが手を差し出したので私たちはきつく握手をした。なんだか夢でも見ているようだ。

　手紙を渡したかを確かめたくて来たが、チョルスにどういう態度で接したらいいかと困惑していたので、グヨンがいてくれてよかった。これは、故郷を同じくする昔の知人、それも対馬沖で生き延びた仲間と久しぶりに再会したというだけの風情でいいのだろう。そう思うと、いくらか気が楽になった。

我々は、いつの間にか韓国語になり、密航のときの話をした。

グヨンは亡くなったキム・チュサンの名をあげて、涙ぐんだ。それから密航以降どう生きてきたかを話してくれた。

グヨンは、頼っていった京都の親戚のところで鉄屑集めなどを手伝ったそうだ。朝鮮戦争でかなり儲け、なりふり構わず働いているうちに、潤っていったという。いまは京都にいくつかのビルを持っていて、ボウリングやパチンコなど、手広く商売をしていた。かなり成功しているようで、京都の民団でも役員をしているということだった。

同胞と結婚し、子供は六人いるらしい。くれた名刺の肩書きには社長とあった。そう言われてみれば、グヨンの服は質が良さそうだ。

五年前に民団の筋からチョルスがグヨンを見つけて連絡し、再会したそうで、以来二人はときどき会っているのだという。

私のことも訊かれたので、結婚して六歳の息子がいるとだけ言った。病気のことも黙っていた。仕事はパチンコだと伝えたが、チョルスの手前、運動や民族統一協議会のことはもちろん言わなかった。鎭河や東仁の話題にもなったが、二人とも結婚して元気だということだけを伝えた。

そのうち、店員が分厚いステーキを運んできた。すると三人とも申し合わせたように韓国語で話すのを止めた。

鉄板のうえでソースと肉汁がたてるじゅうじゅうという音が個室に響き、食欲をそそる。

こんなすごい肉を鐘明にも食べさせたい。この店の高級な雰囲気を容淑にも味わわせてやりたい。そう思いながら、ステーキにナイフを入れる。

グヨンとチョルスはウィスキーを飲むばかりで、肉にあまり手をつけない。私は、ふたたび韓国語で話し始めた二人の会話に耳を傾けながら、大きめに切った肉の塊に食らいついた。だが、ろくに嚙まずに飲み込んだので、むせてしまった。

「お前は相変わらずだな。ゆっくり食え」

チョルスが笑いながら、背中を叩いてくれた。

私は水とともに肉を流し込むと、話題が途切れたのを機に、チョルスに、あの、ところで、と話しかけた。

「兄さんはなんで義勇軍に志願したんですか？　命を大事にしろ、したたかに生きろって、私たちに言っていたのに」

チョルスの機嫌がよさそうだったので、ずっと疑問に思っていたことを思い切って訊いてみた。

けれども、そこでチョルスの顔色がさっと変わった。

「おい、よく聞けよ」

凄みのある顔が鋭くなると、恐ろしい形相になる。私は気圧され、唾を飲み込んだ。

「俺の叔父貴が、アカのやつらのせいで死んだ、ってのは、お前にも話したことがあったよな？」

私は、はい、と答える。

「そのせいで爺さんと婆さんが食えなくなって、餓死したんだ。俺が行ってやれなかった時期があったからな」

私は黙っていた。グヨンも俯き加減で聞いている。

「餓死だぞ、餓死。俺は絶対にアカのやつらが許せなかった。ぶっ殺してやろうと思って戦争に行ったのさ。いまだってアカの連中を絶対に容赦しねえ」

チョルスはそう言うと、目の前のステーキをフォークで刺し、ナイフを動かして切り始めた。鉄板とナイフが擦れる音が耳に障る。

「あ、そうだった」

チョルスが手を止めて、ツイード柄の上着の内ポケットから封書を取り出し、「お前のオモニからだ」と私に差し出した。

私は一瞬固まってしまった。

オモニの手紙？　ということは、チョルスは私の手紙を渡してくれたのだ。

チョルスの顔を見ると、彼は、「ほら」と封書を振って、受け取るように促した。

私は封書を手にし、その場で開けた。

中に入っていたのは、三つに折りたたまれた白い便箋で、そこには黒いインクで書かれたハングルが並んでいる。

「サンジュ。


ごはんはちゃんと食べているか。

生きていてよかった。

お前に会いたい。

早く帰ってきておくれ。

私は、お前が帰ってくるまで死なないよ。

早く帰ってきておくれ。

ごはんをちゃんと食べるんだよ。」


涙で字が滲んでくる。指で目をこすり、もう一度読む。

オモニ、ご飯はしっかり食べているよ、と心の内で答える。

それからチョルスに顔を向けた。

「これは、いつ？　朝鮮戦争のときですか？」

チョルスは首を横に振った。

「あのときは会えなかったんだ。俺は三千浦に行かれなかったからな。それからも、俺の親戚はもういないから、三千浦に行くことはなかったんだ。だけど俺はお前たちの手紙をどうしても手放せなかった。大事にとっておいたんだ。そうしたら、どうだ。こいつ、グヨンに五年前に会ったじゃないか。グヨンは故郷に墓参りに帰ることがあるっていうんで、お前たちの手紙を家族に渡すように頼んだんだ。だから、それは四年前の手紙だ。だが、残念なことにあとの二人の家族は見つからず、住んでいるところが変わってなかったお前の実家にしか、手紙は届けられなかったってことだ」

私はグヨンの方を向いた。彼は目を細めて私の視線を受け止めた。

「オモニは、オモニは元気でしたか?」

「オモニは具合が悪そうだった。目も悪くなって、手紙も読んでもらっていた。だからそれは、あんたの弟が代筆したものだ」

私はもう一度手紙に視線を落とした。

グヨンによると、両親は、私が死んだと思って諦めたそうだ。そして、親より先に死ぬ子は親不孝だからと墓も作らず、忘れようと努力したという。

だから訪ねていって手紙を渡したら、アボジはものすごく驚いたらしい。オモニはグヨンの手を握って、ありがとう、ありがとう、と繰り返して放さず、ずっと泣いていたそうだ。

「オモニは、会いたい、会いたい、って何度も言ってた」

胸にせり上がってくるものがあって、息苦しくなってくる。私は手紙を握りしめたまま深く息を吸うと、細く長く吐き出した。

「朝鮮戦争のときの手紙だとは、とても言えなかった。仕事や妻子のことも訊かれたけど、人に頼まれて届けただけだからそこまで詳しい消息はわからないと答えたよ。そうしたら、オモニは、それは、それは、悲しそうにあんたの名前を叫んだんだ。見ていられなかった。だからつい、返事は届ける、って約束してしまった。まさかあんたと会えるとは思わなかったが、いや、渡せてよかった。本当によかった」

私はグヨンの方を見た。

「ほかの家族はどうしていましたか？」

「アボジときょうだいは元気だったよ。暮らしも悪くなさそうだった。あんたのすぐ下の弟は学校の先生らしい。それと、あんたがいなくなってから妹がひとり生まれたそうだ」

「そうですか」私は便箋を封筒にしまった。

「ああ、そうだ。去年の十月に故郷に帰ったときに、気になっていたんで、あんたんとこの近所の人に訊いたら、オモニ、最近は寝込んでばかりみたいだぞ」

グヨンは内ポケットからメモ書きを取り出し、私に渡した。

「きっとあんたからの連絡を、首を長くして待っているはずだから、電話をかけてあげるといい」

私はメモ書きに並ぶ数字を見つめた。

「お前なあ」チョルスが鋭い眼差しを私に向ける。

「電話じゃなくて、直接オモニに会いに行け」

そう言われても、私は現在韓国に行くことができない。民団執行部に、つまりは朴政権に反旗を翻しているので、パスポートを発行してもらうことができないからだ。

オモニに会いに行くということは、運動をやめるということだ。民団執行部に屈してパスポートをもらうということだ。それは、仲間を、金大中氏を裏切るということにほかならない。

チョルスは、それらすべてをわかって言っているのだ。

黙っていると、チョルスは、よく考えてみろ、と続けた。

「オモニをこれ以上心配させるんじゃない。具合も悪いっていうのに。顔を見せに行くべきだ。だいたい、お前は妻も子供もいるのに、家族を第一に考えないのか。余計なことはしないで、グヨンみたいに金をたんまり稼いで、家族に腹いっぱいビフテキを食わせてやらなきゃ」

私は言葉を返せず、ただ鉄板に残ったステーキを見つめていることしかできなかった。

「俺は気づいたら、こんな稼業をしていた。妻も子供もいないし、親もいない。俺の大事な人はみんないなくなっちまった。だが、お前は違うだろう。なあ。死んじまったら、もう会えないんだぞ」

チョルスが伏し目がちに言ったとき、奈美子のことが私の頭をかすめた。

ステーキハウスを出て、チョルスからこのあと赤坂の韓国クラブに行こうと誘われたが、断った。とてもそんな気分ではなかった。

「京都に来ることがあったら、名刺にある番号に電話をかけなはれ。わしもこっちにたまに来るさかい、今度はあの二人にも会いたいな」

別れ際、日本語の京都弁に戻ったグヨンが、ほなまた、と握手をしてきたので、私はしっかりと握り返した。

二人がチョルスの部下の運転する車に乗って行ってしまったあと、私はステーキハウスに引き返し、二人分のステーキ肉を持ち帰りで頼んだ。かなり高かったが気にしなかった。

大久保のアパートに戻り、台所で水を飲みながら、容淑に鐘明の様子を訊いた。

「布団から一日中出てきませんでした」容淑は憔悴(しょうすい)した顔でこちらを向いた。

「そうか……」

これ、と紙袋を渡すと、容淑は、なんですか、と中から取り出した包みを開け、分厚い肉片に驚いた。

「この肉、どうしたんですか」

「今日行った店のビフテキが美味かったから、そこで買ってきた」

容淑は、溜息を漏らした。

「あなた、いいご身分ですね。私はずっと鐘明をなだめていたのに、ビフテキですか」

容淑は冷蔵庫に肉をしまった。私は一瞬頭に血が上ったが、容淑のやつれた顔を前にすると、反論できなかった。

「よっぽど美味しかったんですね。また食べたくて買ってきたんですね。鐘明のことでお金がかかるっていうのに、こんな高い肉……」

私は、鐘明と容淑に食べさせたかった、という言葉が素直に言えず黙っていた。

「先に寝ます」

容淑は能面のような顔でそう言うと、台所から出ていった。

7

私はチョルスに会って以来、オモニの手紙と電話番号のメモ書き、そしてポクチュモニを懐に入れて常に持ち歩き、取り出しては悶々としていた。オモニに会いたくてたまらない。だが、金大中氏と硬く握手をして抱き合い、そばで何度も演説を聞き、鎮河や東仁とともに組織の中心になって活動している私には、民主化運動をやめるという選択肢はないのだった。命からがら逃げてきたのに、いまさら中途半端なことはできない。

それより、朴政権を倒して、なにひとつやましいところのない心持ちで故郷に帰りたかった。オモニの具合が悪いというのが気がかりだが、もうしばらく生きていてくれることを願うしかない。故郷の家に電話をすれば、私が会いに行けない理由を説明しなければならなくなる。だから電話も我慢した。

私は全国を回って、金大中氏のために活動資金をせっせと集めた。

三月になると金大中氏はまたアメリカに行き、三ヶ月ほど遊説をした後、ワシントンで「韓国民主回復統一促進国民会議」という海外反体制組織の中核をたちあげた。そして、七月にふたたび日本に戻ってきた。私たちは、金大中氏を議長として日本でも同様の組織を作る準備を始めるとともに、引き続き金大中氏の支援の中心となった。

金大中氏は居所を知られないようにしょっちゅうホテルを変えていたが、滞在費も馬鹿にならなかった。そこで、仲間のひとりが高田馬場にアパートを借り、そこを金大中氏の住居を兼ねた活動拠点とした。だが、常にＫＣＩＡの影がちらついており、たびたび尾行をされた。どうやらアパートも見張られているようだった。そしてＫＣＩＡだけでなく、日本の公安にも目をつけられているのがうかがえた。

もちろん鎮河らの警護担当は細心の注意を払っており、二十四時間態勢で屈強な韓青の若者を金大中氏のボディガードにつけていたが、ときには急遽ホテルに移動するといった対抗策を講じて尾行をまき、いつどこにいるかわからないようにしていた。

そうした状況のもと、鐘明の根治手術は、いよいよ七月三十一日に行われることになった。

根治手術は人工心肺装置を用いて心停止した状態で、心室中隔欠損の閉鎖、つまり穴をふさぎ、肺動脈狭窄の解除をして血流を正常に戻す大掛かりな開胸手術だ。輸血も必要で、血液を提供する私にも事前の検査があった。

手術の一週間前に入院した鐘明は、最初は気丈にしていたのだが、翌日はふさぎこんでしまっていた。

手術をすれば小学校に行ける、と幼いながらも自分で自分を励ましていたようだが、術前の精密検査などが始まって、やはり手術への不安が湧いてきたのだろうか。詳しい内容などは知らないはずだが、どうしたって簡単な手術でないことはわかるのだろう。

容淑は鐘明の手を握り、「欲しいものはない?」と訊いた。

「なんでも言いなさい。買ってきてやるから」私も言葉を添えた。

鐘明はちょっと考える素振りをしてから、鶴、と言った。

「鶴?」

訊き返すと、鐘明は、うん、と頷いた。

「折り紙の鶴。たくさんの。ほら、あれ」

鐘明が指差した向かいのベッドは、カーテンが開いていた。そしてそこには鐘明と同じ歳ぐらいの女の子が寝ていた。カーテンレールの端に、千羽鶴が下がっている。

「学校のお友達がくれたんだって」

鐘明は潤んだ目で私を見つめた。容淑は顔をそむけて、洟をすすっている。

私はたまらなくなって、よし、と力強く言った。

「パパが持ってくる。手術が終わったときには、鐘明のベッドにも鶴があるからな」

「うん、パパ。僕、手術がんばるよ」

笑顔になった鐘明を、容淑が抱きしめていた。


私は病室から出て売店に行き、折り紙を求めたが、置いていなかった。前日に近くのテレビ局から慰問団が来たため折り紙が売り切れてしまったらしい。販売員から折り紙は文房具屋にあると聞き、病院の外に出ようとしたら、出入り口近くのロビーで慶貴と美栄に会った。

美栄は、こんにちは、とぺこりと頭を下げた。利発そうな顔は、東仁によく似ている。二つに結んだ髪が揺れて愛らしい。

「鐘明君のお見舞いにと思って」

慶貴は黄色い花束を持っていた。それを見て、そういえば容淑はもうずいぶんと家に花を飾っていないな、と思った。

「それはすまない」

「どちらにいらっしゃるんですか?」

「ちょっと買い物に」

「よかったら私が行ってきますよ。なにを買うんですか?」

「それが……折り紙を買いたくて。文房具屋を探さないと」

「折り紙? 鐘明君、折り紙が好きなんですね」

「いや、あの、それが……」

私は慶貴に、鐘明が千羽鶴を欲しがっていること、幼稚園にも小学校にも通っていないからほとんど友達がおらず、折ってくれる人がいないこと、代わりに私と容淑が折ろうと思っていること、手術が終わって目が覚めるまでに完成させたい旨をかいつまんで話した。

「文さん、鶴、折れるんですか?」

「妻に教えてもらおうかと」

慶貴は美しい顔で私をじっと見つめ、私たちが協力します、と言った。

「美栄は折り紙が好きだし、鶴を折るのが得意なんです」

美栄に顔を向け、ね、と微笑んだ。

「うん、オモニ」

答えた美栄の歯並びはとても綺麗だった。

「文さんはお仕事もあるし、奥様は付き添いがありますでしょう。だから私に任せてください。婦人会の人たちとか、美栄の学校のお友達に声をかけて、千羽鶴を折ります。夏休みに入ったばかりだし、暇な子もいっぱいいるでしょう」

「申し訳ない」

私が恐縮して言うと、慶貴は花束を渡してきた。

「さっそく始めるので、今日はここで失礼しますね。鐘明君が喜んでくれるように、頑張らなくっちゃ。間に合うように届けないと」

それから、じゃあ行きます、と美栄の手を引いて病院から出て行った。美栄がこちらを振り返って、バイバイと手を振ったので、私も右手で応えた。

8

約十時間に及んだ手術が終わり、集中治療室に運ばれてきた鐘明は、麻酔が切れる頃になっても血圧が低いままでなかなか目を覚まさなかった。点滴を打たれ、酸素吸入マスクをつけてベッドに横たわっている姿を目にするのはあまりにも辛い。

医師からは、手術は成功したので心配しすぎないようにと言われたが、私も容淑もこのまま目覚めなかったらどうしようと不安で仕方なかった。私たちは昼夜つきっきりで看病した。

横たわる鐘明の目線に入る場所に、千羽鶴が吊るしてある。慶貴がナースステーションに届けておいてくれたものだ。それに私と容淑が折った分も付け足した。容淑は「あなたのお友達に感謝しないと」と鶴に触れては、そっと撫でていた。

色とりどりの鶴がびっしりと連なっており、これがあるおかげで白ずくめの壁や床、カーテンで殺伐として感じられるベッドまわりが明るくなっていた。美栄から鐘明への手紙ももらい、それは備え付けの引き出しにしまってある。

手術から四日経った八月四日に、鐘明はやっと目を開けた。意識があまりはっきりとしていないようだったが、千羽鶴が目に入ると、目を見開き、また目を閉じた。

翌日には容態が落ち着き、酸素吸入マスクは外された。まだまだ寝たきりだが、二日後にはだいぶ話せるようになり、一般病棟に移ることができた。

「パパ、ありがとう」

カーテンレールに吊るされた千羽鶴を眺めながら、か細い声で言った。私は、胸がいっぱいでただ頷くことしかできない。

「パパのお友達が手伝ってくれたのよ」容淑が説明した。

「パパにはお友達がたくさんいるんだね。いいなあ」

そのとき、容淑が素早く涙を拭ったのがわかった。

「パパのお友達の子供も、その子のお友達も、鶴を折ってくれたんですって」

「その子、学校に行ってるの？　いくつ？」

「うん、鐘明と同い年の女の子だ。その子からの手紙もあるぞ」

美栄の手紙を引き出しから取り出して、ほら、と言い、封筒を開けて便箋を取り出した。

そこには、たどたどしい平仮名の文字とともに色鉛筆で絵が描かれていた。二つに髪を結びスカートをはいた女の子と、髪の短い半ズボン姿の男の子が手をつないでいる。

便箋を鐘明に見せた。

「『げんきになったら、あおうね。みよんとおともだちになろうね』って書いてある」

まだ字が読めない鐘明のために、私が読み上げた。

「僕、みよんちゃんに早く会いたい」

鐘明は目を輝かせて絵を眺めていた。

夕方、公衆電話から慶貴に電話をかけ、手術が順調に済んだこととその後の経過を報告し、あらためて千羽鶴の礼を述べた。

「鐘明、すごく喜んでいた。美栄に会いたいって言ってるから、起き上がれるようになった頃にぜひ顔を見に来てやってほしい」

「ほっとしました。美栄も心配していたんで、伝えます」

「ところで……」

私は気になっていた金大中氏の動向を尋ねた。

「なにしろKCIAの尾行が執拗みたいで、今日は朴さんが先生をホテルに隠したみたいです。主人も朴さんとまめに連絡を取り合っているようです」

朴とは、鎭河のことだ。私は、自分がまったく協力できないことがもどかしかった。


回復に向かっているとほっとしていた矢先、夜から鐘明の熱があがり始め、深夜には高熱となった。私と容淑は交代で泊まっており、その晩は私が付き添っていた。私は熱でうなされる鐘明を処置する医師や看護婦の傍らで、ただおろおろとしているだけだった。

翌朝になると熱は少しだけ下がったが、鐘明はぐったりとしていて目を開けない。昼過ぎに病院に来た容淑がその様子を見て動揺しているので、事情を説明した。

「なんで私を呼んでくれなかったの」

責められて、ついいつものようにかっとなったが、今日は言い返すのを堪え、病室から出た。

談話室のテレビで、野球の試合が放映されていた。

そうだ、今日から高校野球が始まったのだったと、テレビの前の椅子に座り、見るともなしに試合を見始めた。初出場だという岐阜県代表の中京商が滋賀の伊香に大きくリードする一方的な展開だった。そのうち、鐘明の看病の疲れが出たのか、眠気が襲ってくる。

どれくらい眠っていただろうか、人の声で目が覚めた。テレビの周りに人が集まり、ざわざわとしている。

テレビ画面に近づくと、「金大中拉致される！」という字幕テロップのニュース速報が流れていた。

気が遠くなりそうなほどの衝撃だった。私は目を強くこすり、もう一度テロップを読み直す。

ホテルグランドパレスから金大中氏が忽然と姿を消したということのようだ。法治国家の日本で白昼堂々と人を拉致するなんて、正気の沙汰ではない。ＫＣＩＡの仕業だろうか？　あいつらならやりかねない。

時計を見ると、午後三時を五分ほど過ぎたところだ。

慌てて公衆電話に走り、高田馬場のアパートの番号を回したが、通話中で繋がらなかった。次に韓青の事務所にかけるがこちらもふさがっている。東京本部、婦人会と手当たり次第連絡してみるが同じだった。慶貴がいるかと東仁の家にもかけたが誰も出ない。

いてもたってもいられなくなった私はとりあえず高田馬場に行ってみるつもりで病院を出ようとした。だが、容淑になにも言わずに行くのはまずいと思い、鐘明の病室に引き返した。

鐘明は酸素マスクをつけて、苦しそうに喘いでいた。ストレッチャーが横にあり、医師と看護婦がせわしなく鐘明を取り囲んで動き回っている。容淑はベッドから少し離れた場所から青ざめた顔で様子を窺っている。

「どうしたんだ」

「呼吸困難になって……」

そこまで言うと容淑は両手で顔を覆った。

「集中治療室に運びます」

医師が私に向かって言い、鐘明はストレッチャーに移されたのだった。

私は病院に残ったが、鐘明の容態を憂慮する一方、金大中氏のことが頭から離れず、引き裂かれた気持ちのまま、じりじりと時間をやり過ごした。談話室のテレビでニュースを追い、売店で手に入れた号外の新聞で事件の概要を知った。

ホテルグランドパレスから金大中氏が姿を消し、いなくなった２２１０号室から遺留品が発見されたということ、その部屋を予約した人物は存在しなかったということがわかった。金大中氏は韓国から来た知人を２２１２号室に訪ねて話をし、部屋を出たあと、廊下で何者かにより２２１０号室に連れ込まれたところまではわかっている。

何度も公衆電話のところに行き、方々に電話をかけているうちに、深夜二時すぎにやっと高田馬場のアパートに繋がった。

鎭河は不在だったが、電話に出たまだ二十代の辛(シン)によると、金大中氏はそのときに限ってボディガードをロビーに待たせて知人に会いに行ったそうだ。

「警護の隙をつかれました。気づいたときには、先生はいなくて……」

辛は言葉を詰まらせ、黙り込んでしまった。

拉致後すぐに金大中氏の生命の危険を直感した民族統一協議会のメンバーを中心に、「金大中先生救出対策委員会」を結成したが、私はそれに加われずにいた。高熱が続く鐘明は集中治療室から出られず、私は病院に張り付いていたのだ。

それから五日後の八月十三日の午後十時三十分に、金大中氏はなんと韓国ソウルにある氏の自宅近くで解放された。ともあれ、命が無事だったことに私は心から安堵した。

金大中氏は、ホテルで拉致されると、目隠しのうえ身体を拘束され、車や船に乗せられたということだった。犯人はいまのところ不明だ。検問を一度もうけることなく国境を越えていたなんて、これは韓国政府が絡んでいるに違いないと思った。もちろん、朴正熙政権は関与を否定している。

解放されたものの金大中氏は韓国政府によって軟禁状態にあり、もはや日本に戻れるような状況ではなかった。それでも民族統一協議会の連中が中心となり、氏を議長としてたて、日本で「韓国民主回復統一促進国民会議」、韓民統を結成することが決まった。

韓民統は、今後も権力に屈することなく、朴政権打倒と韓国の民主化、および在日の生活、権益の向上のために民団を民主化することを理念とした。そして金大中氏の生命が韓国でおびやかされないように働きかけていくことを誓った。

一連の韓民統の動きとともに、十三日に発起大会が開かれることを鎭河から聞いた私は、大会にどうしても参加したかった。幸い鐘明の容体も快方に向かっている。だが容淑には言い出しにくく、急な仕事が入ったと言って、大会に出向いた。

9

「鶴、ありがとう。お手紙も」

鐘明は、美栄を前にはにかんでいた。

「手術って、こわくなかった?」

美栄に訊かれ、鐘明は、ちょっとね、と答えた。

「でも、僕、頑張ったんだよ。手術で切ったとこ、見せてあげようか?」

鐘明は、パジャマの前ボタンを外して、ガーゼが当てられている胸を見せた。

すると美栄は、すごい、と目を丸くした。

「鐘明君、本当に立派だわ」

慶貴が言うと、鐘明は得意げに、へへ、と笑ってパジャマのボタンを留めた。

それからは、鐘明が美栄に小学校の様子を訊いた。美栄は、プールの時間が楽しいこと、泳ぐのが好きで夏休みも学校のプールに通っていることなどを答えた。

「ね、ママ、僕もプールで泳いでみたい」

容淑は、そうね、と言いつつも表情を曇らせる。

検温の時間となって看護婦が来たのを機に、慶貴は、そろそろ、と鐘明とおしゃべりを続ける美栄に声をかけた。

「鐘明君が疲れちゃうから、帰りましょう」

「僕、大丈夫だよ」

鐘明は美栄と別れたくないようだ。

「退院したら、また会いましょう。鐘明君、おばちゃんの家に遊びに来てね」

「美栄のうちにリカちゃん人形あるんだよ。鐘明君、わたる君になってね」

美栄は白い歯を見せてにっこりと笑った。鐘明も嬉しそうに、うん、と応えていた。

容淑と私で、エレベーターホールまで慶貴と美栄を送っていった。

「本当にありがとうございました」容淑が深く頭を下げた。

「二週間前に韓民統の発起大会で文さんとお会いしたとき、かなり具合が悪いと聞いたので、心配していたんです。すっかりよくなられましたね」

大会のことは容淑に黙っていたので、まずい、と思った。私は容淑の顔を盗み見たが、彼女は眉をぴくりと動かしただけで、表情を変えずにいた。

「おかげさまで、来週には退院できそうだ」私は取り繕うように言った。

「それは、よかった。では、また。本当にうちに遊びにいらしてくださいね」

慶貴が挨拶を促すと、美栄は、さようなら、と礼儀正しくお辞儀をした。

二人の乗ったエレベーターの扉が閉まると、容淑が私の顔を睨むように見た。

「よっぽど運動が大事なんですね、あなたは。鐘明が大変なときに、大会に出たんですか？」

「金大中先生が危険な目にあったんだぞ。こんな局面だ、仕方ないじゃないか」

韓民統の発起大会がいかに大事か説明したいが、容淑に話してもわかるまい。

「私にも鐘明にも、金大中なんて、関係ない」

容淑の剣幕に、私は絶句してしまった。

「それと、もう二度とあの人とあの子に会いたくない。元気な子を見るのも辛いし。だから、鐘明も遊びに行かせませんからね」

ぴしゃりと言って、病室に戻っていった。

私はとてもうろたえ、むしょうに煙草が吸いたくなり、エレベーターのボタンを押した。

鐘明は九月の初めに退院した。経過は順調で、目に見えて体力がついてきており、体重も少しずつ増えている。鐘明は私に、いつ美栄に会えるかを訊いてきたが、私はそのたびに容淑の顔色を見ながら、そのうちな、と答えた。するといつの間にか鐘明も美栄のことを口にしなくなった。

その頃、金大中氏の拉致現場から駐日韓国大使館の一等書記官の指紋が検出されたと警察の捜査本部より発表された。事件は日韓関係を危うくする事態にまで発展し、マスコミも大騒ぎとなった。その結果、十一月に韓国の国務総理が来日し、田中角栄総理に朴正煕大統領の親書を手渡すことで政治決着をみた。しかしながら、事件の真相はうやむやとなっていった。

私は容淑の言葉が重く心にのしかかっていたが、韓民統には、活動資金の調達という役割で関わっていた。しかし、前ほど積極的にはなれないでいる。

それに比べ鎮河は金大中氏の警護に落ち度があったことに責任を感じているのか、韓民統の活動に非常に熱心だった。拉致当日彼は金大中氏が滞在先のホテルからタクシーで出るのを見送ったあと、高田馬場のアパートで待機していたというから、無念の思いも強く、気持ちが駆り立てられているのだろう。

東仁は、韓民統発行の機関紙で論陣を張り、さらには岩波書店の雑誌「世界」に寄稿するなど、活発な言論活動を続け、韓民統主催の研修会などで講演も行うようになっていた。しかし近頃は体調を崩しがちで、めっきり瘦せてきていた。私と鎭河は東仁に病院で検査を受けるように勧めていたが、本人はたいしたことない、と言ってきかない。

私が鎭河や東仁ほど韓民統に深く関われなかったのはほかにも理由があった。

十月の第四次中東戦争によるオイルショックのあおりを受けた容淑の実家のプラスチック工場が、年が明けてまもなく倒産したのだ。そして、倒産の影響か、義父が二月に狭心症による心臓麻痺で急死してしまった。

その頃私たち一家は鐘明の小学校入学に備えて、大久保から品川区荏原の借家に引っ越したばかりだった。二階建ての家は以前のアパートより広く、鐘明は自室ができたことを喜んでいた。

容淑の大井町の実家は抵当に入り、家と工場を手放さなければならない事態に陥った。家財道具も取られ、あのオルガンも、なくなってしまった。

しかし、容海は長男だというのに、父親の死に取り乱すばかりで、まったく役に立たなかった。はなから善処する能力もないとはいえ、情けなくて見ていられず、容海を責め立てそうになったが、義父の死に免じて我慢した。

「あなたがなんとかしてくださいよ」

義父の納骨を終えて家に帰ると、容淑に泣きつかれた。

「俺にだって金はない」

「運動の資金は集めて回ってたのに、私の実家を助けることはできないんですか？」

「それとこれとは違うだろ。だいたい、君の兄さんがだめなんじゃないかっ」憤りで、怒鳴り声になってしまう。

両親と断絶している私は、表には出さなかったが、義父を実の父親のように慕っていた。それに義父は柔和で温かい人で、話していると心がいつも穏やかになった。だから余計に義父に苦労をかけた容海が許せなかった。オルガンを手放し、テンジャンクを作ってくれる義母を困らせ、かけがえのない妻子を路頭に迷わせる容海は最低だ。

「パパ、こわいよ」

鐘明がしくしくとべそをかき始め、私は、我に返った。容淑が鐘明をなだめている。

どうにかするしかないと私は思いをめぐらせた。

誰か金を貸してくれる人はいないだろうか。

棚の引き出しを開けて、もらった名刺を取り出し、確かめていく。

ひとりひとりの顔を思い浮かべては、無理そうだ、可能性はある、と名刺を二つに分けているうちに、コ・グヨンの名刺に行き当たった。羽振りの良さそうだったグヨンの姿が蘇る。

私はすぐさまグヨンに電話をかけた。

約束の時間に赤坂の韓国クラブに行くと、そこには綺麗に化粧をして華やかなチマチョゴリを着た派手なホステスがたくさんいた。韓国クラブは初めてだが、きらびやかでめまいがしそうになる。ホステスが客に酒をつぎ、嬌声をあげている様子を見ていると、オイルショックは幻で、実は景気が良いのではないかと錯覚しそうだ。

店内は緑や赤などの色鮮やかな壁紙に、金メッキの絢爛な装飾が施され、豪華な作りになっていた。王宮をイメージしたのか、赤くて太い柱や大理石の龍や獅子があって、民族調の雰囲気を醸し出している。交わされる会話はすべて韓国語で、ここが日本ではないかのように思えてくる。

「おう、こっち、こっち」

手を振っているのは、グヨンだった。両隣にホステスがいる。

昨晩グヨンに電話をすると、快く金を貸すと言ってくれた。

「対馬で、まっ裸になって生き延びた仲間やろ。助けへんわけにはいかへん」

その言葉を聞いて、私は電話に向かって何度も頭を下げていた。

「ちょうど用事もあるし、明日東京に行く。午後には銀行に行けるさかい、そうやな、夜に会おう」

そしてこの店をグヨンに指定されたのだった。

ホステスを挟んでグヨンの隣の席に着くと、甘い香水の匂いでむせそうになる。

「どうぞ」

水割りを作ってくれたので、とりあえず受け取ったが、真っ赤な口紅が目に入り、ウィスキーをこぼしそうになってしまう。

「君たち、ちょっと席を外してくれ」

グヨンが人払いを告げると、二人のホステスは立ち上がり、チマの裾を持って去っていった。

「こういうところは苦手で。酒も弱いものだから」私は、グラスをテーブルに置いた。

「ずいぶん堅物なんだな」

グヨンは内ポケットに手を入れ、白い封筒を取り出した。

「小切手が入っている」

そう言って私に差し出した。

私は封筒を受け取ると、自分もポケットから茶封筒を出してグヨンに渡した。

「借用書です」

グヨンは封筒の中身をざっと確かめると、内ポケットにしまい、さあ、とグラスを持った。

「これで野暮用は終わりだ。乾杯」

私たちがグラスを合わせると、近寄ってきた男がいた。

「俺も仲間に入れろ」

チョルスだった。

私が怪訝な顔をしたのを見逃さず、チョルスは、豪快に笑った。

「どうだ、驚いただろう」

「どうして」

「ここは、俺の店だからさ」

なるほどそういうことかと納得した。

「また三人で集まるのもいいかと思って」グヨンも鷹揚に微笑んだ。

私の隣に座ったチョルスが、お前に教えておきたいことがあるから今日は顔を出したんだ、と言ってきた。

「ところでお前は、オモニに電話をかけたか？」

私は返答に詰まり黙っていた。

「まさか、かけていないのか。会いにいかないのか。なにやってんだ」

「いろいろあって」

チョルスは、ばかやろう、と大声で言ったあと、顔を近づけてきて、いいか、と声を潜めた。

「あそこのテーブルをさりげなく見てみろ」

顎で指した先には、背広姿の中年男がホステスひとりをはべらせて飲んでいた。こちらからはだいぶ離れた席で、横を向いているので顔はよく見えない。

「あいつは、大使館のやつだ。お前を尾行してきた」

え、と私はもう一度その男に視線をやる。

「つまり、ＫＣＩＡってことですか」

チョルスの耳元で、口元に手を当ててごく小さな声で訊くと、チョルスは黙って頷いた。

私の背筋に冷たいものが走る。もう一度目を凝らして背広姿の男を見ると、銀縁眼鏡をかけて四角い顔をしていた。

「それからな」

チョルスは息を継いで、聞こえるか聞こえないかぐらいの声でさらに言った。

「俺は、あいつらから金大中を殺すように頼まれたんだ」

「まさか……冗談を」

私はチョルスの顔を見たが、彼の表情は真剣そのものだった。

「さすがにそんな大物をやるのはやばいから、断ったさ。そうしたら、自分たちで手を下しやがった。運良く金大中は殺されずにすんだが、お前が思っている以上に、あいつらは恐ろしい連中だ」

チョルスはウィスキーを一口飲むと、だから、と続けた。

「馬鹿なことはやめるんだ。逆らわなきゃ、痛い目にあうこともないんだ。やつらの仲間はどこにでもいる。たとえば、ホステスのなかにもな」

私は店内をぐるりと見回した。たくさんのホステスが客を接待している。一見すると楽しく飲んでいるだけのようだが、どれくらいの客が諜報活動の的になっているのだろうか。

ひとり、見覚えのある男を見つけた。私たちから二つほど隔てたテーブルで、ひときわホステスと盛り上がっている。

朴泰九だ。あの軽薄な感じは変わっていない。しかし彼は朝鮮総連に近いグループを作り、韓青を去ったはずだ。それなのになぜこの店にいるのだろう。

「知り合いか？」

私が朴泰九を見ているのに気づいたチョルスが訊いてきた。

「いえ、別に」

「あいつは常連だ。あの女に夢中なんだよ。確かあいつも前は民団と敵対してたが、いまではすっかり俺たちの仲間だ」

私はふたたび朴泰九の方を見た。彼はこちらにまったく気付いておらず、しまりのない顔でホステスとはしゃいでいる。

とにかく、とチョルスは私を見据えた。

「悪いことは言わない。すぐにでも活動をやめるんだ。そうすればオモニにも堂々と会いにいけるだろう」

痛いところをつかれ、答えられないでいると、俺、韓国に近々行くから、とそれまで黙っていたグヨンが助け舟を出してくれた。

「また三千浦に行くから、オモニの様子を見てきて、連絡するよ」

私は、お願いします、とグヨンに深々と頭を下げた。

Ⅶ

1

四月、鐘明は晴れて小学校に入学した。

痩せた身体にはランドセルがいやに大きく見えるものの、その姿は私の目に眩しく映った。

最初は大事をとって体育の授業を見学していたが、夏前には、激しい運動以外は参加できるようになった。友達もでき、毎日楽しそうに通学しており、ほっとしている。容淑が目に見えて明るくなったのも嬉しかった。

しかし、あんなにプールに入りたがっていたのに、鐘明は水泳の授業に参加しようとしなかった。先生が水に浸かるだけでもいいと言ってくれても、かたくなに拒んだ。それだけでなく、私が夏休みに海やプールに行こうと提案しても嫌がった。

容淑によれば、鐘明は胸の手術跡を気にして水着になろうとしないとのことだった。学校で健康診断の際、上半身裸になったとき、友達に歯並びが悪いことと手術跡を結びつけられ「フランケンシュタインみたい」とからかわれたことが原因らしい。その日は泣きはらした目で家に帰ってきたという。その話を聞いてから、私は鐘明を海やプールに二度と誘わなかった。

　鐘明はいまでも経過観察のために通院している。相変わらず身体は弱く風邪もよく引き熱を出すが、手術の予後は良好だった。病が快方に向かってくると、容淑も私が韓民統に関わることにあまりうるさく言わなくなった。

　八月十五日、光復節の行事の際に、在日韓国人の文世光（ムンセグァン）が朴正熙大統領を狙撃するという事件が起きた。大統領は無事だったが、これにより夫人の陸英修（ユクヨンス）が死亡した。

　韓民統に疑いの目が向けられたが、文世光は、韓民統とは接点のない男で、謎に包まれた存在だった。犯行に使われた拳銃は大阪の交番から盗まれたものだということにも驚いた。事件以来、私たちはさまざまに飛び交う情報に踊らされた。

　私は鎮河とともに、東仁に会いに行った。言論活動をしている東仁は情報を収集するいくつかのつてがあるので、事態を把握するには彼に訊くのが最良だと思ったのだ。

　訪ねてみると、東仁はさらに痩せ、顔色もますます悪く、咳を頻繁にするのが気になった。

「こんどの事件には総連が絡んでいるという噂もあるが、よくわからない」

　東仁の言葉に、鎮河は、なるほど、と応えて続けた。

「ほら、覚えてるか、韓青をやめた崔進山。あいつ、総連に取り込まれて、北を訪問までしたらしい。向こうで女もあてがわれて、ずぶずぶみたいだ。いまじゃ、しょっちゅう北に行ってるらしいぞ」

鎮河は、両手の掌を上に向けて、肩をすぼめた。

ホステスといちゃついていた朴泰九の姿が思い浮かぶ。方向は違えども、ふたりは女を餌にされてなびいたのか。

「韓民統のなかにも、総連のシンパはいるようだ。辛なんかも、危ない」鎮河はさらに言った。

「どういうことだ」

私は驚いて尋ねた。辛は、金大中事件の日、事情を説明してくれた生真面目な青年だ。

「辛は、総連の人間としょっちゅう会っているって噂だ。あいつ、朝青との共同大会で出会った女に惚れちゃって、ついこの間、結婚したんだ。嫁からかなり影響を受けている」

そう言われてみれば、私のところにもファン・ソンナムからときどき連絡があって、熱心に会おうと言われるが、鐘明の入院手術やその他もろもろ忙しくてタイミングが合わず、共同大会以降はソンナムと会えていない。あの誘いはひょっとして自分たちの方へ取り込もうということなのか。

私としてはかつての教え子だし、ソンナムには並々ならぬ親しみを感じていた。それだけに、もし彼が私を調略しようとしているのだとしたらがっかりだ。そうでないと信じたい。純粋に祖国統一のために手を携えるのならまだしも、調略なんてもってのほかだ。勢力争いや足の引っ張り合いは、まったく意味がない。在日同士でいがみ合うなんて愚かすぎる。

鎮河が頭を左右に大きく振った。

「総連の連中も俺たちも、統一したいって気持ちは同じだ。しかし、金日成、あれだって独裁だ。おかしいだろう。全体主義じゃないか。だが、あいつらはそれをまったく批判することはしない。それに、帰還事業で北に渡った人たちが、ひどい暮らしをしてるって話もある。理想の楽園だってさんざん言ってたくせに、詐欺だよな……。だから俺らが総連に行くってことはないな。とにかく先に韓国を民主化するしかない」

私は鎮河の言葉に強く頷いた。

東仁が在日の世界も、と言った。

「魑魅魍魎（ちみもうりょう）だな。今度の事件だって、日本の公安が関係してるとか、アメリカがかんでるって話もある。朴政権の自作自演だとか、北の仕業だとか、とにかくはっきりしたことはわからない」

「まったくもう、誰を、なにを、信じていいかわからないな」

私が呟くと、二人とも黙って考え込んでしまい、東仁の空咳だけがむやみに響いた。

一年が過ぎ、私はオモニのことを心配しながらも、それまでと同じように活動を続けていた。

韓国では五月に反政府運動の禁止を厳命した大統領緊急措置令が発布され、もはや恐怖政治のようになっていた。

十月も半ば、月がやけに明るい晩だった。早朝から外出して一日中業者や人と会って疲れきった私は、珍しく午後十一時には自宅に帰り、すぐに布団に入ろうとした。

すると容淑が、話がある、と神妙な顔で言った。

「明日じゃだめなのか」

「あなた、いつも忙しくて話す時間がないですから」

「なんだ、早く言え」

私は着替えようとシャツのボタンを外し始める。

「鐘明が……」

「鐘明がどうしたんだ？　具合が悪いのか？」

「いえ、そうじゃなくて」

「学校でなにかあったのか」

容淑は首を振ったあと、小さく息を吸った。

「鐘明が、お兄ちゃんになるんです」

「もう九歳だからじゅうぶんお兄ちゃんだろう」

私はそう言ってから、はっと気づいた。

「もしかして、できたのか?」

容淑は、こくんと頷き、三ヶ月ですって、と答えた。恥ずかしいのか、私と目を合わせようとしない。

「三ヶ月ということは、いつ生まれるんだ」

「来年の五月です」

「そうか」

それ以上言葉が出てこなかった。だいぶ間があいてまた子供が生まれるなんて、現実味がない。

「あんまり嬉しくなさそうですね」

「いや、その」

嬉しいのはもちろんだが、これまでのことを考えると、不安も同じくらい大きい。しかも容淑は出産時には三十八になっている。高齢出産ではないか。

容淑は唇を噛んでから、それで、と続けた。

「お願いがあるんです」

「なんだ」

「お腹の子のためにも、もう韓民統での活動はやめてください。国にたてつかないでください。あなたになにかあったら心配です。私たち、路頭に迷ってしまいます」

容淑は、お願いします、と切羽詰まった顔で懇願する。

「急に言われても、そう簡単にやめられるか」

口に出た言葉と違って、私の心は揺れた。会話はそれ以上続かず、かといってその場を離れることもできず、二人とも互いの顔を見ないようにしながら向き合って座っていた。

頃合いよく電話が鳴って、気詰まりな状況から脱することができた。

受話器を取ると、国際電話の交換手が出て、韓国から繋ぎます、と言った。

夜分遅くに韓国からかかってくる理由がわからず、混乱した頭のまま、受話器のむこうに意識を集中させた。

すぐに韓国語で、もしもし、と聞こえてくる。だが、聞き覚えのない声なので、警戒して答えずにいた。

「もしもし、サンジュ兄さんですか？　私です。弟のホンジュです」

「ホンジュ……」

驚きのあまり、言葉が続かない。

「コ・グヨンさんから電話番号を教えてもらいました」

そういえばグヨンに渡した借用書には自宅の住所と電話番号を書いた。

「兄さん、オモニは入院しています。もう長くないでしょう。オモニはずっと兄さんに会いたがっていました。だから、すぐに……」

力が抜け、受話器が手から滑り落ちそうになり、ホンジュの言葉がよく聞き取れなくなった。

2

飛行機の窓から見下ろすと、蒼く広大な海が広がっていた。

小さな漁船でこの海を渡ったのはもう二十八年も前だ。あのときは、もっと早く故郷に帰れると信じていた。かりそめに日本に逃げて、落ち着いたらすぐに戻るつもりだった。

それが、こんな形で一時帰国することになるとは。

祖国に戻るのだから少しは感慨深いのかと思ったが、嬉しさもなければ感動もない。生まれて初めて飛行機に乗った緊張とともに、重苦しさが私の心を覆っていた。

私はパスポートを開いた。

文　徳允。

この偽名で祖国の土を踏むしかないのか。誕生日からなにからでたらめなのに。

パスポートを閉じ、ポクチュモニをポケットから取り出して握りしめ、目をつぶった。

ホンジュから電話があった晩のことを思い返す。

私は国際電話を切ると、ただちにチョルスに電話をかけた。

「パスポートが欲しいんです。韓国に行きたいんです」

そしてオモニのことをチョルスに説明した。

「やっと決心がついたな。わかった。まかせろ。明日の夜にまたこっちから連絡する」

チョルスとの電話を終えると、容淑が不安そうにこちらを見ていた。

「大丈夫なんですか？　あなた、韓国に行ってつかまったりしませんか？」

「それは心配ないと思う……たぶん……」

「お義母さん、具合が悪いんですね。いままでまったく音信がなかったから驚きました。私も行かないといけませんね」

「いや、君は身重なんだから、行かなくていい」

それだけでなく、一緒に行くと偽名のこともばれるし、いろいろと都合が悪いのだ。

数日後、チョルスにイム・ヒョクモという大使館員を紹介され、彼がパスポートを発行する便宜を図ってくれた。イム・ヒョクモは赤坂の韓国クラブにいた、私を尾行していたらしき男だった。四角い顔に一重瞼の目が眼鏡でいっそう細く見えるのは、韓国人にありがちな風貌だが、決して笑わない瞳が切れ者という印象を与える。

「もう二度と韓民統のような組織の活動はしないと約束して、一筆書いてください」

私は受け入れるしかなく、うなだれて、はい、と答えた。

「金輪際、仲間とも付き合わないでください。それと、これまでのことは誰にも口外しないことです。いいですね？」

　仲間と付き合うなということは鎭河と東仁にも会うなということか。彼らはずっと苦楽をともにしてきたかけがえのない存在なのだ。鎭河と東仁と過ごした日々が走馬灯のように瞼の奥に蘇り、返事をためらった。

「できないのなら、パスポートは渡せませんね」

　イム・ヒョクモを見ると、苛立っているのか、銀縁眼鏡のつるを指で挟んで上下させていた。

　記憶の底から掘り起こしたオモニの顔が、私の頭に浮かぶ。苦しみに歪んだ表情をしている。

「あなたには特別にパスポートを出すのに、いいんですか？」

　念を押すように凝視され、わかりました、と答えるしかなかった。

　顔を見たら気持ちがくじけそうなのを承知していたうえに時間もなかった私は、鎭河と東仁に会うこともせず、慌ててそれぞれに手紙を書いて投函してきた。

　チョルスが暴漢だったことからこれまでのいきさつ、オモニの病気のことをあますことなく正直に記し、韓民統、つまり民主化運動から抜けると書き、言葉を尽くして謝った。鎭河には一緒にやってきた仕事を辞めざるをえないことを詫びた。そして密航からいまに至るまでの日々、そばにいてくれたことを深く感謝した。東仁には、対馬沖で命を救ってくれたことにあらためて礼を言った。

大韓航空機で降りたったのは、釜山の空港だった。

韓国語が飛び交っていて、ここは日本じゃない、祖国だとはわかるのだが、胸が躍るような気持ちとか、懐かしさはない。そもそも私は釜山に来たことがなかった。というより、韓国では故郷の三千浦から外に出たことがなかったのだ。

空港は殺伐とした空気に支配されていた。入国審査の係員は態度が尊大なうえに長々と質問してきて不愉快だった。税関では荷物を隅から隅まで調べられ、肝を冷やした。いくら大使館員からパスポートを出してもらったとはいえ、身分を偽っていることに変わりはない。もしかして捕まってしまうのではないかと心配したが、幸いなにもなかった。

空港ロビーに出ると、制服姿の軍人が数人整列して私の前を通り過ぎて行った。ものものしい雰囲気に、行き交うひとびとの顔色さえも暗く見えて、私の心は沈みきっていく。

「サンジュ兄さん」

振り向くと、私とそっくりな顔の色黒の男がいた。電話をくれたすぐ下の弟ホンジュだ。私が密航したときはまだ中学生だった。

私はホンジュに抱きついた。声も涙も出なかったが、心の中で号泣していた。

「無事に帰って来ましたね」

ホンジュは私の背中をいたわるようにさすってくれた。

それからタクシーで、空港から釜山市内の病院に向かった。

病室の前の廊下には、家族一同が勢ぞろいしていたが、そこにも懐かしさはなかった。ホンジュ以外のきょうだいは私と別れたときみな幼かった。だからこうして再会しても、見知らぬ人と変わらない。私が去ってから生まれた妹のドゴクや、甥や姪は文字通り初対面だ。

私はよそよそしく彼らと言葉を交わした。特にドゴクの私に対する態度はふてぶてしく、視線は鋭かった。まるでなにかを責められているかのように感じた。

テジュ兄さんがいなかったのでホンジュに尋ねると、兄さんは朝鮮戦争で亡くなったということだった。だから実質ホンジュが長男としての務めを果たしてきたのだそうだ。

白いあごひげを伸ばし、韓服姿で背中を曲げて黙然と廊下の椅子に座っている老人がアボジのようだ。アボジは私よりもさらに一回り身体が小さい。短い頭髪はすべて白く、細い目が深い皺に埋もれてしまっている。

私は、その老いぼれた姿に衝撃を受けた。これが約三十年の歳月の重みだろうか。

アボジは私を認めると、おお、と声を漏らし、近づいてきた。

「生きていたな」

それだけ言うと、掌で私の肩を何度も何度も叩き、下を向いて嗚咽をこらえた。アボジを見て、私は厚いかさぶたをはがされるような痛みを感じていた。

ホンジュに伴われて個室に入ると、オモニはベッドの上で酸素マスクをつけ、目を閉じて横たわっていた。点滴を打たれ、傍らには、心拍を表すモニターが置かれている。鐘明の病室で見慣れていたものだ。

痩せこけてさらに小さくなり、変わり果てたオモニを見て、私の胸は張り裂けそうだった。悲しくて、身体が引きちぎられるようだ。

それでも、いくつものしみと皺を差し引き、白髪を黒髪に戻すと、まぎれもなく愛しいオモニだった。

「意識が混濁してます」

ホンジュは私に言ったのち、オモニの耳元に顔を寄せた。

「オモニが会いたがってた、サンジュ兄さんですよ」

はっきりと大きな声で語りかけたが、オモニの様子に変化はない。

私はオモニの掌を握った。

「サンジュです。オモニに会うために、帰ってきました」

涙を堪えながら声を絞り出すと、かすかに、オモニの手に力が入ったような気がした。

「オモニ、わかりますか？　私は、サンジュです。心配かけてごめんなさい」

掌をさらに強く握って呼びかけると、オモニがまぶたをわずかに動かした。

「オモニっ！　オモニっ！」

私は、ほとんど叫ぶように呼びかけた。

するとオモニの目から涙がこぼれ、目尻の皺をつたった。

二日間付き添ったが、オモニが意識を取り戻すことはなく、私は後ろ髪をひかれる思いで日本に戻るために空港に向かった。見送りには、ホンジュとともにドゴクも来てくれた。彼女は車中、憮然としていたが、いよいよ搭乗という折に、私に近づいてきた。

「兄さん」切羽詰まった表情で、ささやくように続ける。

「私たちきょうだいは、兄さんのせいで出世できなかったり、行きたい学校に入れなかったりしたんです。兄さんの本籍地が北韓にあるって言われて、私たち家族は監視されてきたんです」

ドゴクは私の耳元で一気に言うと、踵を返して離れていった。

それからというもの、機内でも、家に戻ってからも、道を歩いていても、新しい職場で仕事をしていても、ドゴクの言葉が頭から離れることはなかった。

「朴永玉さんから、昨日、何度も電話がありましたよ。すごく焦って取り乱している様子でした」

朴永玉とは鎮河の偽名だ。きっと私の手紙が届いたに違いないと思うと胸が疼いた。容淑には詳しく説明していないが、彼女も察するところがあるのか、私が黙っていると、それ以上なにも言わなかった。

そこで電話が鳴り、私たちは顔を見合わせた。

「もし、また朴だったら、いないって言ってくれ」

容淑は頷いて受話器をとった。案の定、鎮河のようで、私に目配せをし、不在だと告げた。だが、その後、え、と受話器を耳にあて直した。顔が青ざめていき、受話器を離して私に差し出す。

「かわった。俺だ……」そのあと咳払いをした。

「あいつが、あいつが……東仁が捕まった」

「なんだと？　どういうことだ」

鎮河によると、東仁は密航のかどで、入国管理局によって韓国に強制送還されたということだった。

「いまごろになっておかしいじゃないか」

「あいつは、新聞や雑誌でいろいろ書いていたから、目立っていたし、影響力も大きい。あいつの文章を韓国で密かに読んでいる人たちもいた。だから、特に危険視されていたんだ。ＫＣＩＡの策略だよ。狙われたんだ」

「でも、なんでわかったんだろう、密航のこと」

「お前、俺に出した手紙、東仁にも出したか？」

「あっ」

私は度を失うほどうろたえ、受話器を持ったまま畳に座り込んだ。

「郵便が調べられたんだろう。盗聴だってあったんじゃないか」

息苦しくなってくる。

「慶貴と美栄は……」やっとのことでそれだけ訊いた。

「気丈に振舞ってるよ。美栄には、父親はしばらく遠くに仕事に行っているって話しているようだ」

二人のもとに駆けつけたいが、私にそんな資格などないだろう。

「またなにかわかったら、知らせてくれ」

そう言うのが精一杯だった。


翌十一月になると、韓国に留学していた二十名近い在日韓国人の学生が、国家保安法違反でＫＣＩＡに逮捕される「学園浸透スパイ団事件」が起きた。

鎭河によると、東仁も国家保安法違反の罪で逮捕され身柄を拘束されたそうだ。

拷問などされていないだろうか、体調が芳しくないのに無事でいられるのだろうかと、東仁のことを考えない日はなかった。

時を同じくして、オモニが亡くなったという知らせがホンジュから届いた。すぐに飛んでいこうとすると、容淑に頑として反対された。

「いま韓国に行くなんて、自殺行為です」

「でも、俺はもう運動をやめているし、この間は大丈夫だった」

「前回は幸運だっただけです。捕まった在日の学生たちだって、身に覚えがないらしいじゃないですか。金太竜さんのこともあるし。当局を信用はできません。お義母さんには気の毒だけど、あなた、どうか、我慢してください。鐘明やお腹の子のために」

容淑の言うとおりだ。どんな濡れ衣を着せられるかわからない。ましてや私は脛に傷を持つ身だ。

私はオモニの葬式に行くことを諦めた。母親が死んだのに駆けつけないなんて、あまりにも親不孝で、自分が許せないが、どうしようもなかった。

その日の夜、鐘明と容淑が寝静まった頃に、私は雨の中、傘を持たずに、ポクチュモニとオモニの手紙を胸元に入れて外に出た。

「雄鶏のように、賢く、耐え、信頼される強い男になるんだよ」ポクチュモニに刺繍の針をさしながら言ったオモニの姿が目に浮かぶ。

歩いているうちに、涙がとめどなく溢れ出てきて、顔に打ちつける雨粒と混じり合った。オモニ、オモニ、と叫んでも、その声は雨音にかき消される。

私は思い切り声をあげて泣いた。そして、拳で自分の胸元を強く叩き続けたのだった。

一九七六年五月、容淑は臨月になっていた。

今回の妊娠は特にトラブルもなく、順調だった。鐘明もきょうだいができるのをいまかいまかと心待ちにしている。

私は東急線沿線の武蔵小山の駅前に土地を見つけた。しかし、どこの金融機関も韓国人の私には融資をしてくれなかった。困り果てた私は、コ・グヨンに紹介してもらい、民団系の金融機関から融資を受けた。そして、自分のパチンコ店を始めた。それもこれも、運動をやめたから可能になったことだが、東仁のことを思うと、自分の卑小さに耐え難い思いになる。

これまでは韓国を民主化するという大きな使命のために生きてきたから、どんな仕事に就いていても気にならなかった。しかし、運動をやめると、生きていく目的は、働いて、ただ家族を養うことだけになった。すると、パチンコ屋という商売に腰を据えて取り組むことに躊躇を感じ始めた。本当はもっと立派な仕事に就きたい。だが、それは贅沢な思い上がりだ。韓国人の私には選択肢がないのだから、日本人が蔑んでやらない商売に手を出すしかない。それに、私には、ほかの商売の経験がない。

なにより、身重の妻と病弱な息子を食べさせなければならない。生まれてくる子供に不自由な思いをさせるわけにはいかない。

私は運動に傾けていたエネルギーを持て余し、やめたことへのもどかしさを抱えていた。

そんな折、容淑の実家で祭祀が行われた。

並べる料理も、お辞儀のやり方も、なにもかもがいい加減で、そしてそれは義父を、祖国をないがしろにする行為として私の目に映った。

「なんだ、これは」

私が怒鳴ると、甥っ子たちも鐘明も身をすくめた。義母は涙ぐんで俯いている。容海にいたっては、おどおどと目が泳ぎ、まるで笑っているかのようで、それがさらに私の神経を逆なでした。

容淑だけが、あなた怒鳴らないで、と私をなだめるが、まるで私ひとりが悪者であるかのような態度もかえって私の怒りに拍車をかけるのだった。

家に戻ってからも険悪な空気は拭えず、私と容淑は会話を断っていた。

張り詰めた空気のなか、突然、容淑が腹を押さえてうずくまった。

「ママ、どうしたの？」

鐘明が不安そうに容淑の顔を覗き込んでいる。

「陣痛が……陣痛が来てるって、パパに伝えて、鐘明」

たいして広くもない居間に一緒にいるので聞こえているのだが、容淑はわざと鐘明に伝言させている。緊急事態だというのに、この期におよんでいったいなにをやっているのか。私も頑固だが、容淑もたいがいの意地っ張りだ。

鐘明がもの言いたげにこちらを見たので、私は大急ぎでタクシーを呼んだ。

それから三時間の陣痛の末、容淑は三千グラムを超えるまるまると太った女の子を無事に産んだ。

おくるみに包まれた、湯気でも出そうな生まれたての娘を抱いた私は、感じたことのないような甘い思いで満たされていく。

愛おしくて、たまらない。

鐘明もしきりにかわいい、かわいい、と繰り返していた。

私たち夫婦は、娘を梨愛と名づけた。オモニの名前、梨蘭から梨の一字をもらった。愛という字の方は、容淑が選んだ。


その後、一週間で容淑と梨愛は退院した。家族が増え、がぜん家の中はにぎやかになる。

退院祝いだからと寿司の出前を注文すると、十五分もしないうちに玄関のチャイムが鳴った。

ずいぶん早いと思いつつ、私は玄関の扉を開けた。すると、目の前にいたのは、寿司屋ではなく、鎮河だった。私は後ろめたさで、まともに顔を見られなかった。

「知らせたいことがあって」鎮河の言葉はそれだけだった。

一瞬ためらったが、いくらなんでも鎮河を門前払い出来るはずもなかった。それに、訪ねてきたなんて、よほど重大なことに違いない。

「上がれよ」

鎮河を居間に通すと、容淑が顔をしかめた。だが、すぐに、こんにちは、と笑みを口元に貼り付けた。

こんにちは、と返した鎮河は、ベビーベッドのなかの梨愛を見て、いや、知らなかった、と恐縮した。

「祝いを持ってきてぃない」

「来てくれただけで、祝いになるさ。それより、知らせたいことって？」

「あ、いや、あとでぃい」

鎮河が口ごもったとき、また玄関のチャイムが鳴った。

「今日は寿司なんだ。お前も食っていけよ」

鎮河に言ってから、玄関に行き、ふたたび扉を開いた。

「ご無沙汰しています」

花束を抱え、韓国語で言ったのは、大使館員のイム・ヒョクモだった。

私が怪訝な顔になったのを見逃さず、イム・ヒョクモは「出産おめでとうございます。女の子だそうですね」と続けた。

「これは、どうも。あのぅ」

鎮河のいる家に上げるわけにもいかないと困惑していると、イム・ヒョクモは、
「これを届けに来ただけですので」とピンクの薔薇の花束を差し出し、すぐに去っていった。

花束の中には、太極旗のマークの入ったカードまで添えてある。花束に手を入れてカードを取ろうとしたら、人差し指に薔薇の刺がささり、血が滲んだ。傷の痛みとともに取り出したカードには「韓国大使館　書記官　イム・ヒョクモ」とハングルで書かれてある。カードの端には私の血が付いてしまっていた。私はすぐにカードを裏返し、花束の中に押し込んで戻した。

これは、運動をやめたいまでも私を監視しているというイム・ヒョクモのメッセージなのか。

私や家族の行動が筒抜けなのかと思うとぞっとした。それとも、それは考えすぎで、たまたまどこかから出産のことを聞き知って、単純に祝いの品を持ってきたのか。

玄関で花束を手に考え込んでいると、鎮河がそこに来た。
「寿司はいいよ、失礼する」

そう言うと、鎮河は、祝いだ、と折りたたんだ一万円札を渡してきた。
「気を遣わないでくれ」

押し返そうとしたが、鎮河は、「ほんの気持ちだけだ。なにかの足しにしてくれ」と笑った。

「そうか。じゃあ、遠慮なくもらうよ」

一万円札を受け取って、ポケットに入れた。そして、また会おう、と言おうとしてやめた。運動を続ける鎭河との接触は禁じられていたのだった。

「お前に言わなきゃいけないことがある」

鎭河が沈痛な面持ちになったので、私はその先を聞くのが恐ろしかった。きっと良くないことに違いない。

「東仁が……死んだ」

「嘘、だろう」

私は、頭をぶるぶると振った。

「獄中で病死した。一週間前だそうだ」

よりによって、梨愛が生まれた日じゃないか。

東仁は対馬沖で溺れたとき、私を助けてくれた命の恩人なのに。私は自分と家族のことだけを考えて、東仁を助ける努力をしなかった。なんて身勝手なのか。最低だ。しかも、私の手紙のせいで東仁は捕まったのかもしれないと思うと、猛烈な罪悪感が湧き上がってくる。

これ、と鎭河がポケットからなにかを取り出して、花束を持っていない方の私の手に握らせた。

それは、東仁の愛用していたモンブランの万年筆だった。

「慶貴から預かった。東仁の形見だよ。俺は写真が好きだろうからって、あいつのカメラをもらった」

万年筆を受け取ると、花束が手から離れて床に落ち、勢いでカードが出てきた。それを鎮河が拾って、じっと見つめている。

「俺も運動から抜けるよ。東仁のことを知った妻や娘に泣かれた。今度ばかりは……」

鎮河はそこで言葉を留めた。そして、私にカードを渡すと、玄関を出て行った。

私は花束とカードを玄関に残し、万年筆を懐に収めると、居間に戻ってベビーベッドに近づいた。

梨愛は口をもにょもにょと動かしながら、あどけない顔で眠っている。その姿を鐘明も見守っていた。

この子たちと容淑のためだけに生きるしかない。

鐘明の頭に右手を、梨愛の頭に左手を載せた。私は二人の体温を感じながら、切り刻まれるような胸の痛みとともに、静かに目を閉じた。

3

梨愛が二十冊のノートを読み終えると、最後のページに手紙が挟まっていた。それは、祖母から父に宛てた手紙だった。

「サンジュ。

ごはんはちゃんと食べているか。
生きていてよかった。
お前に会いたい。
早く帰ってきておくれ。
私は、お前が帰ってくるまで死なないよ。
早く帰ってきておくれ。
ごはんをちゃんと食べるんだよ。」

いてもたってもいられなくなり、父のマンションにやってきた。だが、ひとりで来たのは、間違いだった。父が在りし日のままの部屋の様子に、気持ちがかき乱される。ソファーを見れば、はなを抱いて、「ムン・ハナや、かわいいムン・ハナや」とフルネームで呼びかけていた父の姿が蘇った。そして、あるとき、「イー・ハナや」と言って、はなに、「違うよー」と言われて、ごめんごめん、とごまかしていたことがあったことも思い出した。

父は、文徳允ではなく、李相周だったのだ。どんな思いで、「イー・ハナや」と口にしたのだろうか。

さらにはさかのぼって、梨愛がニューカマーの韓国人と結婚すると言ったときに、父が嬉しそうな反面、心配そうな表情を見せたことも頭に浮かんだ。

あの頃は韓流が人気になり、韓国人への目もいまほど厳しくなかった。だが、父は、「いまはいいが、どんな時代が来るかわからない」と言ったのだった。

一方、在日が韓国から来た人と結婚するのは苦労するかもしれないと難色を示す母に「好きにさせてやれ」と言ってくれたのも父だった。母は二世の自分と一世の父とは感覚が違っていた、若い頃は特に父が韓国本国にばかり目が向いていたのが嫌だったと梨愛によくこぼしていた。母の苦労が並々ならぬものだったことは理解できる。だがそんな母も、父の本当の思いを知ったら、あんなに父とすれ違わなかったのではないだろうか。

生きているうちに、家族に真相を語ってほしかった。けれども、父は自分の来し方を言いたくても言えなかったのだ。

ノートは、誰にも読ませるつもりはなかったのだろうか。

それとも、自分たちきょうだいに遺してくれたものなのだろうか。

頭が疑問符で埋め尽くされたままリビングから出て、父の寝室に入った。

クローゼットをひととおり見てみる。

上段には、小型のスーツケースがあったが、中は空っぽでタグなども残っていない。

ポールにかかっている数着のスーツのうちから、梨愛の結婚式で着ていた紺色のスーツを見つけた。そのとなりにはいつも羽織っていたねずみ色のジャンパーがある。散歩のときに愛用した赤いジャージの上下もハンガーに吊るされている。

衣類はマンションに越す際に整理したのか、かなり少なかった。見覚えのある服が生前の父を思い起こさせる。胸に迫ってくるものがあり、梨愛はクローゼットを閉じた。

ベッドの横にある二段の引き出し付き机の上にファイルが並んでおり、ファイルには韓国に関する新聞記事が綺麗にスクラップしてあった。一番多かったのは、金大中氏が大統領になったときの記事で、全国紙のすべてを網羅してあった。

梨愛は息苦しくなって、そこで一度深呼吸をした。

それから引き出しを探ると、上の引き出しにモンブランの万年筆があった。それは、黒地に銀色のキャップのシックなデザインだった。ペン本体には、銀色の Han の刻印がある。金太竜と名乗っていた韓東仁さんは、本名を刻んだペンで記事を書いていたのだ。

万年筆のキャップを外し、机の上にあったメモパッドに、李相周、と走り書きしてみた。文字は青色のインクだ。

梨愛は、はなが父からもらったお年玉のポチ袋にも、いつも青色のインクで、はな、とハングルで書かれていたことを思い出す。

梨愛は、万年筆を握りしめて、父の寝室を出た。

家に戻った梨愛は、兄に電話をかけた。

「お兄ちゃん、美栄さんとは深い縁があったんだね」

美栄の話をしても、もう胸がざわつくことはなかった。

「俺、ノートを読むまで、忘れていたんだ。千羽鶴のこと」

「お兄ちゃんが心臓の病気だったたって知らなかった」

「梨愛が生まれた頃には、かなり良くなってきてたからな。俺もお母さんも、病気のことは辛かったからなるべく思い出さないようにしてたんだよ。親父もそうだったんだと思う」

兄が絶対に海やプール、温泉にも行かなかったのはきっと胸の手術跡のせいなのだろう。

梨愛は兄と歳が離れていたから風呂に一緒に入ったこともないし、着替えているところを見たこともない。だから手術跡が兄の胸にあることを知る由もなかった。

家族で出かけるのは、ビーチリゾートではなくいつも高原あるいは地方都市や観光地だった。我が家では、なにかと身体の弱い兄を中心に物事が決まっていたのだ。

梨愛は夏にプールや海に家族と泳ぎに行けないことが不満だった。だからこそあのとき、父と二人で逗子の海に行ったことが、とても嬉しかったのだ。

「前に、お父さん、同年代の俳優が亡くなったとき、『私はなにも成し遂げられなかった人生だ。胸を張ることができない』って言ったことがあるんだよね。私、お父さんは威張っているように見えたし、好き勝手に生きてきたと思っていたし、ある程度不自由ない暮らしだったし、自分の人生に満足しているのかと思っていたからその言葉が意外だったんだ。だけど、名前も年齢も偽っていて、辛かったんだろうね。運動を続けたかったんだろうね。志を曲げるのは、悔しかっただろうね」

「ああ、だから健康な梨愛にいろいろ期待して、厳しくしたんだろうな。医者か弁護士になれって言われてただろ。俺、あれを見てるの、嫌で、嫌で、仕方なかった。俺に対するあてつけに感じたんだよな。それでおやじに、『自分はパチンコ屋のくせに』ってひどいこと言って、殴られたこともある。手を出されたのは、あとにも先にもあのときだけだった」

兄の声は湿り気を帯びていた。

「知らなかった。お兄ちゃんが殴られたなんて。お兄ちゃんばっかり甘やかしてってずっと私は思ってた」

梨愛も実は父がパチンコ事業を営んでいたことが恥ずかしく、ずっと友達や周囲の人に隠していたから、その点では、兄と同罪だ。元夫には打ち明けたが、舅が大学の教授をしていて、義理の兄も大学の教員だった婚家は見下すような態度をとりながらも事あるごとに梨愛の実家にお金をたかってきた。成金のくせに結婚の持参金が少なかったとまで言われ、そのことは、梨愛の傷になっていた。

「私もお兄ちゃんも、お母さんも、私たち家族誰ひとりとしてお父さんのことわかってなかったね。お父さんの性格のせいもあるけど、なんか、それって、ものすごく悲しい」

「梨愛、親父のノート、読み終わったんだな。それじゃあ、韓国に納骨、行くだろう？」

「もちろん行くけど、お兄ちゃん、本当に行くの？」

「ああ、そのつもりだよ」

それにしても兄の変化は甚だしい。あんなに韓国を避けていたのに。韓国人だった過去を封印しようとしていたのに。

「でも、私、はなをどうしよう」

「はなは、純子が預かるって」

それから兄はおおよその日程をあげた。純子さんがずいぶんと物分りがよくなり、兄の韓国行きを認めていることにも驚きがある。そして、梨愛とはなにも打ち解けてくれているのが嬉しい。兄が今後も梨愛を避けずにいてくれるのなら、兄の一家とはこの先良い関係が築けそうな気がする。

「預かってもらえるのは助かる。それで……あの、美栄さんは行くのかな？　あれから訊いてみた？」

「電話してみたけど、遠慮があるのか、断られた」

「残念だね」

梨愛は美栄とじっくり話がしてみたくなっていた。父について語りたかった。

「お前、美栄さんをもう一度誘ってくれないか」

「わかった、連絡してみる」

「じゃあ、詳しくはまた連絡を取り合おう。美栄さんと話したら知らせて」

兄はそう言って通話を終えた。


梨愛は美栄と、彼女が勤務する横浜の病院の近くで待ち合わせた。美栄に電話をかけて、韓国に一緒に行って欲しいと頼んだが固辞され、せめて会ってもう一度話をしましょうと誘った。すると、美栄が指定してきたのは、韓国料理店だった。

そこは父と何度か一緒に行った場所だという。ここのコムタンスープを父が気に入っていて、美栄にも勧めて食べさせたと聞き、梨愛はコムタンスープを注文した。美栄の注文も同じだった。

「美栄さんは、小児科の先生なんですね。どうしてお医者さんになろうと思ったんですか？」

梨愛はすぐには本題に入らずに、話をそらした。

「私の頃は、在日の就職が厳しくて。だから、専門職、と思って。それだけでなく、私の母は苦労したので、女もちゃんと自立できる職業に就いたほうがいいっていうのが口癖でしたし。でも一番の動機は……」

美栄は梨愛から視線を外した。

「実は、小学校一年生のとき、鐘明さんのお見舞いに東京女子医大病院に行って、それからお医者さんに憧れるようになったんです。私はとても健康な子供だったから、鐘明さんの手術跡を見て衝撃を受けて……病気の子供を助けたい、なんて、おこがましくも思ったんですね」

美栄と自分たちきょうだいは、強いつながりがあったのだと改めて思う。

「私、兄の病気のこと、詳しく知らなかったんです。というか、父のこともなにも知らなくて。だから、父の遺したノートを読んで、父の半生を知り、驚きました。美栄さんは、父の過去をよく知っていますよね？」

美栄は梨愛をふたたび見つめて頷いた。

「サンチョンは、やっぱり書いて遺したかったのかもしれませんね。韓国が民主化して、やっと書けたのではないでしょうか。父の形見の万年筆で書いていたと鐘明さんから聞きました」

美栄が父をサンチョンと言うことに、もはやなんの抵抗もなかった。むしろ親しく思ってくれることがありがたいくらいだ。

「その万年筆ですけど」

梨愛はバッグから、モンブランの万年筆を取り出して、美栄の前に差し出した。

「これ、美栄さんに返そうと思って持ってきました」

美栄は万年筆を受け取ると、指でそっと撫でた。

「Han、ってありますね」

美栄が自分の父親の偽名のことを知ったのは、母親が亡くなったあとだという。鎮河さんが教えてくれたそうだ。

「母は父を金太竜だと疑うことがありませんでした。密航のことは知っていましたが、偽名とは思わなかったようです」万年筆を握り締める。

「父はきっと美栄さんのお父さんへの思いも込めて書いたんでしょうね。命の恩人であり、かけがえのない親友だった……」

「そのノートに、私の父が生きていた証が残っているような気がして嬉しいです」

「ノートは、私が生まれたばかりの頃までの記述で終わっています。ノートに書かれていない、その後の父の人生は付け足しみたいなもので、不本意だったのかな……」

梨愛はそこで言葉が詰まってしまった。

美栄は首を振った。

「サンチョンは、確かに私にはいろいろ昔のこと、運動のことを話してくれました。それは、私の母がいたからだと思いますけど」

自分の家族よりも、美栄と美栄の母親の方に気を許せたのかと思うと、虚しく思えてくる。

でもね、梨愛さん、と美栄は続けた。

「サンチョンは、梨愛さんは仕事ができるし、はなちゃんは賢いって、いつも自慢をしていました。浩太君が大学に受かったときも、それは嬉しそうでした。ご家族の話をするときのサンチョン、顔がほころぶんです。サンチョンは、ご家族に恵まれてとても幸せそうに見えました。その後の人生が付け足しだなんてことは、絶対にないはずです。それに、サンチョンは、梨愛さんが生まれたことをきっかけに煙草をやめたって、母から聞いています」

そう言って微笑む美栄の父親は早くに亡くなったのだと思うと、なんと答えていいかわからない。しかも、美栄が知っているかどうかはわからないが、美栄の父親が韓国に強制送還されたのは、父の手紙のせいかもしれないのだ。

二人のあいだに沈黙が流れているところに、コムタンスープが運ばれてきた。美栄は、スープに白米を入れ、スプーンでかき混ぜながら、梨愛さん、と言った。スープにご飯を入れるという、その食べ方が父と同じであることが梨愛の胸を打つ。

「私の父は意志を貫き通して亡くなりました。私は父を誇りに思っています。だけど、やはり寂しかったですし、苦労もしました。そんな私と母に、サンチョンは幸せを分けてくれました」

美栄の瞳が潤んでいるのを見て胸が苦しくなってきた。同じように両親が他界しても、自分には兄がいて、娘もいる。

「それなのに、私の作ったソンビョンのせいで……サンチョンにも、ご家族にも申し訳なくて。お通夜と納骨には行かせていただいたけど、さすがに韓国のお墓にまで行くのは、許されないいんじゃないかって思ったんです」目頭を押さえて言った。

「ソンビョンのことは、もう言わないでください。事故なんですから。父はそもそも、食べ物をよく噛まずに飲み込んでしまうことが多かったから。年老いた父をひとりにしていた私たちきょうだいの責任もありますし。とにかく、行きましょう。美栄さんと私たちきょうだいが一緒に韓国に行くことを、父はきっと喜んでくれます」

梨愛もスープをすくって口に入れた。その味は、母が作ってくれたコムタンスープに似ていた。梨愛の家では、兄が体調を崩したときや梨愛の受験のときなど、なにかにつけて父がテイル肉を買ってきて、コムタンスープが出てきた。父はコムタンスープが体力をつけるのにいいと信じていたのだ。

「それから、私も美栄さんと一緒に、父と美栄さんのお父さんの故郷に行きたいです。兄も同じ思いです」

梨愛はスプーンで白米をスープに入れながら、さりげなく言った。

「ありがとう、梨愛さん」美栄は控えめに洟をすすった。

梨愛は、それから兄に聞いた訪韓の日程を伝えた。

「多分大丈夫だと思いますが……」

取り出した手帳を確かめて美栄は言った。

4

父の故郷の三千浦に行く前に、美栄とソウルのある場所に立ち寄るため、兄とは釜山で待ち合わせることにした。

元夫の実家がソウルだったため、これまでに金浦(キムポ)空港に降り立った回数は二桁を超えている。だからすっかり慣れているはずなのに、梨愛は新鮮な思いがしていた。それは美栄と一緒だからというだけではなかった。

機内の小さな窓からのぞむ海も、父がここを命がけで越えてきたのかと思うと、特別なものに感じられ、梨愛はフライト中、ほとんどの時間、窓の外を眺めていた。韓国に行くのが初めてだという美栄は、梨愛の隣で物思いにふけっていた。

空港からタクシーに乗り、ソウル市内にある西大門刑務所歴史館を訪ねた。ここは美栄の父親である東仁さんが投獄され、亡くなった場所だ。

降り始めた小糠雨が十一月の空気を冷たくし、もの寂しさと重苦しさが増している。広々とした敷地内には頑丈な赤レンガ造りの建物が点在し、人の気配はあまりない。今日の訪問者はそれほど多くないようだ。

展示館では、おもに、日帝時代の独立運動家たちが収監されていたことがわかる資料や、拷問道具をはじめとした展示物が並んでいたが、民主化運動家たちに関するものは少なかった。

展示物をひととおり観て、次に地下の拷問室や拘禁室を見学した。そのあいだ、梨愛は軽々しく言葉を発することができなかった。美栄は表情を変えることなく、淡々としていて、それがかえって痛々しい気持ちを代弁しているように見えた。

続いて獄舎に入った。高い天井に、コンクリートの通路をはさんで、厚い鉄の扉で隔てられた部屋が並ぶ。その様子は、テレビドラマや映画で目にしたことのある、まさに、刑務所そのものだった。

静まり返った獄舎は、多くの人の苦しみと悲しみ、無念さを吸い取った白い壁に囲まれ、その思いの残滓は消えることなく梨愛に訴えかけてくる。

鉄格子の窓を有した監房に囚人服姿の実物大の人形がいくつか置かれていた。美栄は、壁際に向いた囚人の人形がいる監房の前に立ち止まって、微動だにせず、中を覗いている。背後にいた梨愛は、美栄の肩に手をかけようとして、ためらった。

美栄の父親は、この刑務所の中で梨愛が生まれた日に亡くなったのだ。そう思うと、美栄に声をかけることはできなかった。梨愛はただ美栄の背中を見守っていた。

敷地内には死刑場もあったが、どちらから言い出さずともそこには立ち寄らなかった。獄舎を出た梨愛と美栄は、そのまま西大門刑務所歴史館をあとにした。

ソウル駅から高速鉄道のKTXに乗り、釜山に向かう。

「付き合ってくれてありがとう、梨愛さん」

列車の席に着くと、美栄がようやく口を開いた。それまで、美栄はずっと押し黙っており、梨愛も話しかけられなかった。

「私、これまで、あの刑務所に行く勇気がなかったんです」

梨愛は、気にしないでくださいと、ソウル駅のコンビニで買ったペットボトルのコーン茶とチョコレート菓子を美栄に渡した。

「ずっと韓国に来ることも躊躇してきました。母もそうでした。私……来たくなかったんです、来られなかったんです。日本にある父の墓に行くのだって、精一杯だったから」

美栄はそこでペットボトルの蓋を開けて、コーン茶を一口飲み、チョコレート菓子をまじまじと見つめた。

「このチョコレートを作っている会社は、母の親族がやっているんですけど、まったく疎遠なんです」

「えっ、日本でも有名な会社ですよね？」

「母によると、父が亡くなって、いよいよ困ったときに頼ったら、むげに突っぱねられたって言ってました。刑務所で亡くなるような犯罪者と結婚した人間は親戚じゃないって罵倒までされたそうです」

「ひどい……」

「困っている私たち親子に親身になって真っ先に助けてくれたのは、サンチョンだったって、母がいつも言ってました。感謝してもしきれないって。だから、サンチョンの納骨に私まで同行させてくれて、本当にありがたいです」

梨愛は首を振って、当然です、と答える。

「美栄さんは、父にとって、娘同然だったのですから」

その言葉に、美栄は儚げに微笑んだ。

5

釜山のホテルで兄と鎭河さんと落ち合った。

「お前たち、よく来たな」

鎭河さんは、兄と梨愛、美栄の肩を交互に何度も叩き、それから、「夕飯は食ったか?」と訊いてきた。その質問に父が重なり、梨愛は鎭河さんに近しさを感じた。兄と美栄は、どことなくぎこちないながらも、お互いに再会できたことを喜ぶように、柔らかい視線を交わしていた。

鎭河さんに連れられて、穴子の白焼きを食べさせてくれる食堂に行った。鉄板で焼いた穴子を、味付けした大根や生のサンチュで包んで食べるこの料理は、父の大好物だったそうで、近年父が釜山を訪れるたびに、鎭河さんとよくこの食堂に来たそうだ。父は立て続けに穴子を口に入れるものだから、よくむせていたと聞き、その様子が想像できる。梨愛はくすりと笑みをこぼした。

焼きたての新鮮な穴子は、薬味をつけ、葉物で巻いて食べると、淡白なさわやかさがなんとも滋味豊かになった。次から次へと手が伸び、梨愛たち三人はしばらく言葉少なく、目の前の料理をひたすら食べた。おそらく三人とも、なにから話したらいいのか、見当がつかなかったというのもあったのだと思う。

「父は、どれくらいの頻度で韓国に来てたんですか？　親不孝で恥ずかしいですが、生前の父とは正月ぐらいしか交流がなくて……」兄が箸を止めて、恐縮しつつ尋ねた。

「そうだな、私がこっちに来てからは、相周もよく来たな。民主化してから、祭祀のたびに来ていたみたいだ」

鎭河さんは兄を咎めることなく、穏やかな声で答えた。

そういえば、母は父がひとりで韓国に帰ったときに合わせて友達と旅行などに行っていたことを思い出す。年に三、四回といった感じだったはずだ。

「最近は、足が悪くなって、なかなか来られないのを悔しがっていたな」

「姜さんは、いつからこちらに住んでいるのですか」

兄がさらに訊くと、鎭河さんは、十五年になるかな、と指を折りながら言った。

「歳上の妻が死んでからこっちに来た。娘ばっかりだから世話になるわけにもいかないし。だから思い切って韓国に戻ったんだ。負担になりたくないしな。日本での事業は整理したり、婿に譲ったりしてね。いまは、こっちで世話してくれる人を雇ってるよ。私の実家は晋州の方に越してしまっていたんだが、もうとっくに両親もいないし、兄弟も死んだり、歳をとったりしてしまっている。かといって、ほとんど知らない甥や姪に頼るのも申し訳ない。それに、三千浦がやっぱりいいよ。故郷だからな。相周が来ると、いつも同窓会になったもんだ。生き残った同級生とわいわいやって、いつの間にか死んでいくのがいいさ、私は。まあ、どんどん少なくなってさみしいもんだがな」

「あの、父は、文のままですが、姜さんは、名前を取り戻したんですよね？」

梨愛はずっと気になっていたことを訊いた。

「私は、こっちに来てから、いろいろと手を尽くしてやっともともとの名前を名乗ることができた。相周も、死ぬときは本当の名前で死にたいと言っていた。もちろん、東仁もそうだったはずだ」

その言葉に、梨愛、兄、美栄の三人ともふたたび沈黙に陥ってしまった。

翌朝、手配してあった車に乗り三千浦に向かった。道すがら鎭河さんは、「民主化したのに、まさか自分たちが闘った独裁者の娘が大統領になるなんて悪夢だ」と、韓国の政権を嘆いた。父も独裁者の娘が大統領なんてありえないと言っていたことを思い出し、鎭河さんが父と民主化運動の同志だったことを実感する。

「だけど、スキャンダルが明るみに出たから、もう終わりだろう。相周ももう少しだけ……」

鎭河さんは溜息とともに、アイゴーと言った。

一時間半ほどで父の実家に着いた。車中、鎭河さんから、この家はまだ祖父が生きている頃、三十年ほど前に父が資金を出して建てたと聞いた。レンガ造りで庭もあり、想像以上に立派だった。そのことに、故郷の家族への父の強い思いが推し量れた。

そこには、父のすぐ下の弟であるホンジュ叔父さんが夫婦二人で暮らしていた。叔父さんは地元で女学校の校長先生をしていたそうで、父に瓜二つだ。

ホンジュ叔父さんは、まずは「ごはんは食べたか？」と訊いて、あんこうを始めとした海鮮づくしの豪華な昼食を出してくれた。ソウルや釜山に住む叔父さんの息子や娘、つまり梨愛のいとこたちも集まって迎えてくれた。さらには、近くに住んでいるという父の一番下の妹、ドゴク叔母さんも来てくれた。鎭河さんの声がけで、父の小学校の同級生だという老人三人も食卓の席におり、賑やかな宴になった。

美栄は父の同級生の老人たちと日本語で話している。男性二人と女性一人、矍鑠(かくしゃく)として、日本語も忘れていなかった。

「東仁はもてた」

「私も憧れていた」

「あんたは東仁に似て美人だ」会話が弾んでいる。

「父はどんな子供だったんですか？」美栄もさまざまな質問をしていた。

兄はというと、初対面のいとこたちとスマートフォンの翻訳機能を駆使してコミュニケーションをとっており、楽しそうに見える。ＳＮＳのＩＤまで交換し合っている。兄の意外な一面を見て、口元が緩む。

兄はこれからも日本国籍のまま韓国人であったことを隠していくだろう。兄には兄の生き方がある。ただ、韓国人であったことを少しずつでも受け入れてくれれば嬉しい。

梨愛は韓国語が多少わかるので、韓国語でホンジュ叔父さんやドゴク叔母さんと話した。

「梨愛のお父さんが、町を歩いていると、私の勤めていた女学校の卒業生が私と勘違いして頭を下げたらしい。そのことを梨愛のお父さんはまんざらでもない顔で私に言ってね」

叔父さんは、おかしそうに話してくれた。確かに叔父さんと父はよく似ていて、まるで目の前に父が生き返ったようにすら思える。

叔父さんも叔母さんも梨愛のことだけでなく、娘のはなのこともよく知っていた。父がこちらに来るたびに、子供たちや孫の近況を話したのだという。

離婚して、はなの親族が少なくなってしまったことを梨愛は申し訳なく思っていた。

元夫の親族との絆を断ち切ってしまったことがずっと気がかりだった。両親も亡くなり、いまや母方の親戚とも付き合いがない。そして兄は日本国籍だ。だから、はなも自分も日本の社会で韓国人として、同胞のコミュニティとも縁が薄いまま生きていくしかないと思っていた。

もちろんはなを預かってくれるようなママ友をはじめ、日本人の親しい友人も何人かいるが、そこはかとなく不安で寂しかった。自分たち母娘はどこにも軸足のない存在のように感じてしまうのだ。

だが、自分たちには、こんなにたくさんの親族がいるではないか。

ホンジュ叔父さんは、食事を終えると、族譜(チョッポ)というものを奥の部屋から持ってきて、梨愛と兄に見せてくれた。A4サイズの大きさで、辞書のように厚みのある冊子だ。ここには、何代にもわたる家系図が書かれているという。

「ここのページだ」

開いてくれた項には、一九世から二一世まで、びっしりと人名が記されている。叔父さんは、ここ、と指で示した。

兄が覗き込むようにして、その部分を見た。

「親父の名前の下に俺の名前がちゃんとある。もう韓国籍じゃないのに……」

感極まった様子で、浩太まで、と指で文字をなぞった。

「俺の代は、みんな金へんなんだな。親父の代は、周。浩太の代は、さんずいの漢字。

浩とか、淵。こうやって、つながっているんだな。俺も、一族の仲間なんだな」それからしばらく族譜を見つめていた。

「五年前に新しくするときに、お前たちのお父さんから言われて、李家の子孫としてお前たちの名前が載るようにした」叔父さんは兄に気を遣って日本語で言った。

「これ、浩太にも見せたいな。浩太もいつかここに連れてきたい。ほら、梨愛も見てみろ」

兄に言われ、族譜に顔を近づけて、家系図を確かめた。

一九世のところに子相周と漢字であり、小文字で誕生日が書かれている。兄の言うように、同じ代の男子には共通の漢字やつくりが使われ、父の代は「周」だ。だが、父の弟、ホンジュ叔父さんの下の二人だけは、創氏改名後に生まれたため、周はつかず、武男と定男という日本式の名で、そこから植民地であったという悲哀な事実がまざまざとわかる。

父の名前の下段に視線を移すと、二〇世のところに、子鐘明、そして女梨愛とあるのを見つけた。そのすぐ下、二一世の段に、浩太、少し離れて女はな、とハングルで娘の名前がある。はなのところだけ、青いインクの万年筆で手描きだった。

梨愛は、驚いてホンジュ叔父さんの顔を見た。いまだ儒教を色濃く残す韓国社会では男系しか一族として認められないのではなかったか。しかも、離婚した娘に対してのまなざしは厳しいはずだ。はなの名を記していいのだろうか。

「はなも載せてくれたんですね」

「はなも李家の子孫だから絶対に載せるようにと、梨愛のお父さんが書き込んだんだ」

梨愛は身体の奥底から熱い感情がこみあげるのを、息を整えて抑えた。

それから、鎮河さんの近くに行って、訊きたいことがあるのですが、と耳元で言った。

「なんだ、言ってみなさい」

「私と娘の姓を、文（ぶん）から李（イー）に変える、つまり、本当の姓に戻すことはできますか？」

鎮河さんは、梨愛の手をぽんぽんと叩きながら、頷いた。

「かなり難しいだろうが、希望はある。私が協力しよう。さっき、美栄にも同じことを言われた。金（キム）から韓（ハン）に戻したいって。こりゃ、私ももう少しだけ長生きしなきゃならんな」

真っ白な入れ歯を見せて、鎮河さんは笑った。

梨愛は、りえからイエにしたいとも思っていた。いまは韓国語読みでも登録できるはずだ。イー・イエとして生きていきたい。

「さあ、墓に行こう」

鎮河さんに促され、家を出た。ホンジュ叔父さんも墓に同行した。

向かう車中、後部座席で梨愛の隣に座った美栄が、親戚に会えて羨ましいです、とぽつりとこぼした。

「私たちきょうだいを親戚だと思ってください。私たちも美栄さんを親戚と思っていますから」

梨愛が囁き返すと、美栄がちょっと意外そうな顔をしてこちらを見たので、気恥ずかしさから慌てて窓の外に目をそらした。

けれども、それは心からの言葉だった。日本に帰ったら、はなと一緒に逗子に遊びに行きたい。これは、父があらたにつないでくれた縁なのだ。

父の墓は、田んぼのあぜ道をわけすすんだ麓から、獣道を上った山の斜面にあった。こんもりとした土饅頭はうす茶色の芝生に覆われている。すぐ近くに祖父母の墓もあった。

「お前たちのお父さんは、母親だけでなく、父親の死に目にも会えなかったことを、とても悔やんでいた。母親の見舞いに来たきり、民主化するまで、こっちには来られなかったから……自分の金で建てた家に父親が住んでいる姿を自分の目で見られなかった」

叔父さんによると、祖父は祖母が死んで十年後の全斗煥（チョンドゥファン）大統領時代に亡くなったそうだ。交通事故だったらしい。

ポクチュモニに入れてきた父の骨の一部を兄とともに墓に埋める。

このポクチュモニをくれるようにはなに言ったときのことが蘇った。

「おじいちゃんに返さないとね」

「いやだ。はながおじいちゃんにもらったんだから」

「これはね、おじいちゃんがおじいちゃんのお母さんからもらったものなんだよ」

梨愛は諭すように、優しくはなに語りかけた。

「でも……」はなはポクチュモニを握りしめた。

「はなが大事にしていたこの袋におじいちゃんのお骨を入れたら、おじいちゃんは、おじいちゃんのお母さんだけじゃなくて、はなともずっと一緒にいるみたいで、喜ぶんじゃないかな」

はなは、思い詰めた顔でしばらく考え込んでいた。だがしまいには、唇をきっと結んだまま、梨愛にポクチュモニを差し出した。

「ありがとう」梨愛は、はなをその場でぎゅっと抱きしめたのだった。

ポクチュモニを埋め終わり、みんなで墓の前で手を合わせた。それから、兄と美栄とともに、両手をおでこに当て、跪いて地面に頭を付ける韓国式のお辞儀をした。

父は雄鶏のように、賢く、耐え、信頼される強い男だったのではないだろうか。

梨愛の心の内に、「故郷の春」の歌が浮かぶ。

「私の住んでいた故郷は花咲く山里
桃の花　あんずの花　赤ちゃんつつじ

色とりどりに花の宮殿　整った里
その中で遊んだことがなつかしい

花の里　新しい里　私の昔の故郷
青い草　南風が吹けば
河辺の柳が踊る里
その中で遊んだことがなつかしい」

梨愛はもう悲しくなかった。やっと肩の荷がおりたような気がして兄を見ると、兄も晴れ晴れとした顔をしていた。

「よかったな、相周」鎮河さんは、墓に向かって呼びかけた。

祖父母の墓参りもし、山を下り、ホンジュ叔父さんの家まで戻り、車を降りた。そこで鎮河さんは「散歩に行こう」と、兄と梨愛、美栄を連れて歩き出し、ホンジュ叔父さんとはいったんそこで別れた。

三千浦の町は、日本の田舎町と同様、人は少なく、商店街は閑散としている。そして、田畑を挟んでまばらに人家があった。異なるのは、規模の小さなにんにく畑があちこちに見られることだ。土の間からまっすぐに伸びた葉が並ぶ夕暮れの畑にも人影はなく、町はことさらにさびれて見えた。

ところどころ舗装の崩れた道を鎭河さんについていくと、いつの間にか川沿いを海の方へ歩いていた。

不意に背後の山を振り返った鎭河さんは、あれが、と立ち止まって目を細めた。

「アカ狩りのあった山だ」

木々の豊富な山に夕日が落ちかけて、なだらかな稜線が美しく映えている。兄と美栄も、黙って山を眺めていたが、何を想っているのか、その硬い表情からはうかがい知れなかった。

鎭河さんは、ふっと表情を崩すと、それからこのあたりに、と凹凸のある道路脇の一点を見つめた。

「東仁の骨を一部埋めたんだ。ここが俺たちの出発点だったからな。闘いの始まりだったんだ。だからこのあたりに目立たないところを見つけて、ちゃんと墓標も立てたんだが、いつの間にか、土からコンクリートの道路に変わってしまって、跡形もなくなってた。もっとちゃんとしたところに埋めてやればよかった」

美栄の方を向いて、すまない、と言った。

「いいえ、ここなら、海が見えるし、山も見えるし、父も嬉しかったと思います」

美栄は目を閉じて手を合わせた。すると、みんなもそれに倣った。

川下に向かった一行は、やがて海にたどり着いた。そこは、小さな漁港だった。鎭河さんは、急に思いつめるような表情になった。

「毎日ここまで散歩に来ている。あのときは、まだコンクリートじゃなくて岩場だった」

鎮河さんは船着場を指差した。

「あのあたりから出た」

そう言って歩き出し、三人も黙ってついていった。

接岸している十人乗り程度の釣り船の前で立ち止まる。

「船の大きさもちょうどこれぐらいだったな」

その言葉を最後に黙り込み、鎮河さんは彼方を見つめた。

兄も美栄もそのまま佇み、海を眺める。梨愛は視線を船から沖にやった。

海のむこうのうす暗くなった空に、満ちた月が白く浮かんでいた。

解説

斎藤美奈子

日本と韓国をめぐる状況は、今日、なかなか複雑です。『冬のソナタ』がヒットした二〇〇〇年代から、日本でも韓流ドラマやK－POPにハマる人が激増し、何度かの波を経つつ、今日でもその人気は衰えを知りません。韓国発のファストフード店が軒をつらねるコリアンタウンは大人気。日本の飲食店やコンビニでは韓国から来た留学生がおおぜい働いていますし、日本の女の子たちは韓国のファッションやコスメに夢中です。

半面、公的な政治レベルでの日韓関係は必ずしも良好とはいえません。もちろんその背景には、かつて日本が韓国を植民地化していたという負の歴史があり、いまなお在日外国人の公民権を認めない日本政府の問題があるわけですが、二〇一〇年代には在日コリアンを標的にしたヘイトスピーチ（差別扇動表現）や、韓国への憎悪を煽る「嫌韓本」が横行し、社会問題にまで発展しました。

正と負の両面を含んだ、日韓をめぐるそんな今日の状況を、深沢潮ほどセンシティブ、かつ軽やかに小説化してきた作家はいないといっていいでしょう。深刻な歴史的背景や差別問題を内包しながらも、けっして重苦しくも告発調にもならない。彼女が描いてきたのは市井に生きるごく普通の人々です。

二〇一二年のデビュー作「金江のおばさん」（『縁を結うひと』所収）は、在日同士の縁談を二〇〇組もまとめてきた「お見合いおばさん」をユーモアとペーソスをまじえて描いた短編小説。『ひとかどの父へ』（二〇一五年）は、自分は日本人だと信じ、美人で裕福な在日の友人に複雑な感情を抱いてきた女性が、自身のルーツを知って内なる差別と向き合わざるを得なくなる物語。『緑と赤』（二〇一五年）はヘイトデモの嵐が吹き荒れる新大久保を背景に、在日であることを隠してきた女子大生、Ｋ－ＰＯＰファンの友人、アニメなどの文化にひかれて日本の来た韓国人留学生、反ヘイトのカウンター活動に突き進む女性など、多様な人物が登場する群像劇でした。

さて、本書『海を抱いて月に眠る』は、そんな深沢潮がはじめて手がけた父の世代、すなわち在日一世の物語です。

〈父の人間関係について梨愛はまったく把握しておらず、通夜に来ている人たちをほとんど知らない〉。ところが、その見知らぬ弔問客の中に、声をあげて泣いている人がいた。〈父の死をここまで悼んでくれる人がいるなんて。／いったい何者なのか？父とはどういう関係だったのだろう〉

このはじまり方からして、波乱のドラマを予感させます。

九〇歳（本当は八五歳）で死んだ在日一世の父・文徳允は大学ノートで二〇冊にも及ぶ手記を残していた！　物語はそんな文徳允の波瀾万丈な半生を軸に、父の過去を徐々に知る娘の梨愛の動揺を挟みながら進行します。

文徳允と名乗っていた父の本名は李相周。一九三一年、植民地時代の慶尚南道・三千浦に生まれ、四五年の解放後（日本側からいえば敗戦後）、旧制中学の同級生だった姜鎮河、韓東仁の二人とともに、日本に向かう密航船に乗った。だが船は対馬沖で遭難。九死に一生を得た三人は身分証に代わる米穀通帳を手に入れ、以後、相周は通帳にあった五歳上の「文徳允」として生きてきたのでした。

いつか必ず故国に帰ると決意しつつも、祖国は南北に分断され、やがて韓国には朴正熙の独裁政権が成立。徳允は韓青（在日韓国青年同盟）のメンバーとして、密航してきた仲間とともに民主化運動にのめり込んでいきます。

徳允と結婚した在日二世の南容淑はしかし、夫が理解できません。

〈あなたにとっての韓国人は、あくまで朝鮮半島に住む韓国人で、私たち在日韓国人ではないのね〉と容淑はいいます。〈在日韓国人は日本の社会で差別されてきて、ずっと苦しんできているのに、私たちが暮らしやすくなるようになんてあなたは考えてないでしょ。そりゃそうですよね。一緒に暮らしている妻のことですらどうでもいいんですものね。いつも目が向いているのは海のむこうばかり〉

祖国の民主化闘争に全身全霊をかける夫と、家庭をないがしろにする夫への不信をしだいに募らせていく妻。二人の溝は、息子の鐘明が誕生し、心臓に重い病気を抱えているとわかった頃から、さらに深まっていきます。

当時の徳允は、朴政権の下から亡命してきた金大中の支援闘争で駈け回っていましたが、それは韓国政府への反逆を意味します。金大中が滞在中のホテルから拉致された事件の後、徳允らは韓民統（韓国民主回復統一促進国民会議）を結成するも、その頃からＫＣＩＡ（韓国中央情報部）の尾行の影がちらつきはじめ……。

容淑はついに夫の説得に乗り出します。〈お腹の子のためにも、もう韓民統での活動はやめてください。国にたてつかないでください。あなたになにかあったら心配です。私たち、路頭に迷ってしまいます〉

運動をとるか、家族をとるか。さあ、どうする徳允！

本書の最大の魅力はやはり、二つの名前を持った李相周／文徳允の波乱の半生が、現代史とともにドラマチックに描かれている点でしょう。

日本に密航し、偽名とはいえ新しい人生を手にした徳允は、日本で朝鮮人が生きていく厳しさに直面すると同時に、いやおうもなく祖国の動乱に巻きこまれていきます。南北の分断、朝鮮戦争、朴正熙の軍事クーデター、日韓国交正常化交渉の難航、ベトナム戦争参戦、金嬉老事件、金大中事件。あるいは二つの民族団体である韓国系の民団（在日本大韓民国民団）と朝鮮系の総連（在日本朝鮮人総連合会）の対立。

徳允ら密航三人組が民主化運動にのめり込んでいくのは、朴正熙独裁政権が誕生した一九六三年頃からですが、韓国ないし日韓をめぐる一九五〇年代〜七〇年代の重要トピックはほぼ過不足なく盛り込まれ、在日の若者たちにとって祖国の動乱がどれほどの重く苦しい事態だったかがくっきりと浮かび上がります。

とりわけ三人組が亡命中の金大中と東京で面会し、胸を熱くするくだりは、本書の中でももっとも印象的なシーンのひとつといえましょう。

〈いまこそ、私が日本にいることに、意味が生まれる。／私は金大中氏の力になりたい。／独裁で苦しむ韓国の同胞のためになにかしたい。／キューバ革命を成し遂げたカストロとチェ・ゲバラのように、我々もなれるのではないか〉

そんなのは若さゆえのヒロイズムだ、と笑うのは簡単です。しかし実際、一九八七年に韓国が民主化されるまでの道のりは長く苦しいものでしたし、徳允ら三人組のような思いを抱く若者は、在日にも日本人にも多かった。若き日の徳允たちのパワフルな活躍ぶりは、ちょっと冒険小説のようでさえあります。

とはいえ本書の魅力はこのような「大文字」の歴史が語られているだけではありません。文徳允は家庭では自身の出自を一切語らず、活動家としての過去も隠していた。娘の梨愛から見た父は、日本名で暮らしながら韓国の食やしきたりにこだわり、些細なことで怒鳴りちらす不可解で疎ましい存在でしかありません。

最終的に徳允は、運動を捨てて家族を取ったわけですが、それは息子の病気と、祖国に残してきた母への思いからでした。人はそれを挫折、あるいは転向と呼ぶかもしれません。しかし、はたしてそうなのか。

〈もう二度と韓民統のような組織の活動はしないと約束して、一筆書いてください〉〈金輪際、仲間とも付き合わないでください。それと、これまでのことは誰にも口外しないことです。いいですね？〉。そう誓わされることでパスポートを手に入れた徳允の後半生は、一八〇度変わります。それは米穀通帳を手に入れて新しい人生を歩みはじめたときと同じくらい、大きな決断だったはずです。

表向きにはパチンコ店を営みながら二人の子どもを育て、陰では妻にも子にも内緒で、本国に送還されて獄死した韓東仁（金太竜）の妻と娘を支える。それは徹底して家族と仲間のためだけに生きる「小文字」の人生でした。

横暴な父親に見えながら、彼は妻の要求を受け入れ、子どもたちには好きな道を選ばせた。前半生が国家の民主化を目指す人生だったとしたら、後半生は自身が支配者の座を降り、家族の民主化に努める人生だったといえないでしょうか。

興味深いのは、一〇代で出奔した密航三人組が、それぞれのやり方で、最後には再び故郷に帰還していることです。志を貫いた韓東仁（金太竜）は韓国に送還されて獄死。姜鎭河（朴永玉）は引退後、ひとりで故郷に移住します。そして晩年の李相周（文徳允）は三千浦を頻繁に訪れて、家族のための家まで建てた。

割り切れない人がいるとしたら、夫の出自や名前が偽りであることを最後まで知らずに死んだ、妻である容淑や慶貴でしょう。が、その無念さは彼女らの娘である梨愛と美栄によって回収され、大きな和解に至ります。

深沢潮の小説では、誰も溺愛されないかわりに、誰も断罪されません。すべての登場人物と適度な距離が保たれ、すべての人物の選択が尊重されます。同じ船で密航したアン・チョルスが敵側に回り、コ・グヨンが大金持ちになっていた、なんていうのも物語に奥行きを与える挿話として機能しています。

日本には「在日文学」と呼ばれるジャンルがあり、戦後第一世代にあたる金鶴泳、李恢成、金石範らを嚆矢として多くの作品が書かれてきました。しかし現在、日本には多様なルーツ、多様な国籍の人々が住んでおり、在日コリアンのありかたも多様。文学の世界にも日本語を母語としない作家が多数参入しています。

友達のいない鐘明のために、手紙をそえて千羽鶴を贈った美栄。〈げんきになったら、あおうね。みよんとおともだちになろうね〉。作中でもっとも心温まるこのエピソードに、この作品のトーンが凝縮されています。そのときはすれ違っても、いつか和解は訪れる。『海を抱いて月に眠る』は世代も国境も超えた希望の書なのです。

（文芸評論家）

参考文献

『「在日」の精神史』1～3　尹健次（岩波書店）
『年表　昭和・平成史』　中村政則・森武麿編（岩波ブックレット）
『在日、激動の百年』　金賛汀（朝日新聞社）
『韓国併合百年と「在日」』　金賛汀（新潮社）
『朝鮮現代史』　糟谷憲一・並木真人・林雄介（山川出版社）
『歴史教科書　在日コリアンの歴史』第2版　『歴史教科書　在日コリアンの歴史』作成委員会編（明石書店）
『T・K生の時代と「いま」　東アジアの平和と共存への道』　池明観（一葉社）
『境界線を超える旅　池明観自伝』　池明観（岩波書店）
『韓国からの通信　1972．11～1974．6』　T・K生著　「世界」編集部編（岩波新書）
『韓国　民主化への道』　池明観（岩波新書）
『金大中拉致事件の真相』　金大中先生拉致事件の真相糾明を求める市民の会編著　大畑正姫訳（三一書房）
『歴史の不寝番　「亡命」韓国人の回想録』　鄭敬謨著　鄭剛憲訳（藤原書店）

『金大中自伝　わが人生、わが道』金大中著　金淳鎬訳（千早書房）
『金大中大統領　民族の誇り、指導者の資質』角間隆（小学館文庫）
『拉致　知られざる金大中事件』中薗英助（新潮文庫）
『越境の時　一九六〇年代と在日』鈴木道彦（集英社新書）
『在日一世の記憶』小熊英二・姜尚中編（集英社新書）
『朝鮮と日本に生きる　済州島から猪飼野へ』金時鐘（岩波新書）
『在日朝鮮人　歴史と現在』水野直樹・文京洙（岩波新書）
『韓国現代史』文京洙（岩波新書）
『猛牛（ファンソ）と呼ばれた男　「東声会」町井久之の戦後史』城内康伸（新潮文庫）
『戦後日本の闇を動かした「在日人脈」』森功・城内康伸・野村旗守・李策ほか（宝島SUGOI文庫）
『在日一世』李朋彦（リトルモア）
『写真で見る在日コリアンの１００年　在日韓人歴史資料館図録』在日韓人歴史資料館編著（明石書店）
『独立と民主の現場！』（西大門刑務所歴史館パンフレット）
『韓国食文化読本』朝倉敏夫・林史樹・守屋亜記子（国立民族学博物館）

「アサヒグラフ」一九四三年七月七日号
「アサヒグラフ」一九四四年七月十二日号
「アサヒグラフ」一九四八年六月三十日号
「アサヒグラフ」一九四九年十月十九日号
「アサヒグラフ」一九六二年一月十九日号
「アサヒグラフ」一九七四年十一月八日号
「アサヒグラフ」一九八〇年十二月二十六日号

※「故郷の春」の日本語歌詞はYouTubeのhttps://youtu.be/Lu0Eu4ZYTAU を参照しました

〈初出〉　別冊文藝春秋二〇一六年七月号～二〇一七年三月号、七月号、九月号
単行本　二〇一八年三月　文藝春秋刊
DTP　言語社

文春文庫

海を抱いて月に眠る

定価はカバーに表示してあります

2021年4月10日　第1刷

著　者　深沢　潮

発行者　花田朋子

発行所　株式会社　文藝春秋

東京都千代田区紀尾井町3-23　〒102-8008
TEL　03・3265・1211㈹
文藝春秋ホームページ　http://www.bunshun.co.jp

落丁、乱丁本は、お手数ですが小社製作部宛お送り下さい。送料小社負担でお取替致します。

印刷・萩原印刷　製本・加藤製本

Printed in Japan
ISBN978-4-16-791675-6

（　）内は解説者。品切の節はご容赦下さい。

阿刀田　高
ローマへ行こう
忘れえぬ記憶の中で、男は、そして女も、生きたい時がある。あれは夢だったのだろうか。夢と現実を行き交うような日常の不可解を描く、大切な人々に思いを馳せる珠玉の十話。（内藤麻里子）
あ-2-27

有吉佐和子
青い壺
無名の陶芸家が生んだ青磁の壺が売られ贈られ盗まれ、十余年後に作者と再会した時――。壺が映し出した人間の有為転変を鮮やかに描き出した有吉文学の名作、復刊！（平松洋子）
あ-3-5

阿佐田哲也
麻雀放浪記1　青春篇
戦後まもなく、上野のドヤ街を舞台に、坊や哲、ドサ健、上州虎、出目徳ら博打打ちが、人生を博打に賭けてイカサマの限りを尽くして闘う「阿佐田哲也麻雀小説」の最高傑作。（先崎　学）
あ-7-3

阿佐田哲也
麻雀放浪記2　風雲篇
イカサマ麻雀がばれた私こと坊や哲は関西へ逃げた。だが、そこには東京より過激な「ブウ麻雀」のプロ達が待っており、京都の坊主達と博打寺での死闘が繰り広げられた。（立川談志）
あ-7-4

阿佐田哲也
麻雀放浪記3　激闘篇
右腕を痛めイカサマが出来なくなった私こと坊や哲は新聞社に勤めたが……。戦後の混乱期を乗り越えたイカサマ博打打ちたちの運命は。痛快ピカレスクロマン第三弾！（小沢昭一）
あ-7-5

阿佐田哲也
麻雀放浪記4　番外篇
黒手袋をはずすと親指以外すべてがツメられている博打打ち、李億春との出会いと、ドサ健との再会を機に堅気の生活から足を洗った私……。麻雀小説の傑作、感動の最終巻！（柳　美里）
あ-7-6

芥川龍之介
羅生門（らしょうもん）　蜘蛛（くも）の糸（いと）　杜子春（とししゅん）　外十八篇
昭和、平成とあまたの作家が登場したが、この天才を越えた者がいただろうか？　近代知性の極に荒廃を見た作家の、光芒を放つ珠玉集。日本人の心の遺産「現代日本文学館」その二。
あ-29-1

浅田次郎　編
見上げれば 星は天に満ちて
心に残る物語——日本文学秀作選

鷗外、谷崎、八雲、井上靖、梅崎春生、山本周五郎……。物語はあらゆる日常の苦しみを忘れさせるほど、面白くなければならないという浅田次郎氏が厳選した十三篇。輝く物語をお届けする。

あ-39-5

浅田次郎
月島慕情

過去を抱えた女が真実を知って選んだ道は。表題作の他、ワンマン社長と靴磨きの老人の生き様を描いた「シューシャインボーイ」など、市井に生きる人々の矜持を描く全七篇。（桜庭一樹）

あ-39-9

浅田次郎
沙高樓綺譚

伝統を受け継ぐ名家、不動産王、世界的な映画監督。巨万の富と名誉を持つ者たちが今宵も集い、胸に秘めてきた驚愕の経験を語りあう。浅田次郎の本領発揮！　超贅沢な短編集。（百田尚樹）

あ-39-10

有川　浩
三匹のおっさん

還暦くらいでジジイの箱に蹴りこまれてたまるか！　武闘派2名と頭脳派1名のかつての悪ガキが自警団を結成、ご近所に潜む悪を斬る！　痛快活劇シリーズ始動！（児玉　清・中江有里）

あ-60-1

朝井リョウ
武道館

【正しい選択】なんて、この世にない。「武道館ライブ」という合言葉のもとに活動する少女たちが最終的に〝自分の頭で〟選んだ道〟とは——。大きな夢に向かう姿を描く。（つんく♂）

あ-68-2

朝井リョウ
ままならないから私とあなた

平凡だが心優しい雪子の友人、薫は天才少女と呼ばれる。成長に従い、二人の価値観は次第に離れていき、決定的な対立が訪れるが……。一章分加筆の表題作ほか一篇収録。（小出祐介）

あ-68-3

阿部和重
Deluxe Edition

現代文学の最前線を疾走する阿部和重が、9・11から3・11へ至る世界に対峙した12の短篇小説。各篇のタイトルに冠した洋楽ナンバーに乗せ、読者に毒と感動をお届け。（福永　信）

あ-72-1

（　）内は解説者。品切の節はご容赦下さい。

五木寛之
蒼ざめた馬を見よ
ソ連の作家が書いた体制批判の小説を巡る恐るべき陰謀。直木賞受賞の表題作を初め、「赤い広場の女」「バルカンの星の下に」「夜の斧」など初期の傑作全五篇を収録した短篇集。（山内亮史）
い-1-33

井上　靖
おろしや国酔夢譚
船が難破し、アリューシャン列島に漂着した光太夫ら。厳寒のシベリアを渡り、ロシア皇帝に謁見、十年の月日の後に帰国できたのは、ただのふたりだけ。映画化された傑作。（江藤　淳）
い-2-31

井上ひさし
四十一番の少年
辛い境遇から這い上がろうと焦る少年が恐ろしい事件を招く表題作ほか、養護施設で暮らす子供の切ない夢と残酷な現実が胸に迫る珠玉の三篇。自伝的名作。（百目鬼恭三郎・長部日出雄）
い-3-30

色川武大
怪しい来客簿
日常生活の狭間にかいま見る妖しの世界——独自の感性と性癖、幻想が醸しだす類いなき宇宙を清冽な文体で描きだした、泉鏡花文学賞受賞の世評高き連作短篇集。（長部日出雄）
い-9-4

伊集院　静
受け月
願いごとがこぼれずに叶う月か……。高校野球で鬼監督と呼ばれた男が、引退の日、空を見上げていた。表題作他、選考委員に絶賛された「切子皿」など全七篇。直木賞受賞作。（長部日出雄）
い-26-4

伊集院　静
羊の目
男の名はサイレントマン。神に祈りを捧げる殺人者——。戦後の闇社会を震撼させたヤクザの、哀しくも一途な生涯を描き、なお清々しい余韻を残す長篇大河小説。（西木正明）
い-26-15

伊集院　静
浅草のおんな
三社祭、ほおずき市、隅田川……。女将の料理と人柄に惚れた常連客でにぎわう浅草の小料理屋「志万田」を舞台に、揺れ動く女心と人々の悲喜交々を細やかな筆致で描く。（道尾秀介）
い-26-20

石田衣良
うつくしい子ども
九歳の少女が殺された。犯人は僕の弟！　なぜ、殺したんだろう。十三歳の弟の心の深部と真実を求め、兄は調査を始める。少年の孤独な闘いと成長を描く感動のミステリー。（村上貴史）
い-47-2

絲山(いとやま)秋子
沖で待つ
同期入社の太っちゃんが死んだ。私は約束を果たすべく、彼の部屋にしのびこむ。恋愛ではない男女の友情と信頼を描く芥川賞受賞の表題作。「勤労感謝の日」ほか一篇を併録。（夏川けい子）
い-62-2

絲山秋子
離陸
矢木沢ダムに出向中の佐藤弘の元へ見知らぬ黒人が訪れる。「女優の行方を探してほしい」。昔の恋人を追って弘の運命は意外な方向へ——。静かな祈りに満ちた傑作長編。（池澤夏樹）
い-62-3

いしいしんじ
悪声
「ええ声」を持つ赤ん坊〈なにか〉はいかにして「悪声」となったのか。ほとばしるイメージ、疾走するストーリー。五感を総動員して描かれた、河合隼雄物語賞受賞作。（養老孟司）
い-84-2

岩井俊二
番犬は庭を守る
原発が爆発し臨界状態となった国で生れたウマソー。成長しても生殖器が大きくならない彼に次々襲いかかる不運、悲劇、やがて見出す希望の光。無類に面白い傑作長篇。（金原瑞人）
い-103-3

内田春菊
ファザーファッカー
十五歳のとき、私は娼婦だったのだ。売春宿のおかみは私の実母で、ただ一人の客は私の育ての父……養父との関係に苦しむ少女の怒りと哀しみと性を淡々と綴る自伝的小説。（斎藤　学）
う-6-16

江國香織
赤い長靴
二人なのに一人ぼっち。江國マジックが描き尽くす結婚という不思議な風景。何かが起こる予感をはらみつつ、怖いほど美しい十四の物語が展開する。絶品の連作短篇小説集。（青木淳悟）
え-10-1

（　）内は解説者。品切の節はご容赦下さい。

甘い罠
8つの短篇小説集

江國香織・小川洋子・川上弘美・桐野夏生
小池真理子・髙樹のぶ子・髙村　薫・林　真理子

江國香織、小川洋子、川上弘美、桐野夏生、小池真理子、髙樹のぶ子、髙村薫、林真理子という当代一の作家たちの逸品だけを収めたアンソロジー。とてつもなく甘美で、けっこう怖い。

え-10-2

プロローグ

円城　塔

わたしは次第に存在していく——語り手と登場人物が話し合い、名前が決められ世界が作られ、プログラムに沿って物語が始まる。知的なたくらみに満ちた著者初の「私小説」。（佐々木　敦）

え-12-2

妊娠カレンダー

小川洋子

姉が出産する病院は、神秘的な器具に満ちた不思議の国……妊娠をきっかけにゆらぐ現実を描く芥川賞受賞作。『妊娠カレンダー』『ドミトリイ』『夕暮れの給食室と雨のプール』。（松村栄子）

お-17-1

やさしい訴え

小川洋子

夫から逃れ、山あいの別荘に隠れ住む「わたし」とチェンバロ作りの男、その女弟子。心地よく、ときに残酷な三人の物語の行き着く先は？　揺らぐ心を描いた傑作小説。（青柳いづみこ）

お-17-2

猫を抱いて象と泳ぐ

小川洋子

伝説のチェスプレーヤー、リトル・アリョーヒン。彼はいつしか「盤下の詩人」として奇跡のように美しい棋譜を生み出す。静謐にして愛おしい、宝物のような傑作長篇小説。（山﨑　努）

お-17-3

太陽は気を失う

乙川優三郎

福島の実家を訪れた私はあの日、わずかの差で津波に呑まれていたかも——。震災に遭遇した女性を描く表題作など、ままならぬ人生を直視する人々を切り取った短篇集。（江南亜美子）

お-27-5

ちょいな人々

荻原　浩

「カジュアル・フライデー」に翻弄される課長の悲喜劇を描く表題作ほか、少しおっちょこちょいでも愛すべき、ブームに翻弄される人々がオンパレードの抱腹絶倒の短篇集。（辛酸なめ子）

お-56-1

荻原　浩
ひまわり事件
幼稚園児と老人がタッグを組んで、闘う相手は？　隣接する老人ホーム「ひまわり苑」と「ひまわり幼稚園」の交流を大人の事情が邪魔するが。勇気あふれる熱血幼老物語！　（西上心太）
お-56-2

大島真寿美
あなたの本当の人生は
書けない老作家、代りに書く秘書、その作家に弟子入りした新人。「書くこと」に囚われた三人の女性の奇妙な生活は思わぬ方向に。不思議な熱と光に満ちた前代未聞の傑作。　（角田光代）
お-73-1

尾崎世界観
祐介・字慰
クリープハイプ尾崎世界観、慟哭の初小説！　売れないバンドマンが恋をしたのはピンサロ嬢――。「尾崎祐介」が「尾崎世界観」になるまで。書下ろし短篇「字慰」を収録。　（村田沙耶香）
お-76-1

開高　健
珠玉
海の色、血の色、月の色――三つの宝石に托された三つの物語。作家の絶筆は、深々とした肉声と神秘的なまでの澄明さにみちている。「掌のなかの海」「玩物喪志」「一滴の光」収録。（佐伯彰一）
か-1-11

開高　健
ロマネ・コンティ・一九三五年
六つの短篇小説
酒、食、阿片、釣魚などをテーマに、その豊饒から悲惨までを描きつくした名短篇集は、作家の没後20年を超えて、なお輝きを失わない。川端康成文学賞受賞の「玉、砕ける」他全6篇。（高橋英夫）
か-1-12

川上弘美
真鶴
12年前に夫の礼は、「真鶴」という言葉を日記に残し失踪した。京は母親、一人娘と暮らしを営む。不在の夫に思いを馳せつつ恋人と逢瀬を重ねる京は、東京と真鶴の間を往還する。　（三浦雅士）
か-21-6

川上弘美
水声
亡くなったママが夢に現れるようになったのは、都が弟の陵と暮らしはじめてからだった――。愛と人生の最も謎めいた部分に迫る静謐な長編。読売文学賞受賞作。　（江國香織）
か-21-8

（　）内は解説者。品切の節はご容赦下さい。

川上弘美
このあたりの人たち
そこは〈このあたり〉と呼ばれる町。現代文学を牽引する作家が丹精こめて創りあげた不穏で温かな場所。どこにでもあるようでどこにもない〈このあたり〉へようこそ。（古川日出男）
か-21-9

川端裕人
夏のロケット
元火星マニアの新聞記者がミサイル爆発事件を追ううち遭遇する高校天文部の仲間。秘密の町工場で彼らは何をしているのか。ライトミステリーで描かれた大人の冒険小説。（小谷真理）
か-28-1

川端裕人
声のお仕事
目立った実績もない崖っぷち声優の勇樹は人気野球アニメのオーディションに挑むも、射止めたのは犬の役。だがそこから自らの信念「声で世界を変える」べく奮闘する。（池澤春菜）
か-28-4

角田光代
空中庭園
京橋家のモットーは「何ごともつつみかくさず」……普通の家族の表と裏、光と影を描いた連作家族小説。第三回婦人公論文芸賞受賞、小泉今日子主演で映画化された話題作。（石田衣良）
か-32-3

角田光代
空の拳（上下）
雑誌「ザ・拳」に配属された空也。通いだしたジムで、天涯孤独で少年院帰りというタイガー立花と出会い、ボクシングの魅力にとらわれていく。爽快な青春スポーツ小説。（対談・沢木耕太郎）
か-32-12

勝谷誠彦
ディアスポラ
〝事故〟で国土が居住不能となり、世界中の難民キャンプで暮らす日本人。情報から隔絶され将来への希望も見いだせぬまま懸命に「日本人として」生きようとするが……。（百田尚樹）
か-47-2

海堂　尊
ゲバラ覚醒
ポーラースター1
アルゼンチンの医学生エルネストは親友ピョートルと南米縦断のバイク旅行へ。様々な経験をしながら成長していく将来の革命家の原点を描いた著者渾身のシリーズ、青春編が開幕！
か-50-2

海堂　尊
ゲバラ漂流
ポーラースター2

母国アルゼンチンで医師免許を取得したエルネストは新たな中南米への旅へ。大物らとも遭遇しつつ、アメリカに蹂躙される国々を目の当たりにして、武装革命家を目指す。　（八木啓代）

か-50-3

海堂　尊
フィデル誕生
ポーラースター3

十九世紀末、キューバ独立をめぐる米西戦争でスペイン軍の少年兵アンヘルは仲間と脱走。戦後に財を築き誕生した子が〝幼き獅子〟フィデルだった。カストロ父子を描く文庫書下ろし。

か-50-4

川上未映子
乳（ちち）と卵（らん）

娘の緑子を連れて大阪から上京した姉の巻子は、豊胸手術を受けることに取り憑かれている。二人を東京に迎えた「私」の狂おしい三日間を、比類のない痛快な日本語で描いた芥川賞受賞作。

か-51-1

川村元気
四月になれば彼女は

精神科医・藤代に〝天空の鏡〟ウユニ湖から大学時代の恋人の手紙が届いた――失った恋に翻弄される十二か月がはじまる。恋愛なき時代に挑んだ「異形の恋愛小説」。　（あさのあつこ）

か-75-3

加藤千恵
アンバランス

夫の性的不能でセックスレスの夫婦。ある日、夫の愛人を名乗る中年女が妻の日奈子を訪れ、決定的な写真を見せる。夫婦関係の崩壊はいつ始まっていたのか。妻は苦悩する。　（東　直子）

か-78-1

北村　薫
慶應本科と折口信夫
いとま申して2

昭和四年。慶應予科に通い、さらに本科に進む著者の父は、人生に大きな影響を与える知の巨人――折口信夫と西脇順三郎の謦咳に接し、青春を謳歌する。三部作第二弾。　（渡辺　保）

き-17-9

木内　昇（のぼり）
茗荷谷の猫

茗荷谷の家で絵を描きあぐねる主婦。染井吉野を造った植木職人。画期的な黒焼を生み出さんとする若者。幕末から昭和にかけ各々の生を燃焼させた人々の痕跡を掬う名篇9作。（春日武彦）

き-33-1